Michael Barth

Schuldig

AF221086

Michael Barth

SCHULDIG

Die Deutsche Nationalbibliothek verzeichnet diese Publikation
in der Deutschen Nationalbibliografie; detaillierte bibliografi-
sche Daten sind im Internet über http://dnb.dnb.de abrufbar.

© 2021 Michael Barth
Alle Rechte vorbehalten.
Vertreten durch: Michael Barth, Gevelsberg
Covergestaltung: www.mbarth-design.de
Lektorat/Buchsatz: Kerstin Barth
kontakt@michael-barth-autor.de
Herstellung und Verlag:
BoD – Books on Demand
Norderstedt
ISBN: 978-3754345078

Ich fürchte drei Zeitungen
mehr als hundert Bajonette.

Napoleon I. Bonaparte

(1769 – 1821)

PROLOG

Ein modriger Geruch, vermischt mit dem von altem Öl und vor sich hin rostendem Metall, lag in der Luft. Erdrückende Stille schrie aus jedem Winkel dieses vom Schicksal vergessenen Ortes. Clara Warrens Welt war aus den Fugen geraten. Sie zitterte und unzählige kalte Schweißperlen bedeckten ihre Haut wie ein Schutzfilm. Jeder ihrer Gedanken wirkte, als umgebe ihn ein Kokon aus undurchdringlicher Watte. Sie erinnerte sich nicht, wie sie hierhergekommen war. Wo immer dieses *Hier* auch sein mochte. Die Zwanzigjährige konnte dahingehend nicht einmal Vermutungen anstellen, denn sie sah nicht das Geringste. Weder die dichten Staubpartikel, die schneeflockengleich durch die stickige Luft stoben, noch die wenigen feinen Lichtstrahlen, die sich durch kleine Löcher in dem maroden Wellblechdach über ihr den Weg ins Innere der Räumlichkeit bahnten.

Eben noch war sie auf dem Nachhauseweg gewesen, erschöpft von einem langen Arbeitstag. Ihr Job als Kassiererin in einem großen Discounter war nicht gerade das, was sie sich für ihr Leben ausgemalt hatte. Zumindest aber erlaubte er es ihr, auf eigenen Füßen zu stehen. Und wer konnte sich schon damit rühmen, seine wahren Träume zu leben? Der ihre war es immer gewesen, auf den großen Theaterbühnen der Welt vom Publikum bejubelt und gefeiert zu werden. Es hatte nicht sein sollen und sie trug es mit Fassung, dass sie stattdessen tagtäglich den Launen unfreundlicher Kunden ausgeliefert war. »Man legt sich mit der Zeit ein dickes Fell zu. Vieles höre ich schon gar nicht mehr«, hatte Clara ihrer besten Freundin Alicia kürzlich anvertraut.

Ähnlich erging es ihr jetzt. Es war totenstill an dem Ort, an den man sie verschleppt hatte. Nur das eigene Blut rauschte und hämmerte zugleich quälend in ihren Ohren. Ein unbeschreiblicher Druck schien ihren Kopf zerquetschen zu wollen, so als wäre er in einen Schraubstock gespannt. Sie atmete schwer durch die Nase, da sie ihren Mund nicht zu öffnen vermochte. Aber das war bei Weitem nicht das Einzige, das sie zunehmend in Panik versetzte. Clara sah nichts, sie konnte nicht sprechen und, was am allerschlimmsten war, sie konnte sich nicht bewegen. An ihren Fußgelenken spürte sie deutlich und schmerzhaft Stricke, die unglaublich eng anlagen und ihr tief in die Haut schnitten. Irgendetwas, oder irgendjemand, zog offenbar mit aller Macht daran. Sie wollte danach tasten, doch ihre Arme waren straff hinter dem Rücken an ihren Oberkörper gefesselt. Zudem bescherten ihr die für diese Jahreszeit viel zu kühlen Herbsttemperaturen eine Gänsehaut, woraus sich zweifelsohne schließen ließ, dass sie nackt sein musste.

Der Druck in Claras Kopf wurde unerträglich und ein Schwindelgefühl setzte ein. Aus einem starken Gefühl der Beklemmung wurde unbeschreibliche Furcht. Aus der Furcht wurde unkontrollierbare Panik. Clara wand sich in ihren Fesseln hin und her, getrieben von der naiven Hoffnung, sich befreien zu können. Als sie versuchte, ihren Körper zu bewegen, wurde ihr schlagartig bewusst, in welcher prekären Lage sie sich tatsächlich befand. Es bestand kein Zweifel: Man hatte sie kopfüber an den Füßen aufgehängt. Ihre Beine waren dabei so weit gespreizt, dass der stechende Schmerz in der Leiste zu einem dauerhaften, unerwünschten Begleiter wurde.

Das Geräusch schwerer, langsamer Schritte unterbrach ihre strukturlosen Gedankengänge. Die Panik erreichte ein weiteres Level, das jedoch längst nicht den Höhepunkt ihres Leidens darstellen sollte. Clara schrie, aber es drang lediglich ein dumpfer, kehliger Laut durch das Klebeband, das ihren Mund verschloss. Die Schritte kamen auf sie zu und stoppten in unmittelbarer Nähe. Jemand packte sie unsanft an den Haaren und riss mit einem Ruck das Band von ihrem Mund und anschließend von den Augen. Feine Härchen ihrer Augenbrauen wurden dabei mit einem heißen, stechenden Schmerz aus der Haut gezogen.

»Hallo, Sidney.«

Clara wollte erneut schreien, doch es kam kein Laut über ihre Lippen. Sie stand unter Schock und schien wie gelähmt zu sein.

Der Fremde lachte. »Entschuldige, aber den kleinen Scherz konnte ich mir nicht verkneifen.«

Der Stimmenverzerrer, den er offensichtlich benutzte, machte den ganzen Irrsinn, in dem Clara gefangen war, noch unheimlicher, denn er klang damit exakt wie der Mörder in den Scream-Filmen.

»Warum? B-b-bitte, tun Sie mir nichts«, stammelte sie kaum verständlich.

»Tz, tz, tz. Clara, Clara. Hast wohl geglaubt, du kommst einfach so davon? Hm? Meinst du wirklich, der Herr vergibt dir deine Sünden, nur weil du einmal im Monat in die Kirche gehst?«

»Was? Ich … Bitte, was immer Sie auch wollen, ich gebe es Ihnen. Nur bitte, lassen Sie mich gehen.« Speichel lief ihr aus dem Mund und tropfte auf die dicke Staubschicht am Boden. Tränen der Verzweiflung sammelten sich in ihren Augen. Sie hörte, wie er um sie herumlief. Fühlte seine durchdringenden Blicke auf ihrem Körper.

»Natürlich wirst du es mir geben. Deshalb sind wir ja hier. Du, ich und selbstverständlich Gott, dein Richter.«

»Wovon reden Sie? Was soll das alles?« Endlich drang ein lauter, verzweifelter Hilfeschrei über ihre Lippen. Doch sie erntete nur schallendes, überhebliches Gelächter.

»Heute ist der Tag des jüngsten Gerichts, Liebes. Deines ganz persönlichen Gerichts. Du hast dich versündigt, Clara. Du hast den Herrn schwer enttäuscht und verärgert. Oh ja, das hast du. Und er hat *mich* dazu auserkoren, sein Urteil zu vollstrecken.«

»Ich … ich …«

»Hast du oder hast du nicht dein ungeborenes Kind getötet?«

»O mein Gott … Die Abtreibung? Ich war fünfzehn. Verstehen Sie? FÜNFZEHN.«

»Unerheblich. Du hast ihm eine Seele genommen. Eine Sünde, über die der Herr nicht einfach hinwegsehen kann. Darum hat er mich zu dir geschickt.«

Clara sah lediglich klobige Arbeitsschuhe und den Saum schwarzer Hosen. Sie ging davon aus, dass es ein Mann sein musste. Der Versuch, ihren Blick aufwärts wandern zu lassen, scheiterte an ihrer Angst und der unnatürlichen Körperhaltung. »Was immer Sie auch wollen …«

»… habe ich bereits. Hier geht es nicht um mich. Es geht um dich, Clara. Und sei dir gewiss, du wirst dich nicht herausreden können.«

Er wechselte seine Position und stand jetzt unmittelbar hinter ihr. Sie hörte, wie er etwas von der Werkbank nahm, die sie nur flüchtig, für einen winzigen Moment, wahrgenommen hatte. Sie wusste nicht, was er ergriff, aber es klang metallisch.

»Gestehe deine Sünden. Und bitte den Herrn um Vergebung. Das ist die einzige Chance, deine verdorbene Seele zu retten.« Er gewährte ihr einen Blick auf das Werkzeug, das er gerade an der Steckdose angeschlossen hatte.

Claras Entsetzen spiegelte sich in dem runden, grobzackigen Sägeblatt. Todesangst breitete sich in Sekundenbruchteilen aus und vereinnahmte ihre ganze Existenz. Eine Existenz, die kurz vor ihrem Ende stand. Die Tränen schossen ihr nun endgültig in die Augen und bahnten sich ihren Weg über die Stirn, um schließlich auf den Boden zu tropfen. Sie verfiel erneut in Gestotter. »J-j-ja, i-ich gestehe. Herr, vergib mir, dass ich mein Kind abgetrieben habe. Es tut mir unendlich leid. Ich habe gesündigt.«

Die Kreissäge wurde eingeschaltet. Ein eiskalter Schauer hüllte Claras gesamten Körper ein. Die Kälte drang bis in die tiefsten Regionen ihrer Seele und offenbarte ihr die wahre Natur des Wortes Angst.

»Weißt du, Clara, meine Vorfahren hatten in den dunklen Zeiten für das, was wir hier vorhaben, noch eine grobe Baumsäge benutzt. Heutzutage wird bezweifelt, dass diese Todesfolter so ausgeführt werden konnte. Man vermutet, dass die Sägen nicht in der Lage waren, Knochen zu zerteilen. Ich hätte es gerne probiert, aber dazu bräuchte ich wohl Hilfe. Und du weißt ja: Viele Köche verderben den Brei. Ich denke, das Werkzeug unserer Zeit wird seinen Zweck erfüllen. Warum soll man es sich unnötig schwer machen? Oder was meinst du?«

»Ich habe gestanden. Ich habe um Vergebung gebeten. Sie sagten, das wäre meine einzige Chance. Bitte … lassen Sie mich gehen. Ich werde niemandem ein Sterbenswort erzählen.«

»Das stimmt. Es war deine einzige Chance, dich der nötigen Reinigung zu öffnen. Deine einzige Chance, ins Himmelreich einzufahren. Können wir dann beginnen?« Dass der Fremde so ruhig und besonnen sprach, machte ihn umso bedrohlicher. »Ich will dir nichts vormachen, es wird wehtun. Aber nur der Schmerz führt zur Erlösung durch unseren Herrn, amen.«

Claras Schreie übertönten sogar das kreischende Geräusch der Kreissäge, als diese sich in ihr sündiges Fleisch fräste.

1.

Wie kann es sein, dass diese verdammten Parasiten immer so schnell an Ort und Stelle sind, wenn etwas passiert?« Bernd Zenker fuhr sich entnervt mit der Hand über den kahlen Schädel. Zwar hatte er einen Kollegen angesprochen, doch im Grunde handelte es sich um einen ausgesprochenen Gedanken, einen Monolog, auf den er keine Antwort erwartete. »Diese elenden Aasgeier.«

Journalisten waren dem ersten Kriminalhauptkommissar schon lange ein Dorn im Auge. Obwohl seine Frau ebenfalls zu der ihm verhassten Berufsgruppe gehörte, verabscheute er die sensationslüsternen Hyänen über alle Maßen. Glücklicherweise war Ritas Gebiet eher der innenpolitische Teil einer großen Tageszeitung, für die sie seit Jahren arbeitete. Der Abschaum, der sich im Moment vor der Absperrung des Tatortes gegenseitig auf die Füße trat, lechzte hingegen nach Blut, Mord, Leid und Elend. Gierig auf die nicht alltäglichen Dramen einer offenbar verrückt gewordenen Gesellschaft.

»Bleiben Sie hinter der Absperrung«, ermahnte Streifenpolizist Jensen gerade nachdrücklich einen der Reporter, der sich unter dem Absperrband hindurchmogeln wollte, um das ultimative Foto zu schießen, das seiner Karriere nach oben verhelfen sollte.

Die Beamten hatten ihr Bestes getan, um den Tatort abzuschirmen, und etliche Meter vor der Eingangstür den gesamten Bereich abgesperrt. Dennoch gelang es zwei der aufdringlichsten Pressevertreter, einen flüchtigen Blick auf das junge Opfer zu werfen, welchem in dieser heruntergekommenen Werkstatt in Essen unter grausamsten Qualen das Leben genommen wurde. Ihnen reichte der eine Augenblick, die eine Sekunde, als der Kommissar mit einigen Leuten das Gebäude betrat.

Einer der beiden übergab sich direkt und schürte damit die Neugier der anderen, die sich gegenseitig schubsten und nach vorn drängten. Auch sie wollten sehen, was so schrecklich, schockierend oder abstoßend war, dass ein erfahrener Reporter den Anblick nicht verkraftete. Schließlich hatten die meisten von ihnen schon Dinge gesehen, die sich der normale Bürger nicht einmal vorstellen wollte. Das Feuer der Gerüchteküche loderte auf und die Kontrahenten ließen nicht locker, die beiden auszufragen. Mit den wenigen Informationen, die sie aus ihnen herausbekamen, wurde die Unruhe vor der verlassenen Werkstatt größer. Die Gier nach dem entscheidenden

Titelfoto, das die Konkurrenz auf die hinteren Plätze verwies, stieg beständig an, doch die Chancen darauf sanken. Mittlerweile versperrte ein Vorhang die Sicht und gab selbst beim Hinein- oder Herausgehen nichts von dem Schrecken preis, der sich hier ereignet hatte.

Es herrschte sowohl innerhalb als auch außerhalb des Gebäudes ein reges Treiben. Den Beamten, die unentwegt damit beschäftigt waren, die neugierigen Blicke fernzuhalten, war es ein Rätsel, wie sich in dieser gottverlassenen Gegend immer mehr Schaulustige zu den Reportern gesellten. Was verschlug diese Leute am frühen Morgen in ein Industriegebiet, für das sich bestenfalls noch Abrissfirmen oder Obdachlose interessierten?

Zenker ging nervös in der Halle auf und ab. Er beobachtete die Kriminaltechniker bei ihrer Arbeit und hoffte inständig, dass die Kollegen ein wenig Licht ins Dunkel bringen würden. Der Zweiundfünfzigjährige hatte in den letzten Jahren schon einiges gesehen. Auf brutale Art und Weise hingerichtete Opfer rivalisierender Banden. Tote Ehemänner, denen von der hysterischen Frau mit einem Baseballschläger oder einem Nudelholz der Schädel eingeschlagen worden war. Junkies, die nur noch aus Haut und Knochen bestanden hatten, als sie sich den goldenen

Schuss in den von Hämatomen übersäten Arm gesetzt hatten. Nicht selten hatten sie tagelang in ihrem Erbrochenen und ihren eigenen Fäkalien gelegen, bis schließlich der Verwesungsgeruch durch die Türritzen in den Hausflur gedrungen war. All das hatte Bernd Zenker abgehärtet, vielleicht sogar ein wenig gefühlskalt werden lassen.

Zu einem jungen, übermotivierten Kollegen hatte er mal gesagt: »Wenn du anfängst, den Job zu nah an dich heranzulassen, frisst er dich wie eine ausgehungerte Bestie auf.« Wieso kamen ihm diese Worte gerade jetzt in den Sinn? Fakt war, dass die Szene, die seinen Blick unweigerlich aufs Neue anzog, alles Bisherige an Grausamkeiten in den Schatten stellte? Der Tatort versprühte eine surreale Aura. Bernd kam sich wie in einem Albtraum vor, gespeist von einem der Thriller, die er sich in seiner knapp bemessenen Freizeit anschaute. Das hier konnte unmöglich die Realität sein und doch war genau das der Fall.

Das Opfer hing mit gespreizten Beinen an einer Metallkonstruktion. Die Handgelenke waren hinter dem Rücken fixiert, die Arme zusätzlich an den Oberkörper gebunden. Die Mordwaffe schien mit dem Lebenssaft des Opfers lackiert zu sein und lag nur zwei Schritte von der Leiche entfernt auf dem Boden in einer Lache aus Blut, Eingeweiden und Exkrementen. Der Gestank war entsetzlich.

Zenkers Blick fiel auf die Wand dahinter. Vermutlich ebenfalls mit Blut geschrieben stand dort das Wort: schuldig. Noch einmal betrachtete er schockiert die junge Frau. Sie musste unglaubliche Qualen erlitten haben, bevor der Tod sie endlich von ihrem Leiden erlöst hatte. Der Täter – er konnte nur wahnsinnig sein – hatte die Säge zwischen ihren Beinen angesetzt und den Körper bis etwa zur Bauchmitte gespalten.

Der Anblick war selbst für die erfahrenen Kriminaltechniker schwer zu ertragen. Darauf waren sie nicht vorbereitet gewesen. Einer der Männer in den weißen Overalls stand in einer entlegenen Ecke des Raumes und übergab sich lautstark. Ein anderer kam auf Zenker zu und entfernte seinen Mundschutz.

»Und? Was haben wir?«, fragte Bernd erwartungsvoll.

»Nicht viel. Das Opfer ist weiblich, circa zwanzig bis fünfundzwanzig Jahre alt. Keine Papiere, keine Hinweise auf ihre Identität. Ich kann natürlich noch nichts Genaueres sagen, dafür müssen wir erst die Laborberichte abwarten. Wer immer diese Sauerei hier veranstaltet hat, war wirklich gut darin, seine Spuren zu verwischen. Das ist schon mal sicher.«

Die Antworten waren dürftig und stellten ihn alles andere als zufrieden. Zenker pustete einen Ausdruck des Unbehagens durch die schmalen Lippen.

Seine graublauen Augen fixierten sein Gegenüber, als wollten sie es durchbohren.

Der Mann hatte den Blick schnell gedeutet und fuhr fort: »Der Täter dürfte etwa einen Meter fünfundachtzig bis neunzig sein. Vermutlich muskulös. Unter Umständen sprechen wir von mehreren Tätern. Das ist bisher unklar. Klar hingegen ist, dass sie noch eine ganze Weile gelebt haben muss, nachdem dieser Bastard sich an ihr ausgetobt hat.«

»Na toll. Wir suchen also einen großen, muskulösen, sadistischen Mann. Das schränkt den Kreis der Verdächtigen ja schon mal erheblich ein.«

»Es tut mir leid, aber es ist wie gesagt noch zu früh, etwas Genaueres zu sagen. Geben Sie uns vierundzwanzig Stunden. Maximal.«

Bernd Zenkers Privathandy summte in seiner Jackentasche und lenkte ihn ab. »Machen Sie weiter und liefern Sie mir verdammt noch mal etwas, mit dem ich arbeiten kann.« Er griff in die Tasche und zog das Mobiltelefon heraus. Ohne wie üblich einen Blick auf das Display zu werfen, nahm er den Anruf genervt entgegen. »Ja? Was ist?«

»Hey, Kumpel. Wer ist dir denn auf die Krawatte getreten?«

»Armin. Mann, du hast mal wieder ein Timing. Ich stecke hier knietief in einer Scheiße, die man sich kaum vorstellen kann.«

»Ich weiß. Darum rufe ich ja an.«

»Wie, du weißt? Woher?«

»Sieh nach draußen.«

Zenker ging zur Tür, schob den Sichtschutz ein winziges Stück zur Seite und öffnete sie einen schmalen Spalt.

»Hier drüben.« Armin Kanschek stand inmitten der vielen Reporter und winkte seinem Freund zu.

Bernd nickte ihm verbissen zu und schloss umgehend die Tür. »Was zur Hölle machst du hier? Woher weißt du schon wieder von diesem Mist?«, giftete er ins Telefon.

»Ich stalke dich seit dem Kindergarten, dachte, du wüsstest das mittlerweile.«

Im Normalfall hätte Armins lockere, fröhliche Art Bernd sicher ein Schmunzeln entlockt, doch dieser Tatort schlug ihm nicht nur auf den Magen, sondern auch aufs Gemüt. »Im Ernst. Woher weißt du davon?«

»Och … Die Spatzen pfeifen heute besonders laut von den Dächern. Sieh dich um, woher wissen es die ganzen Reporter? Und übrigens, wenn wir schon dabei sind; das Fernsehen rückt ebenfalls gerade an.«

»Es wird besser und besser.« Bernd zog mit der linken Hand eine Zigarette aus der Jackentasche und schob sie sich in den Mundwinkel. Er zündete sie mit dem steinalten Benzinfeuerzeug an – ein Erbstück von seinem längst verstorbenen Vater. In Gedanken bereitete er sich auf die Frage vor, die Armin als Nächstes stellen würde. Und sie kam exakt in dem vorhergesehenen Wortlaut.

»Kannst du mir schon irgendwas sagen?«

»Armin, ich habe jetzt wirklich keine Zeit. Ich garantiere dir, hier lauert kein Stoff für ein neues Buch.«

»Das sehe ich anders. Muss ganz schön was dahinterstecken, bei dem Volksauflauf hier draußen.«

Bernd hatte stets ein offenes Ohr für seinen Freund Armin, einem aufstrebenden Schriftsteller, der unter dem Pseudonym Arthur Cold veröffentlichte und viel Wert auf Authentizität bei seinen Krimis legte. Bernd half ihm gerne und oft bei seinen Recherchen. Dank Armins zweifelhafter Kontakte war dieser ihm ebenfalls hin und wieder bei den Ermittlungen behilflich. Natürlich durften die beiden das nicht an die große Glocke hängen. So ahnten Arthur Colds Leser nicht das Geringste, dass manche seiner Geschichten echte Verbrechen zum Vorbild hatten, über die er etwas besser informiert war, als er eigentlich sein durfte.

Zenker holte tief Luft, bevor er sagte: »Armin, ich muss dich jetzt wirklich abwürgen. Heute Abend, auf ein Bier? Ich kann dir jedoch nicht sagen, wann ich zu Hause bin. Sieht nach Überstunden aus.« Mit kreisenden Bewegungen seiner Fingerspitzen massierte er sich die Schläfe, um den aufkommenden Kopfschmerz zu unterdrücken.

»Wusste ich es doch. Aber okay, ich lass dich in Ruhe deinen Job machen. Melde dich einfach, wenn es passt.«

Bernd beendet das Gespräch und wandte sich erneut den Kriminaltechnikern zu. »So. Muss noch jemand kotzen gehen oder finden wir den Irren, der dieses Schlamassel zu verantworten hat?«

2.

Willst du mich auf den Arm nehmen? Du versprichst mir eine spektakuläre Titelstory und hast im Grunde nicht das Geringste? Dir liegt wohl nichts mehr an deinem Job, was? Glaub mir, auch du bist ersetzbar.« Klaus Elsing echauffierte sich angesichts der dünnen Fakten und schlechten Fotos.

Der Chefredakteur hatte aufgrund der reißerischen Nachricht seines bis dato besten Reporters Anweisungen gegeben, den großen Aufmacher der Titelseite noch auszusetzen. Ursprünglich sollte dort ein Bericht über neue Sanktionen gegen Russland stehen, die ohne Frage für unsere Regierung nur den Zweck erfüllten, sich bei den Amerikanern weiter Liebkind zu machen. Elsing wusste jedoch, dass ein richtiges Drama, ein perverser Mord, eine menschliche Tragödie für einen erheblich höheren Absatz sorgte. Als Daniel Wolter ihn angerufen und ihm das Blaue vom Himmel versprochen hatte, setzte er begeistert alle Hebel in Bewegung. Nun allerdings machten sich Enttäuschung und Frust breit. Die Fotos von der heruntergekommenen Werkstatt, den Absperrbändern um den Tatort herum und von

Dutzenden Schaulustigen holten niemanden hinter dem Ofen hervor. So etwas sahen die Leute jeden Tag im Fernsehen.

»Chef, ich konnte nichts machen. Die Bullen haben alles abgeschirmt. Kein Durchkommen. Und glaub mir, ich habe es mehr als einmal versucht, Klaus.«

»Muss ich dir nach all den Jahren noch deinen verdammten Job erklären? Ernsthaft? Guck dir die Scheiße, die du mir geschickt hast, doch mal an. Was soll ich damit anfangen? Eine abgesperrte Werkstatt auf der Titelseite? Wie soll die Schlagzeile aussehen? Etwa so? Irgendetwas ist hinter diesen Türen passiert. Aber was, das hat uns die Kripo leider nicht verraten.«

»Natürlich nicht. Ein wenig mehr habe ich schon in petto.«

»Schön. Ich schlage vor, du meldest dich wieder, wenn du Informationen hast, mit denen ich auch etwas anfangen kann.« Klaus Elsing hielt Wolter bewusst in der Handyleitung, als er zum Haustelefon griff und einen der vielen Knöpfe mit den eingespeicherten Nummern drückte. »Wir nehmen nun doch die Sanktionen gegen Russland auf die Titelseite«, blaffte er in den Hörer und legte gleich darauf wieder auf. Dass Daniel Wolter entnervt die Augen verdrehte, bekam er zum Glück nicht mit. Seinem

Blutdruck hätte es sicher nicht gutgetan.

»Klaus, komm schon. Habe ich dich je enttäuscht? Halte den Artikel noch zwei Stunden zurück. Ich besorge dir deine Story. Kannst dich darauf verlassen.«

In Gedanken wägte der Chefredakteur das Für und Wider ab. Er zögerte, haderte mit sich selbst, denn die Zeit spielte gegen ihn. Er fuhr sich mit der Hand durch das zerzauste Etwas, das einmal eine Frisur gewesen war, und zündete sich eine Zigarette an. Sein Büro war das Einzige im ganzen Verlagsgebäude, in dem auf das Rauchverbot nicht viel gegeben wurde.

Klaus Elsing war einer der Menschen, die permanent unter Stress standen, und das sah man ihm auch an. Für einen Mittvierziger zeigte sein Gesicht extrem viele tiefe Furchen. Die grobporige Haut sprach ebenfalls Bände. Mitarbeiter beschrieben ihn hinter vorgehaltener Hand als verlebt und ausgebrannt. Böse Stimmen berichteten zudem von übermäßigem Alkoholkonsum. Doch in Wahrheit wusste niemand viel über ihn. Er hielt stets Privates und Berufliches voneinander getrennt. Ohnehin hatte er kaum ein Privatleben. Er war ein Workaholic, wie er im Buche steht, und erfüllte sämtliche Klischees.

Elsing hatte nur dreimal an der Zigarette gezogen und drückte sie nun hektisch in dem übervollen

Aschenbecher aus. »Zwei Stunden. Keine Sekunde länger. Ich hoffe, du hast noch ein Ass im Ärmel, sonst kannst du dir schon mal eine Nummer beim Arbeitsamt ziehen.«

»Natürlich habe ich noch ein Ass im Ärmel, Klaus. Ich melde mich wieder.«

Daniel hatte sich zum Telefonieren ein wenig abseits der sensationslustigen Menge gestellt. Der Weg zum Tatort war beidseits mit dichtem Wildwuchs zuge-wuchert. Auf der linken Seite befand sich eine Ni-sche, in der zwei überquellende Müllcontainer stan-den, die allerdings schon von der Natur zurückerobert wurden. Von dieser Stelle aus konnte er das Ge-schehen weiter überblicken und dennoch ungestört mit seinem Redakteur reden. Er verstaute sein Mo-biltelefon schließlich wieder und ging zurück Rich-tung Absperrung. Ein hinterhältiges Lächeln um-spielte seine Mundwinkel, als er die beiden Kollegen beobachtete, die mehr als andere gesehen hatten. Ei-nen von ihnen kannte Daniel noch aus seiner Zeit bei einem lokalen Käseblatt, bei dem er seine Karri-ere begonnen hatte.

Anstatt sich in das Getümmel zu drängen, blieb er in der letzten Reihe stehen. Hinter seinen Kolle-gen, aber vor allem hinter Ulf Jakobs, dem offenbar tatsächlich ein Schnappschuss von dem gelungen war, was *Vorhang Nummer eins* verbarg. Daniel ging davon aus, dass er es seinem Chef noch nicht hatte zukommen lassen, denn er und sein Kollege wurden unentwegt von den anderen bedrängt.

Daniel musste nicht lange warten, bis Jakobs sich endlich aus der Menge kämpfte. Der ekelerregende Typ sah noch schlimmer und ungepflegter aus, als Wolter ihn in Erinnerung hatte. Bei seinem ersten Job war er einige Male gezwungen gewesen, mit diesem asozialen Subjekt zusammenzuarbeiten. Schon damals hatte Jakobs ihn über alle Maßen angewidert. Von Wasser und Seife schien er bis heute wenig zu halten. Seine straßenköterbraunen Haare waren fettiger als die Fritteuse in einem Getto-Grill. Die Klamotten, welche er trug, hatten ihre beste Zeit bereits in den Neunzigern hinter sich gelassen und vermutlich seitdem auch keine Waschmaschine mehr gesehen. Daniel hatte ihn schon vor einer Weile in der Menge wiedererkannt. Sein alter Kollege wider Willen war jedoch viel zu sehr mit anderen Dingen beschäftigt, als dass er ihn auch nur zur Kenntnis genommen haben konnte.

Die Polizisten machten derweil unmissverständlich klar, dass es hier nichts mehr zu sehen geben würde und verwiesen auf die spätere Pressekonferenz. Nach und nach zogen sich daraufhin die meisten kopfschüttelnd zurück.

»Von wegen Pressefreiheit«, schrie einer der Aasgeier, während auch er aufgab und genervt davontrottete. Sein »verdammte Bullenschweine« bekam Daniel nur mit, weil der Typ dicht an ihm vorbeischlurfte.

Endlich machte auch Ulf Jakobs auf dem Absatz kehrt und wollte zurück zu seinem Wagen gehen. Dabei lief er unweigerlich Daniel in die Arme.

»Ulf? Sag bloß, du arbeitest immer noch für das alte Käseblatt?«

»Daniel? Hey, lange nicht gesehen, was? Ja, du weißt doch, ich bin kein großer Freund von Veränderungen.«

Ja, das rieche ich, dachte Wolter und hätte es am liebsten laut ausgesprochen. Jakobs umgab eine Wolke aus billigem Schnapsgeruch, Zigarettenqualm und altem Schweiß. Dieser penetrante, über alle Maßen unerträgliche Schweißgeruch, der einen glauben ließ, die Person ernährte sich ausschließlich von rohen Zwiebeln. Daniel verdrängte die stinkenden Tatsachen und atmete sicherheitshalber durch den Mund.

»Und selbst?«, setzte Ulf nach.

»Ein anderes Käseblatt. Aber du weißt ja: gleicher Käse, nur mit neuem Geruch.« *Na, verstehst du meine Anspielung, Muffti?* Seine eigenen Gedanken unterbrachen die Sätze, die ihm eigentlich auf der Zunge lagen. Doch er hielt sich im Zaum. Stattdessen kam er direkt zur Sache. »Was wollten die ganzen anderen Geier von dir?« Ulf Jakobs kratzte sich am unrasierten Hals. In diesem Moment begann es bei Daniel überall zu jucken. Er kämpfte mit einem Würgereiz. Hatte ihn jemals ein Mensch so angeekelt? Vermutlich nicht.

Jakobs zog den Rotz hoch und spuckte ihn auf den Boden. »Haste mitbekommen, ja? Weißte, ich hab ein bisschen mehr gesehen als die anderen. Gut, außer dem Fettklops, der anschließend alles vollgekotzt hat. Jeder war plötzlich an meinem Wissen interessiert, wollte ein Stück vom großen Kuchen abhaben. Aber nicht mit mir. Das ist meine Chance, auch mal abzusahnen. So eine Scheiße wie die hier passiert in Deutschland nicht alle Tage. Das wird der ultimative Aufmacher morgen.«

Ulf Jakobs war euphorisch, richtiggehend aufgewühlt, und sah sich die Karriereleiter im Sturm erklimmen, womit er nicht hinter dem Berg hielt. Er hob das einzig Wertvolle, das er besaß, siegessicher in die Höhe – seine digitale Nikon-Spiegelreflexkamera – und entnahm die Speicherkarte. Er legte sie in eine kleine Schutzbox und prahlte weiter: »Und ich konnte sogar ein Foto machen. Das einzige! All die anderen Idioten sind leer ausgegangen. Waren zu langsam. He, he, he. Man muss eben immer vorbereitet sein.«

Jakobs war noch nie eine Leuchte gewesen und hatte schon damals selten seine Klappe halten können. Offenbar hatte sich seine Dummheit als unheilbar herausgestellt. Daniel beobachtete genau, in welcher Jackentasche er die Karte verschwinden ließ. *Wir werden noch sehen, wer hier mit leeren Händen ausgeht, du Spinner.*

3.

Die Überstunden, welche Bernd vorausgesehen hatte, hielten sich in Grenzen, da ihm nichts anderes übrig blieb, als auf die Ergebnisse des Labors zu warten. Im Gegensatz zu den Fernsehkommissaren hatten jene in der realen Welt durchaus ein Privatleben, dennoch war es bereits einundzwanzig Uhr, als er sein kleines Zechenhaus in Essen Katernberg erreichte. Die Kollegen auf dem Revier machten gerne mal ihre Scherze dahingehend, dass es wohl nur ein studierter Kriminalhauptkommissar zu einem eigenen Haus bringen würde. Ohne Frage verdiente er nicht schlecht, zumindest besser als ein Streifenpolizist, doch in der Wahrheit lag eine tragische Geschichte verborgen, die Bernd in der Regel für sich behielt.

Das kleine, aber feine Eigenheim hatte seinem Vater gehört. In den guten alten Zeiten, als der Bergbau im Ruhrgebiet noch florierte, waren unzählige dieser Siedlungen in der Nähe der Werke gebaut worden, um Wohnraum für den Zustrom an Arbeitern zu schaffen. Bis zur Schließung der *Zeche Zollverein* im Jahre 1986 hatte Bernds Vater Oskar dort ebenfalls gearbeitet. Der Starkstromelektriker war am Ende einer der Letzten, die gehen mussten. Praktisch einer von denen, die das Licht ausmachten, wie er mit seinem Galgenhumor gerne gescherzt hatte. Die Bergmänner des alten Ruhrgebietes waren eine eingeschworene Gemeinschaft, nicht umsonst hatte man sie *Kumpel* genannt. Mit dem Sterben der Zechen starb tragischerweise ein Teil dieser Kumpel.

Bernds Vater traf die Schließung besonders schwer. Die gesamte Familie hatte unter seinen tiefen Depressionen zu leiden gehabt und geriet nach und nach in finanzielle Schwierigkeiten. Oskar Zenker fand lange Zeit keine neue Anstellung, die ihn zufriedenstellte. Als er endlich doch Arbeit bekam, war es bereits zu spät, denn zeitgleich schlug die Diagnose zu, mit der viele ehemalige Bergbauarbeiter rechnen mussten – Lungenkrebs. Oskar verlor den Kampf gegen die Krankheit schneller, als die Ärzte vorhergesagt hatten.

Doch damit nicht genug. Bernds Mutter Waltraut zerbrach an der kräftezehrenden Situation. Sie war keine besonders starke Frau gewesen, hatte stets im Schatten ihres Mannes gelebt. Bei den Zenkers wurde die althergebrachte klassische Rollenverteilung nie infrage gestellt. Es waren andere Zeiten. Zeiten, in denen Hausfrau und Mutter zu sein vollkommen ausreichten.

Nachdem die Ärzte Bernd mitgeteilt hatten, dass auch tiefer Kummer Krebs auslösen konnte, weigerte er sich zunächst, die Diagnose zu glauben. Selbst als seine Mutter nur ein Jahr nach Oskar Zenker starb, wollte die furchtbare Realität einfach nicht in Bernds Kopf. Und doch war er in kürzester Zeit Vollwaise geworden.

Die Ereignisse veränderten ihn, machten ihn ernsthafter, aber auch bewusster für Dinge, mit denen sich andere Anfang zwanzig eher selten beschäftigten. Er dachte damals, mit einer Karriere bei der Kripo würde er prinzipiell gegen den Tod kämpfen und für mehr Gerechtigkeit sorgen können. Auch wenn der Tod seiner Eltern kein Verbrechen gewesen war, so stellte er dennoch eine Ungerechtigkeit des Schicksals dar.

Sein damals naiver Verstand hatte ihn wirklich glauben lassen, er könne künftig Verbrechen verhindern und somit Leben retten. Mit den Jahren allerdings musste er sich daran gewöhnen, dass er erst auf den Plan gerufen wurde, wenn der Tod seine grausamen Klauen bereits ausgestreckt hatte. Es grenzte schon ein wenig an Selbstgeißelung, dass Bernd sein Leben quasi dem Knochenmann gewidmet hatte. Zwar hatte er mit der Zeit gelernt, die Fälle nicht zu nahe an sich heranzulassen, doch mitunter konfrontierte ihn dieses hinterhältige Schicksal mit solchen, denen man sich emotional nicht vollständig entziehen konnte.

Bei dem Mordopfer in dieser verlassenen Werkstatt handelte es sich um eben so einen Fall. Die gnadenlose Brutalität, mit der der Täter hier vorgegangen war, verursachte ihm Magenschmerzen.

Bernd stand bereits seit mehr als einer halben Stunde unter der Dusche und versuchte vergeblich, sich den Gestank des Todes abzuwaschen und die Bilder des Opfers aus seinen quälenden Gedanken zu spülen. Doch dieses Vorhaben erwies sich als zwecklos. Der gespaltene Körper der jungen Frau schien zu einer Art Bildschirmschoner seines Verstandes geworden zu sein. Je mehr Mühe er aufbrachte, die Bilder zu verdrängen, desto deutlicher und intensiver wurden sie.

Er trocknete sich ab und schlüpfte in seinen bequemsten Trainingsanzug. Knallrot. Im Normalfall eine viel zu aufdringliche Farbe für den Zweiundfünfzigjährigen, auch wenn die weißen Streifen das vorherrschende Rot akzentuierten. Doch das Emblem seines Lieblingsfußballvereins machte die Farbe nicht nur erträglich, sondern auch zum Ausdruck seiner Leidenschaft. Schon seit Kindertagen war Bernd ein Riesenfan von *Rot-Weiss Essen*. Er hatte sogar ein paar Jahre selbst in der Jugendmannschaft des Fußballvereins gespielt. Eine berufliche Laufbahn in dieser Richtung hatte er jedoch nicht in Erwägung gezogen. Oder besser gesagt: Sein Trainer hatte ihn nie für eine solche vorgesehen. »Dafür bist du einfach nicht gut genug.« Andere wären vermutlich verletzt oder wütend bei dieser Aussage gewesen, doch Bernd hatte Ehrlichkeit schon immer zu schätzen gewusst. Sein Trainer Karsten Griebner hatte ihn davor bewahrt, sich in etwas zu verrennen, das keine Aussicht auf Erfolg versprach.

Bernd trottete in die Küche. Er legte ein Kaffeepad in seine geliebte Senseo-Maschine und schaltete das Gerät ein. Im selben Moment, als sein schwarzes Lebenselixier fein dampfend in die Tasse mit dem Vereinsemblem mit den drei roten Buchstaben lief, klingelte es an der Tür. Hatte seine Frau Rita ihren Schlüssel vergessen? Kaum hatte er diesen Gedanken, ließ er ihn auch wieder fallen. Sie war für eine Story oder ein Interview nach Berlin gefahren. »Maximal zwei Tage«, hatte sie ihm versprochen. Es kam recht häufig vor, dass Rita kurzfristig verreisen musste. Die große Polit-Showbühne befand sich nun mal nicht im Ruhrgebiet, sondern in der Bundeshauptstadt.

Es klingelte erneut. »Ja doch. Ich komme schon«, keifte Bernd vor sich hin und öffnete schließlich die Tür.

Armin Kanschek stand breit grinsend am Fuße der fünf flachen Stufen. In jeder Hand ein Sixpack *Veltins*. »Was'n los? Hab ich dich bei der Erfüllung deiner ehelichen Pflichten gestört?«

Bernd machte den Weg frei und deutete ihm, hereinzukommen. »Wenn es mal so wäre. Rita ist in Berlin.«

»Na, dann spricht ja nichts gegen einen Männerabend.« Er hielt Bernd die Bierflaschen unter die Nase, als ob die Brühe etwas ganz Besonderes wäre. Als er im Flur stand, sah er die dampfende Kaffeetasse. »Hey, ich nehme auch einen. Das Bier muss schließlich noch kaltgestellt werden.«

Armin ging in die Küche, öffnete wie selbstverständlich den Kühlschrank, schob ein paar Lebensmittel beiseite und stapelte die Flaschen übereinander daneben. Dann wandte er sich seinem Freund zu und betrachtete ihn kritisch. »Du siehst echt übel aus, Bernd. Willst du darüber reden?«

»Nein. Ja. Du weißt …« Er reichte Armin eine Kaffeetasse und nippte an seinem flüssigen Koffeinschub, dabei blickte er stumm ins Leere.

Armin nahm ihm das Wort aus dem Mund: »Ja, ich weiß, du darfst eigentlich nichts sagen. Wie oft denn noch? Alter, ich bin es, dein Sandkastenkumpel. Los, erzähl schon. Muss ja wirklich heftig gewesen sein, wenn ich dich so ansehe.«

Bernd stellte die Tasse unsanft auf den Küchentisch. Etwas Kaffee schwappte über den Rand und verfärbte die weiße Tischdecke. »Ehrlich, Armin. So eine Scheiße habe ich in meiner ganzen Laufbahn noch nicht gesehen. Da hat irgendein völlig geisteskranker Spinner eindeutig zu viele schlechte Filme geguckt.«

Das Interesse des Schriftstellers war nun erst recht geweckt. Es lag ihm jedoch auch am Herzen, seinem Freund zu helfen. Manchmal half es bekanntlich schon, wenn man einfach nur zuhörte. Wenn man jemanden war, vor dem man seine Sorgen ausbreiten konnte. Armin glaubte, dass Bernd so jemanden jetzt dringend nötig hatte. In einem solchen Zustand hatte er seinen besten Freund zuletzt nach dem Tod seiner Mutter gesehen. Auch damals war er für ihn da gewesen, hatte ein offenes Ohr für seinen Seelenschmerz gehabt. Dass er einiges davon in seinen Büchern verwendete, hatte Bernd nie gestört. Im Gegenteil, denn dadurch halfen sie sich gegenseitig. Es war ein Geben und Nehmen, von dem jeder profitierte.

Bernd Zenker hatte seit jeher ein Problem damit, jemandem etwas schuldig zu bleiben. Armin meinte einmal, er wäre wie ein Lannister aus der Serie *Game of Thrones*. »Ein Lannister bezahlt immer seine Schulden.« Bernd konnte mit dem Zitat nicht viel anfangen, da er diesem Genre nichts abzugewinnen vermochte. Er schaute stets nur seine Krimis und Thriller. Zumeist, um sich im Nachgang darüber aufzuregen, wie übertrieben und unrealistisch die meisten in Szene gesetzt wurden. Doch nun steckte er selbst in so einem Fall, der an einen reißerischen Hollywood-Thriller erinnerte. Einem, den er so in Deutschland nicht für denkbar gehalten hatte und der sicher in einem Film nicht von seiner Kritik verschont geblieben wäre.

Bernd war gefangen zwischen dem Wunsch, sich diesen verfluchten Tag nur eingebildet zu haben, und dem Wunsch, den gestörten Bastard zu finden, der diese Schweinerei angerichtet hatte. Noch bevor er überhaupt ein Wort von sich gab, zückte sein Freund das Notizbuch und starrte ihn wissbegierig und erwartungsvoll an.

»Du sagtest heute Morgen, dass das kein Stoff für ein neues Buch wäre.« Er strich sich eine Locke seiner Naturkrause hinters Ohr. Friseurbesuche waren nicht seine Welt, das sah man dem stark ergrauten Autor an. Im Moment waren seine Haare wieder viel zu lang und hingen ihm ständig im Gesicht. Er setzte seine runde Nickelbrille ab, welche er nur zur Weitsicht benötigte, und sah Bernd durchdringend an.

Bernd nahm einen kräftigen Schluck aus seiner Kaffeetasse. »Was sollte ich denn sagen, mit den ganzen Kollegen im Nacken? Ja klar, das wird die Story deines Lebens? Hast du dir mal über die Konsequenzen Gedanken gemacht?«

Armin schien nur den ersten Teil der Antwort zu registrieren. »Es gibt also eine Story?«

»Mann, Armin. Wenn je rauskommt, was ich dir so alles erzähle …«

»Wird es nicht. Jetzt raus mit der Sprache. Was war da heute Morgen los?«

Bernd fasste sich an die Schläfen, um den aufkeimenden Kopfschmerz mit seinen Fingern wegzumassieren. Er holte tief Luft und begann, Armin den Tatort in all seinen grausigen Details zu beschreiben. Dabei ließ er nicht aus, wie sehr ihn diese Bilder seitdem verfolgten und dass selbst einer der Kriminaltechniker sich übergeben hatte.

»Ja, einem der Reporter draußen erging es genauso. Er muss etwas gesehen haben. Die anderen redeten unentwegt auf ihn und einen weiteren ein. Wollten irgendetwas erfahren.«

Bernd riss die Augen auf. »Verdammte Scheiße! Diese verfluchten Hyänen. Das hat mir gerade noch gefehlt. Ich sehe schon die Schlagzeile: *Grausamer Ritualmord in Essen – Polizei ratlos. Eine Stadt in Angst.*«

Armin hatte sich einiges an Notizen gemacht, doch nun klappte er seine Kladde mit dem Einband aus italienischem Leder zu und steckte den roten

Kugelschreiber wieder ein. »Ist das so? Seid ihr ratlos?«

»Zum jetzigen Zeitpunkt … leider ja. Ich warte auf die Laborberichte. Das wollte ich dir vorhin schon sagen. Alkohol kommt für mich heute nicht infrage. Ich bin praktisch in Bereitschaft. Wenn der Anruf kommt, muss ich sofort wieder aufs Revier.«

»Und damit erfüllst du dann doch die Klischees der Filmkommissare ohne Privatleben.« Er sagte es zwar leichthin und ließ ein übertriebenes Lachen folgen, aber im Grunde meinte Armin es schon ernst. Bernd lebte für seinen Beruf. Alles andere hatte sich dem unterzuordnen. Und damit war die Aussage über erfüllte Klischees durchaus berechtigt. »Also, was du mir da erzählt hast, ist echt harter Tobak. Du musst mir unbedingt berichten, was die Techniker rausgefunden haben. Ja, es ist wirklich krank und tragisch und so, aber es klingt eben auch nach einem guten Stoff für ein neues Buch.«

»Weißt du, im Grunde bist du genauso ein Aasgeier wie diese Journalisten.« Bernd war aufgestanden und hatte sich einen weiteren Kaffee zubereitet.

»Hast ja recht, nur können die davon leben«, erwiderte Armin sarkastisch, aber der Klang einer gehörigen Portion ernsthafter Frustration in seiner Stimme war nicht zu überhören.

»Ach, hör auf. Du verkaufst doch ganz gut.«

»Ganz gut? Fitzek verkauft ganz gut. Ich halte mich gerade eben so über Wasser. Darum brauche ich auch mal einen richtigen Hammer. Etwas, das nicht ein paar Hundert Leute kaufen, sondern ein paar Millionen. Wer weiß, vielleicht hat dieser Fall ja das Zeug dazu, mich zu inspirieren und zum Bestseller zu führen.«

Bernds Mobiltelefon klingelte. Armin lachte, als er die Melodie des Tatorts hörte, aber sein Freund warf ihm einen missbilligenden Blick zu.

»Da muss ich rangehen. Vermutlich die Jungs aus dem Labor mit den Ergebnissen.« Bernd nahm das Telefonat entgegen und wurde aschfahl im Gesicht. »WAS? Ihr wollt mich wohl auf den Arm nehmen? Wo? Oh, verdammt. Ich bin in einer halben Stunde da.« Er beendete das Gespräch und wandte sich mit einem Gesichtsausdruck, der nichts Gutes verhieß, an Armin: »Ich muss dich rausschmeißen, Kumpel.«

»Was ist denn los? Sind die Berichte da?«

Bernd fuhr sich gestresst über den kahlen Schädel. »Ähm, nein. Aber ich muss mich dennoch auf den Weg machen.«

»Kein Problem, Mann. Das Bier wird ja nicht schlecht. Was ist denn passiert? Du siehst aus, als hättest du einen Geist gesehen.«

»Es gab einen weiteren Mord. Dasselbe Muster. Die Kacke ist ordentlich am Dampfen.«

»Oha. Ein Serienmörder? Hier im Ruhrgebiet? Jetzt wird es spannend.«

»Armin, bitte. Das ist kein guter Zeitpunkt. Wir sehen uns, okay?«

Armin zuckte mit den Schultern und verabschiedete sich. Bernd sah ihm deutlich an, wie ungern er dies tat. Sicher wäre er viel lieber direkt mit ihm an den Tatort gefahren. Nachdem er die Tür hinter seinem Freund geschlossen hatte, wechselte der Hauptkommissar in Rekordzeit seine Sachen und setzt sich schließlich in den alten Audi A8. An Schlaf war für Bernd Zenker an diesem Abend nicht mehr zu denken.

4.

Seit der Essener Straßenstrich auf den früheren Kirmesplatz an der Gladbecker Straße umgezogen war, schien die Welt für die zumeist jungen Frauen sicherer geworden zu sein. Jene Frauen, die sich dem ältesten Gewerbe der Welt verschrieben hatten. Frauen wie Lena Olberg.

Seit fast einem Jahr ging sie bereits anschaffen. Emily, eine Kommilitonin, hatte sie auf die zunächst abwegig erscheinende Idee gebracht. »Komm doch einfach mal mit. Ich stell dir Chris vor und du wirst sehen, dass die Bilder, die du jetzt vielleicht im Kopf hast, nur Klischees sind.« Sie hatte etliche Mal davon gesprochen, dass es leicht verdientes und vor allem schnelles Geld war. »Du musst einfach die Typen ausblenden. Ich stell mir immer vor, es wäre Brad Pitt, der da unbeholfen auf mir rumrutscht«, meinte sie weiter. »Es ist nur Sex.«

Mittlerweile verblassten Lenas Erinnerungen an die Anfangszeit zunehmend. Zwar wirkte sie weiterhin tagsüber eher prüde und zugeknöpft, ein graues Mäuschen, das von den männlichen Studenten an der Essener Uni selten beachtet wurde. Aber abends auf dem Kirmesplatz wurde sie zu Vanessa, einem männermordenden Vamp. Die brünette Kurzhaarfrisur verschwand unter einer langen, schwarzen Perücke. High Heels streckten optisch ihre etwas zu kurz geratenen Beine. Ihre zarten Sommersprossen waren auf dem stark geschminkten Gesicht nicht einmal zu erahnen. Der Rock konnte kaum als solcher bezeichnet werden. Ein schmaler Stofffetzen, ein Hauch von Nichts, das mehr offenbarte, als es zu verstecken.

Ihre ganze Erscheinung glich einer sündigen Verheißung, welche die Kunden dazu brachte, ihre Brieftaschen zu zücken. Meist handelte es sich um frustrierte Ehemänner, die bei ihren Frauen nicht, oder nicht mehr, das bekamen, wonach sie sich sehnten. Lena redete sich gerne ein, eher als Therapeutin statt als Prostituierte zu arbeiten. Schließlich kamen die Männer oft mit langen, unzufriedenen Gesichtern zu ihr. Doch wenn sie mit ihnen fertig war, wirkten sie zufriedener und gelassener. »Wer weiß, wie viele Ehen ich mit meiner Arbeit schon gerettet habe.«

Auch den achtunddreißigjährigen Chris betreffend hatte Emily recht behalten. Er entsprach tatsächlich nicht den üblichen Vorstellungen von einem Zuhälter. Im Gegenteil, er erwies sich sogar als richtig netter Kerl, dem viel daran lag, dass es seinen

Mädchen gut ging. Er war durch und durch Geschäftsmann. Und als solcher war er stets bemüht, seine Investitionen zu schützen. Ihm gehörten die Wohnwagen, in die sich seine Häschen, wie er sie gerne nannte, mit der lüsternen Kundschaft zurückziehen konnten. Er kümmerte sich um Arzttermine für die regelmäßigen Untersuchungen. Sorgte dafür, dass die mobilen Behausungen und der Platz um sie herum stets gepflegt aussahen. Zudem veranlasste er nötige Reparaturen. Kurz gesagt, er hatte auf alles ein Auge. Im Gegenzug bekam er seine Provisionen und den Mädchen blieb immer noch genug, um nicht zu bereuen, was sie taten. Außerdem fühlten sie sich durch ihn relativ sicher. Klar gab es auch brenzlige Situationen mit Luden, die nicht so korrekt waren wie er, oder mit Freiern, die meinten, ihren Frust an den Frauen abreagieren zu können. Aber dank Chris war nie etwas wirklich Schlimmes passiert. Der redegewandte Halbitaliener regelte stets alles irgendwie.

Lena hatte ihn gleich gemocht. Doch weder ihn noch Emily oder sonst wen würde sie jemals wiedersehen. Das war eine unumstößliche Tatsache, denn sie spürte bereits den Tod, der sie langsam, aber mit endgültiger Gewissheit, in seine finsteren Arme schloss. Wie hatte es nur so weit kommen können? Wo war Chris gewesen, als der Unbekannte sie auf dem Nachhauseweg betäubt und entführt hatte? Weshalb hatte niemand mitbekommen, was geschehen war? Warum hörte jetzt keiner ihre Schreie? Wieso eilte nicht eine Menschenseele ihr zu Hilfe? Sollte ihr Leben wirklich so enden? Mit gerade einmal einundzwanzig? Sie hatte doch noch so viel vor.

Im nächsten Jahr wollte sie ihre langjährige Brieffreundin in Orlando besuchen. Und das Studium. Sie träumte davon, nach ihrem Germanistikstudium Deutschlehrerin zu werden. Es war der Beruf, den sie seit der ersten Klasse in der Grundschule ausüben wollte. Doch aus ihren Träumen und Wünschen würde nun nichts mehr werden. Die Hoffnung war das Erste, was starb.

Wenn sich die verbleibende Zeit dem Ende zuneigt, sieht man sein ganzes Leben an sich vorbeirauschen, so heißt es. Im Falle von Lena war es ein kurzer Rausch. Die Bilderflut verschwand genauso schnell, wie sie vor ihrem geistigen Auge aufgetaucht war. Selbst die unmenschlichen, grausamen Schmerzen waren irgendwann im Nebel ihrer nachlassenden Wahrnehmung untergetaucht. So fühlte es sich also an, über die Schwelle des Todes zu treten. Dabei hatte sie einmal gehört, oder in einem Film gesehen, dass verbluten eher wie einschlafen sein sollte. Man würde einfach immer müder und erschöpfter werden. Doch die Lage, in der sie sich befand, sorgte für

Schmerzen jenseits von allem, was sie sich bis jetzt hatte vorstellen können.

Was für ein Mensch musste das nur sein, der ihr ohne jeden Grund so etwas antat? Das heißt, eigentlich hatte er ihr schon einen Grund genannt. Gott habe sie wegen ihrer Prostitution verurteilt und ihn zu ihrem Henker berufen. Einem Henker, der sichtlich genoss, wozu er angeblich auserwählt wurde. Sie war sich nicht hundertprozentig sicher, ob es sich um einen Mann handelte, da seine Stimme verzerrt und unheimlich klang, dennoch ging sie davon aus, dass nur ein Mann so abgrundtief böse und krank im Kopf sein konnte.

Als Lena kurz zuvor aus ihrer Bewusstlosigkeit erwacht war, fand sie sich splitternackt auf einem keilförmigen Gebilde sitzend wieder. Eine Art spitz zulaufendes Dreieck, dessen Oberkante so scharf war, dass es sie an den empfindlichsten, den intimsten Körperstellen aufzuschlitzen begann. Ihre Arme waren auf dem Rücken fixiert. Ihre Beine hingen rechts und links von diesem spanischen Bock herunter, ein Foltergerät des Mittelalters, wie ihr der Entführer mit einer beängstigenden Genugtuung erklärte.

Dieser Sadist hatte ihr an die Fußknöchel unglaublich schwere Gewichte gebunden, die ihre Beine nach unten zogen und somit dafür sorgten, dass der scharfe Keil immer tiefer in ihr Fleisch schnitt. Zumindest einer der Knöchel war kurz nach dem Befestigen der Last gebrochen. Die Qualen, welche Lena ertragen musste, waren unbeschreiblich. Sie sehnte eine vor den Schmerzen rettende Ohnmacht herbei, doch dies geschah nicht.

Sie hatte so lange um Hilfe geschrien, bis ihre Stimme versagte und nur noch ein Röcheln aus ihrer trockenen Kehle drang. Wo immer dieser stockdunkle Raum auch sein mochte, offenbar konnte niemand ihren Todeskampf hören. Das Schlimmste an Lenas Tod war jedoch der kurz aufkeimende Hoffnungsschimmer. Ein letztes Aufbäumen, vor dem sicheren Ende. Die nahende Rettung, die sie verschwommen, wie aus weiter Ferne wahrnahm. Lena Olberg starb fast im selben Moment, als die Polizei die Kellertür in Altenessen aufbrach.

5.

Was ist das?« Klaus Elsing zündete sich gerade eine neue Zigarette an, als Daniel ihm die Schutzhülle mit der Speicherkarte auf den Schreibtisch warf.

»Na, was denkst du wohl? Das ist deine Titelseite und zugleich die Story des Jahres.«

Elsing nahm die Karte vom Tisch und hob sie in die Höhe. »Du trägst ganz schön dick auf. Ich hoffe für dich, dass die Bilder halten, was du versprichst«, sagte er in bedrohlichem Tonfall.

Daniel Wolter ließ sich wie ein nasser Sack auf den Stuhl gegenüber des Schreibtisches fallen und grinste seinen Chef selbstgefällig an. »Hör auf zu quatschen und lass uns mal einen Blick darauf werfen.«

Elsing starrte ihn mit einer Mischung aus Neugier und Abscheu an, nickte schließlich und steckte die SD-Karte in das Lesegerät seines Computers. Schrebergarten-Kolonie, Schützenfest … Die ersten paar Dutzend der Fotos waren an Belanglosigkeit kaum zu überbieten. Doch einen nur einen Moment später fiel Klaus Elsing die Zigarette aus dem Mund. »Ach du heilige Scheiße. Wie bist du denn da drangekommen?«

Wolters Gesichtsausdruck machte deutlich, dass er sich gerade für den Größten hielt. »Sagen wir mal, das wird vermutlich einen armen Teufel den Job kosten. Aber hey, das da draußen ist ein Dschungel. Fressen oder gefressen werden.«

Die Gesichtsfarbe des Redakteurs wechselte permanent zwischen einem bleichen Weiß und einem von Aufregung zeugenden Rot. »Weiß dieser jemand, dass er das …«

»… verloren hat? Vermutlich wird es ihm mittlerweile aufgegangen sein, davon gehe ich zumindest aus.«

»Und weiß er auch, dass du …?«

»… es gefunden hast?«

»Ähm, ja genau. Gefunden.«

»Selbst wenn er so dämlich ist, wie es den Anschein hat, wird er sicher früher oder später eins und eins zusammenzählen können. Aber beweisen kann er es selbstverständlich nicht. Ich bin ja nicht blöd.« Daniel verschränkte großspurig die Arme vor der Brust und genoss sichtlich seinen Triumph.

Man sah Klaus Elsing an, wie seine Synapsen bereits auf Hochtouren arbeiteten und neue Verknüpfungen erstellten. Er betrachtete das Foto und schüttelte den Kopf. »Was für eine kranke Scheiße. Die

Welt geht echt den Bach runter. Wir werden hier und da was schwärzen müssen, sonst haben wir die Sittenwächter an der Backe kleben.«

»Jetzt machst du mich aber neugierig, Klaus.«

Dieser wandte seinen Blick kurz vom Monitor ab. »Soll das heißen, du hast diese Schweinerei hier noch gar nicht gesehen?«

»Nein, Mann. Hatte leider meine Kamera im Wagen gelassen. Ach, bei der Gelegenheit: Ich musste mit jemandem mitfahren, die Taxifahrt zur Redaktion übernimmst du natürlich. Mein Wagen steht immer noch in der Nähe des Tatorts.«

Der Chefredakteur nickte und deutete Daniel an, zu ihm hinter den Schreibtisch zu kommen.

»Na, dann zeig mal, was haben wir denn …« Die Worte erstarben mitten im Satz. »Ach, du Kacke … Das war …? Alter Schwede. Jetzt wird mir klar, warum die Bullen so ein Brimborium darum gemacht haben. Ich stimme dir auf jeden Fall zu, da muss einiges geschwärzt werden. Meine Güte, mir kommt gleich das Essen wieder hoch.«

Klaus Elsing grübelte derweil bereits über die Schlagzeile nach. »Grausamer Serienmord im Revier.«

»Wir wissen doch gar nicht, ob es ein Serienmörder ist. Das kannst du nicht machen.« Kopfschüttelnd starrte er auf das Foto vor sich.

Elsing legte das Gesicht in seine Hände und schnaufte. Dann präsentierte er die nächste Idee: »Massaker im Ruhrgebiet.«

Wolter verdrehte die Augen. »Echt jetzt? Nicht dein Tag heute, oder?« Immer wieder stierte er auf das Bild. Schließlich fiel ihm das Detail im Hintergrund auf, welches Klaus Elsing bisher gar nicht zur Kenntnis genommen hatte. »Was ist das denn? Da an der Wand. Schuldig?«

»Was? Ja, tatsächlich. Rache? Ritualmord? Ritualmörder macht das Ruhrgebiet unsicher.«

Daniel schlug die Hände über dem Kopf zusammen. »Lass mal stecken, Klaus. Deine Kreativität scheint gerade Urlaub zu machen.« Er überlegte und versuchte, die wenigen vorhandenen Puzzleteile zusammenzusetzen. »Wir brauchen einen richtigen Reißer und sollten der Bestie einen Namen geben. Einen so einprägsamen, dass ganz Deutschland morgen kein anderes Thema hat, als dieses kranke Schwein. Schuld … Schuldig … Er hat sein Opfer nicht einfach umgebracht, er hat es hingerichtet …«

»Das ist es. Hingerichtet! Und wer richtet die Leute hin? Ein Henker.«

Daniel klopfte ihm anerkennend auf die Schulter. »Ja, den Ball hast du gut angenommen. Aber da fehlt noch irgendwas.«

»Der Ruhrpott-Henker.«

»Okay, das ginge vermutlich. Allerdings finde ich Pott zu speziell. Es gibt immer noch Leute in unserem Land, die nicht wissen, dass wir das Ruhrgebiet so nennen. Vielleicht etwas allgemeiner. Wie wäre es mit dem NRW-Henker?«

Klaus Elsing klatschte begeistert in die Hände. »So machen wir's.« Er öffnete sein Textverarbeitungsprogramm und legte die Finger auf die Tastatur. »Prima, dann mal los. Erzähl mir alles, was du weißt.«

»Ähm … Ich weiß gar nichts. Nicht einmal die Bullen wissen bisher etwas. Du musst dir deine Infos aus dem Foto zusammenklauben. Lass dir was einfallen, du schaffst das schon. Pfeife deine Kreativität vom Strand zurück, oder wo immer sie hin ist.«

Klaus griff zum Telefonhörer. »Neuer Aufmacher: der NRW-Henker. Untertitel: Massaker in Essener Industriegebiet. Ich schicke euch gleich das Foto dazu.« Er wartete keine Antwort ab, sondern legte direkt wieder auf und machte sich eilig daran, das Bild für die Veröffentlichung zu bearbeiten. Normalerweise hätte Elsing das an einen der vielen Mediengestalter weitergeleitet, die bei der Zeitung angestellt waren, doch die Zeit drängte und das Material war äußerst brisant. Die Schlagzeile und nahende Absatzrekorde schon vor Augen habend, war sich Klaus Elsing gewiss, dass am nächsten Tag ganz

Deutschland in Angst und Schrecken vor dem NRW-Henker sein würde.

***

In der Redaktion in einem anderen Stadtteil kramte ein Mann vergeblich in seinen Jackentaschen. »So eine Scheiße, so eine verdammte Scheiße«, schrie Ulf Jakobs und warf wutentbrannt den gammeligen braunen Blazer auf den Boden des Büros. »Chef, ich schwöre Ihnen, ich hatte sie gerade eben noch. Und ich habe ein Foto vom Opfer. Voll drauf, man konnte absolut alles sehen. Niemandem sonst war es gelungen, so einen Schnappschuss zu erhaschen.«

Der Mann hinter dem Schreibtisch war genervt und musterte den Reporter angewidert. »Jakobs, ich bin ein sehr beschäftigter Mann. Wenn Sie nichts für mich haben, dann entschuldigen Sie mich jetzt bitte.« Die Stimme und die Statur des Mannes erinnerten an den Altkanzler Helmut Kohl.

Hendrik Wilkens war einer von jener Sorte, bei denen man meinte, den schlanken Menschen noch irgendwo unter den Fettmassen zu erkennen. Er war nicht hässlich und mit einigen Kilos weniger hätte man ihn sogar als attraktiv bezeichnen können. Zudem legte der Vierzigjährige viel Wert auf eine gepflegte Erscheinung. Ein Aspekt, den man Ulf

Jakobs nicht anhaften konnte. Wilkens wollte ihn stets nur schnell wieder aus dem Büro haben. Heute galt dies ganz besonders, denn die Gerüche, die von Jakobs ausgingen, konnte man nur als widerwärtig bezeichnen.

»Einen Moment noch, Chef. Sie muss hier irgendwo sein.« Er wusste genau, dass er sie in die Jackentasche getan hatte, dennoch durchwühlte er nun auch seine Hosentaschen nach der Speicherkarte mit dem wertvollen Inhalt.

»Jakobs. Bitte, ich habe wirklich noch …«

Endlich ging Ulf ein Licht auf. »Wolter! Verdammt. Diese elende Drecksau. Das wird er bereuen.«

»Es reicht, Jakobs. Verlassen Sie augenblicklich mein Büro und halten Sie mich nicht länger von wichtigeren Dingen ab.«

Ulfs Schultern sackten nach unten. Die Niederlage schmerzte ungemein und der zuvor gefundene Schatz löste sich im Nichts auf. Er winkte resignierend ab und trottete leise fluchend mit gesenktem Kopf hinaus.

Kaum war er verschwunden, griff Wilkens zum Telefon. »Fräulein Wutzke, machen Sie bitte die Papiere für Jakobs fertig. Ulf Jakobs. Die Kündigung soll heute noch raus. Und lassen Sie dieses verkommene Subjekt nie wieder in mein Büro, ansonsten ist ihre Kündigung die nächste, die ich unterschreiben werde. Ich hoffe, ich habe mich klar und deutlich ausgedrückt.«

6.

Bernd Zenker befand sich auf halber Strecke zu der angegebenen Adresse. Er konnte es einfach nicht fassen, dass ein weiterer Mordfall ihm an diesem Abend wohl endgültig den Schlaf rauben sollte. Obendrein war der Verkehr mal wieder zum Haare raufen. An der Baustelle ging es nur im Schritttempo vorwärts.

Bernd schlug gerade schimpfend auf das Lenkrad, als die Tatortmelodie ertönte. Er fischte das Handy aus der Jacke, die auf dem Beifahrersitz lag. Nach einem Blick auf das Display nahm er sichtlich gestresst das Gespräch über die Freisprechanlage an. »Na endlich. Also? Was haben wir?«

Am anderen Ende räusperte sich jemand. Es war nicht Bernds üblicher Kontakt aus dem Labor. Vermutlich war Phillips mit seinen Jungs bereits auf dem Weg zum zweiten Tatort.

»Kommissar Zenker, guten Abend. Ja, also, wir konnten die Identität des Opfers feststellen. Es handelt sich um die zwanzigjährige Clara Warren. Sie war Einzelhandelskauffrau. Ledig, keine lebenden Verwandten. Sowohl das Blut auf dem Boden als auch das an der Wand stammt ausschließlich von ihr.«

»Was ist mit dem Täter? Irgendwelche Spuren?«

»Nichts. Und das meine ich wortwörtlich. Keine Abdrücke, keine DNA-Spuren, rein gar nichts. Die Vermutung liegt nahe, dass der Täter unsere Vorgehensweisen genau kennt. Das führt zu einer folgenschweren Überlegung …«

Zenkers Finger krallten sich in das Lenkrad. Sein Mund war staubtrocken, als er die auf der Zunge liegende Antwort hinunterschluckte.

»Ihr Schweigen zeigt mir, dass Sie verstehen, worauf ich hinauswill. Der Täter könnte ein Polizist gewesen sein. Oder er ist es immer noch. Eventuell auch ein Kriminaltechniker. Irgendetwas in der Art. Er scheint genau zu wissen, worauf er achten muss. Wir sehen jedenfalls ziemlich alt aus.«

»Schöne Scheiße. Vielleicht sieht er einfach zu viele Krimis?« Langsam löste sich der Stau auf und Bernd kam wieder etwas zügiger voran.

»Das glaube ich kaum. Wenn ich an Ihrer Stelle wäre, würde ich in diese Richtung ermitteln. Der kranke Dreckskerl weiß definitiv mehr über unsere Arbeit als ein Fernsehzuschauer oder Krimileser.«

»In Ordnung. Ich gehe mal davon aus, dass ich Ihren Chef gleich in Altenessen treffe. Danke erst mal für die Infos.« Bernd beendete das Gespräch und sah in den Rückspiegel. Sein Interesse galt aber weniger dem Verkehr als seinem eigenen Spiegelbild. Ein Jucken hatte es bereits angekündigt und der Blick in den Spiegel bestätigte die roten Flecken, die sich auf seinem Hals ausbreiteten. Er bekam sie, wenn er stark schwitzte, aber auch in Stresssituationen. So wie jetzt.

Nur wenige Sekunden später leuchtete das Handydisplay erneut zur altbekannten Melodie auf, die Bernd langsam, aber sicher zu nerven begann. Davon ausgehend, dass der Labormitarbeiter etwas vergessen hatte, achtete der Kommissar nicht auf den angezeigten Namen. »Sonst noch was?«, fauchte er unwirsch und gab sich alle Mühe, die Konzentration auf den Verkehr zu richten.

»Schatz, ich freue mich auch, deine Stimme zu hören.«

»Oh, Rita. Entschuldige bitte. Ich dachte, es wäre noch mal der Typ vom Labor.« Seine Frau wusste nur zu gut, wie er war, sobald es bei ihm auf der Arbeit brannte, und auch, dass er mit Stress nicht mehr so gut umgehen konnte wie früher. Seine grobe Art nahm sie ihm zum Glück nicht übel. Sie hatte Verständnis dafür.

»Oje. Schlimmer Tag?«

»Der schlimmste. Und er ist noch nicht vorbei.« Sein Tonfall transportierte Erschöpfung und eine schwere Anspannung. Die Finger trommelten einen schnellen Rhythmus auf dem Lenkrad.

»Willst du darüber reden?«

»Nicht am Telefon, das weißt du doch. Ich kann dir nur sagen, dass ich gerade zu einem Tatort unterwegs bin. Dem zweiten heute. Und ich befürchte, dass es sich um denselben, vollkommen geisteskranken Täter handeln könnte.«

Rita seufzte laut. »Du Ärmster. So wie du klingst, war der erste Tatort keine Bagatelle. Zumal du nur selten solche Worte benutzt.«

Einfühlungsvermögen gehörte zu den größten Stärken seiner Frau. Und das brauchte sie bei Bernds Beruf auch. Schon oft hatte sie gesagt, dass sie sich wie seine Therapeutin fühlte. Wirklich helfen konnte sie ihm natürlich nicht, aber manchmal reichten ein offenes Ohr und viel Verständnis für seine Stimmungen. Letztendlich war das auch eine Art von Hilfe, ohne die Bernd sicherlich schon das eine oder andere Mal durchgedreht wäre.

Er fuhr sich müde über die Augen. »Du hast völlig recht, das war er in der Tat nicht. So etwas habe ich in all den Jahren noch nicht erlebt. Ich kann nicht behaupten, dass ich darauf sonderlich scharf gewesen war.«

»Dann hoffe ich mal, dass ich dich ein wenig aufmuntern kann. Ich komme früher als geplant zurück.

Hier ist alles ein bisschen chaotisch gelaufen. Das Interview ist geplatzt und die Redaktion hat mich zurückbeordert. Ich sag nur: Politiker mit Starallüren.«

Der Anflug eines Lächelns breitete sich auf Bernds Gesicht aus. »Wann ist denn früher?«

»Mein Flieger landet um zehn Uhr dreißig in Düsseldorf.«

»Das ist die erste gute Nachricht seit Stunden. Ich glaube aber kaum, dass ich dich abholen kann. Wenn du wüsstest, was hier los ist. Wird sicher spät werden.«

»Mach dir keine Sorgen, die Redaktion kümmert sich darum. Sie schicken mir einen Fahrer.«

»Ah, okay, das beruhigt mich. Ich kann zwar nicht absehen, wann ich zu Hause bin, aber ich freue mich auf dich.«

»Ich weiß, bei dir ist die Hölle los. Schatz, sollte ich mich hingelegt haben, kannst du mich ruhig wecken. Und falls du doch eher kommst, koche ich uns was Schönes. Bis nachher.«

Sie hatte bereits aufgelegt, als ihre Worte noch in Bernds Kopf nachhallten: »… was Schönes.« Die Bilder des ersten Opfers drängten sich wieder vor sein geistiges Auge und sein Verstand warf die Frage in den Raum, ob an diesem Tag alles Schöne zum Sterben verurteilt war. Gleichzeitig malte er sich die schlimmsten Szenarien aus, auf die er gleich treffen würde. Es wäre dasselbe Muster, hatten die Kollegen gesagt.

Bernd Zenker wurde flau im Magen und der sprichwörtliche Kloß im Hals schien ihm die Luft zum Atmen zu nehmen. Vielleicht war er einfach nicht mehr für diesen verstörenden Beruf geeignet. Denn obwohl er derartige Gedanken bisher erfolgreich im Ansatz verdrängt hatte, schlichen sie sich immer häufiger ein. Doch was war die Alternative? Ein Schreibtischjob? Oder gar vorzeitiger Ruhestand?

»Nach zweihundert Metern haben Sie Ihr Ziel erreicht. Das Ziel befindet sich auf der rechten Seite.« Die Ansage des Navis riss ihn aus seiner bedrückenden Stimmung. Er hielt neben den Wagen der Kollegen und der Kriminaltechniker, stellte den Motor ab, öffnete die Wagentür und verharrte noch einen Moment auf dem Fahrersitz. Er setzte alles daran, seine Schwermut abzuschütteln und den Kopf freizubekommen.

Nachdem er ein paarmal tief durchgeatmet hatte, machte er sich schließlich auf den Weg zu seinem zweiten Albtraum des Tages.

7.

Die Dreieinhalb-Zimmer-Wohnung nördlich des Essener Hauptbahnhofes hätte wahrlich eine Grundreinigung vertragen. Man konnte Armin Kanschek zwar nicht als unordentlich bezeichnen, aber er setzte Prioritäten. Und diese lagen derzeit nicht beim Putzen. Es passierte im Moment einfach zu viel, was seine ganze Zeit beanspruchte. Außerdem hing ihm sein Verleger im Nacken. Die bisherigen Arthur-Cold-Krimis und seine Aushilfstätigkeit als Dozent an der Essener Uni brachten gerade so viel finanziellen Erfolg ein, dass Armin nicht zum Sozialamt gehen musste. Es wäre sein größter Albtraum gewesen, wieder einen handwerklichen Job in Betracht ziehen zu müssen. In diesem Punkt konnte er sich schon lange nichts mehr vormachen. Für *normale* Arbeit war Arthur »Armin« Cold einfach völlig ungeeignet. Das hatte er bereits während seiner Lehrzeit erkannt.

»Handwerk hat goldenen Boden«, hatte sein Vater ihm ständig eingebläut. Warum musste er sich damals ausgerechnet für eine Ausbildung zum Installateur entscheiden? Es mochte Leute geben, die kein

Problem damit hatten, in dem Unrat anderer herumzuwühlen, um einen verstopften Abfluss freizubekommen. Doch Armin hatte damals schnell festgestellt, dass er nicht zu diesen Leuten gehörte. Das, was in ihren mitunter kranken Hirnen vor sich ging, interessierte ihn erheblich mehr. Ein Psychologiestudium, ja, das wäre es gewesen, aber wenn man in der Schule nur mäßig aufgepasst hatte, dann erlaubten einem die Noten irgendwann eben nur noch den ach so tollen goldenen Boden des Handwerks.

Zudem hatte sein ausgeprägtes Autoritätsproblem mehrfach zu handgreiflichen Auseinandersetzungen geführt. Nicht nur während der Ausbildung, auch in den Jahren danach. Armin ließ sich ungern etwas sagen. Mehr als ein Dutzend Anstellungen hatte er hingeschmissen oder aber dafür gesorgt, dass er gekündigt wurde. Letzteres war nicht besonders schwierig. Man musste einfach nur das meist viel zu große Ego des Chefs piksen.

Als ihn sein Beruf nur noch anekelte, machte es schließlich Klick in seinem Kopf. Er hing den Job endgültig an den Nagel und holte nicht nur sein Abitur nach, sondern studierte anschließend Germanistik und tatsächlich einige Semester Psychologie. »Seinen richtigen Weg zu finden, kann mitunter ganz schön anstrengend sein«, äußerte er einst in einem Interview.

Genaugenommen kam Armin vor acht Jahren auf diesen Weg. An dem Tag, als das Telefon klingelte und sein Agent ihm freudig mitteilte, dass sein erster Krimi ins Programm eines Verlages aufgenommen wurde. Seit diesem schicksalhaften Tag wendete sich das Blatt und Armin konnte endlich tun, wozu er sich immer berufen gefühlt hatte. Die Schreiberei war in der Schule der Grund gewesen, der ihn vom Unterrichtsgeschehen abgelenkt hatte. Schon damals hatte er die Zeit lieber dazu genutzt, sich Geschichten auszudenken.

Mittlerweile blickte er auf fünfzehn Veröffentlichungen zurück. Sie hatten ihn nicht reich gemacht, aber dank seiner Bescheidenheit kam er über die Runden. Er legte keinen Wert auf Statussymbole, teure Klamotten, Designermöbel, schicke Autos oder ähnliche Belanglosigkeiten. Auch unterlag er keinem Sammelwahn irgendwelcher nutzlosen Dinge. Was er brauchte, waren ein Tisch und sein Notebook. Und nicht einmal das war etwas Besonderes, er hatte es im nahe liegenden Discounter günstig erworben.

Ähnlich pragmatisch zeigte Kanschek sich, wenn es um seine Fahrzeuge ging. Sein alter VW Passat Variant genügte ihm völlig. Unscheinbar, rostrot im wahrsten Sinne des Wortes und sparsam im Verbrauch. Allerdings stand derzeit in den Sternen, was der TÜV im kommenden Jahr zum Zustand des Wagens sagen würde. Doch darüber würde er sich erst Gedanken machen, wenn es so weit war.

Im Moment interessierte ihn nur eine Sache — sein nächster Roman. Eigentlich konnte sich Armin glücklich schätzen, denn im direkten Vergleich zu den großen Publikumsverlagen, ging es bei AHAB-Books persönlicher zu.

Ursprünglich hatte sich Alex Hagenbeck auf die Veröffentlichung von Abenteuerromanen spezialisiert, wodurch er auch auf den originellen Verlagsnamen gekommen war. Konnte man doch aus den Buchstaben entweder den weltbekannten Kapitän herauslesen oder wahlweise die Buchstabenkürzel seines eigenen Namens. Zum Glück für Armin hatte der Verlag sein Programm schnell um Krimis und Thriller erweitert.

Leider lag ihm der Verleger nun schon seit Monaten in den Ohren, da Armin in diesem Jahr noch nichts abgeliefert hatte und die Verkaufszahlen seiner vorangegangenen Werke stagnierten, und gerade redete er wieder am Telefon auf ihn ein: »Hau mal ein bisschen in die Tasten, Arthur. Es ist bereits Oktober. Wir sollten unbedingt etwas Neues von dir auf den Markt bringen. Du weißt genau, wie schnell die Leser einen vergessen. Bekommst du das hin? Du bist doch an was dran, oder?«

66

Bisher war es Armin gelungen, ihn immer wieder hinzuhalten, obwohl er bereits im Sommer versprochen hatte, das neue Werk bald abzuliefern. Doch was er seitdem geschrieben hatte, gefiel ihm nicht. Im Grunde handelte es sich um einen Abklatsch seines ersten Romans. Noch ein Mörder, noch ein Ermittler – irgendwie wollte ihm die zündende Idee diesmal nicht kommen. Allerdings verschwieg er Axel die Blockade, etwas Zufriedenstellendes zu Papier zu bringen. Stattdessen sagte er: »Ja, ja. Ich bin dran. Du weißt, ich schreibe schnell, aber ich musste ein paar Kapitel in die Tonne hauen. Das war alles zu abgedroschen.«

»Armin, ich setzte dich nur ungern unter Druck, aber ich möchte unbedingt das Weihnachtsgeschäft mitnehmen. Es mit einem neuen Arthur Cold bereichern. Das verstehst du doch?«

»Sicher. Ich weiß das auch zu schätzen, aber … Ich könnte dir vermutlich in wenigen Tagen etwas geben, doch das wäre nur Durchschnitt, Fließbandware. Wenn du jedoch Weihnachten vergisst und mir noch ein paar Wochen gibst, garantiere ich dir *den* Bestseller. Ich arbeite gerade an einer Wahnsinnsstory.«

»Wow, große Worte. Du weckst Erwartungen in mir. Meinst du wirklich, du kannst sie halten? Du verlangst da echt viel Vertrauen von mir.«

Armins Blick wanderte ins Leere. Er konzentrierte sich auf das Kreativzentrum seines Gehirns. Bereits vor der Absperrung der Werkstatt, als er seinen Freund Bernd Zenker kontaktiert hatte, war dieser Teil zu Hochtouren aufgelaufen. Nachdem er mit dem Kommissar am Abend gesprochen hatte, verknüpften sich zunehmend neue Synapsen und erschufen ein Bild, das sich mehr und mehr zu einer – nein, zu *der* Story entwickelte. »Ja, das kann ich halten. Ich werde dein Vertrauen nicht enttäuschen. Hau doch einfach zu Weihnachten irgendeine Neuauflage raus. Vielleicht auch eine Sonderedition mit einem Bonus, der die Käufer anlockt. Ich kann dir noch zwei Kurzgeschichten oder so schicken. Du machst das schon irgendwie.«

Als Armin den Telefonhörer auflegte, machte sich ein Grinsen breit. Er hatte es wirklich geschafft, seinen Verleger noch einmal zu vertrösten. Jedoch war es kein Bluff. Die besten Geschichten schrieb das Leben, und wenn dieses Leben einem so etwas Gewaltiges wie Bernds neuen Fall vor die Füße warf, dann musste man die Möglichkeiten erkennen und die Chancen ergreifen.

Seine Finger flogen plötzlich regelrecht über die Tastatur, doch er wurde jäh vom Summen seines Handys unterbrochen. Eine WhatsApp-Nachricht war eingegangen. Aufgrund von Armins penibler

Recherche in den letzten Jahren hatte er auch einige zwielichtige Kontakte in seiner Liste. So wie jenen, der ihm just in diesem Moment schrieb: *Da kocht jemand eine heiße Suppe in Altenessen. Aber die Restaurantkritiker sind schon zahlreich vor Ort.* Es folgte noch eine Adresse. Auch wenn Armin diese Codesprache als übertrieben und lächerlich empfand, die Nachricht versetzte ihm einen Adrenalinschub.

Zehn Minuten später war Arthur Cold wieder auf Recherchejagd. Sein Bestseller sollte Gestalt annehmen.

8.

Bernd war es leid. Zum zweiten Mal an diesem gottverfluchten Tag bot sich dem Hauptkommissar ein Bild, welches er nie wieder aus seinem Kopf bekommen würde. Und zum wiederholten Mal drohte jemand, seinen Mageninhalt am Tatort zu hinterlassen. Nur war es diesmal er selbst, der mit einem Würgereiz zu kämpfen hatte, den Konflikt jedoch in letzter Sekunde gewann. Vermutlich unterstützt von der Tatsache, dass er heute noch gar nicht dazu gekommen war, etwas zu essen.

Seine müden Augen wanderten über das Opfer und den blutgetränkten Boden. Der Keller war nicht groß und abgesehen von dem Bock und der auf ihm sitzenden jungen Frau befand sich nichts weiter in dem schlecht beleuchteten Raum.

Nicht nur das, was Bernd sah, schlug ihm auf den Magen, auch das, was in seine Nase stieg, trug erheblich dazu bei. Die Feuchtigkeit dürfte schon seit langer Zeit hier unten ein Zuhause gefunden haben, denn es roch modrig und nach Schimmel. Hinzu gesellten sich die beißenden Gerüche der Körperflüssigkeiten, die sich zusammen mit dem Blut des

Opfers auf dem tristen Steinboden ausgebreitet hatten.

»Dasselbe Muster«, hatte man ihm am Telefon gesagt. Bernd fragte sich, ob die Kollegen damit lediglich das mit Blut an die Wand geschriebene Wort »Schuldig« meinten oder ob sie sich auf die grausame Art und Weise bezogen, mit der diese arme Frau aus dem Leben gerissen wurde? Es spielte auch keine Rolle, denn es war das Gesamtbild, welches Bernd Zenker erneut mit dem Gedanken spielen ließ, seinen Dienst endgültig zu quittieren.

David Phillips riss ihn aus seinem trübseligen Gemütszustand. »Kommissar Zenker.«

»Tja, da wären wir wieder, was? Neuer Ort, dieselbe Scheiße. Und ich gehe jede Wette ein, dass Sie mir in wenigen Sekunden das Gleiche wie heute Mittag erzählen werden.« Die Resignation war ebenso deutlich aus Bernds Stimme zu entnehmen wie die Erschöpfung.

Phillips nickte. »Ich wünschte, ich könnte etwas anderes sagen. Aber ja, Sie liegen richtig. Vielleicht freut es Sie, dass ich die ersten Laborergebnisse dabeihabe. Dachte mir schon, dass wir uns hier noch mal treffen.«

Phillips zeigte sich jederzeit hilfsbereit und zuvorkommend. Mit seinen achtundvierzig Jahren wirkte er unglaublich jung, und für das, womit er sich tagtäglich beschäftigte, erstaunlich lebensbejahend. Einer dieser Menschen, in dessen Gegenwart man sich stets wohlfühlte.

»Einer Ihrer Assistenten hatte mich bereits informiert.«

»Ja, das weiß ich, schließlich habe ich ihn selbst beauftragt. Allerdings haben wir mittlerweile ein paar weitere Erkenntnisse.« Er rückte sich die Hornbrille zurecht und wirkte dabei wie ein Professor.

Bernd nickte. Sein Blick ruhte nach wie vor auf dem Opfer. »Lassen Sie uns draußen reden, in Ordnung?«

Phillips bewegte sich direkt auf den Ausgang zu. »Ja, sicher. Ich habe die Unterlagen in meinem Wagen, kommen Sie, ich will Ihnen etwas zeigen.«

Zenker folgte dem Kriminaltechniker stillschweigend und wünschte sich, nur halb so viel Motivation aufbringen zu können wie dieser Workaholic.

Sie zwängten sich an mehreren Beamten vorbei, die am Ende der Kellertreppe den Hauseingang sicherten. Das gesamte Grundstück war bis zu dem kleinen Vorgarten abgesperrt und erneut drängten sich die Presseparasiten nach vorn, um Fotos zu machen und bestenfalls ein Statement der Beamten zu ergattern.

***

Daniel Wolter hatte den Eingang fast erreicht. Keiner der Polizisten, die vom Blitzlichtgewitter der anderen Journalisten abgelenkt waren, achtete auf ihn. Bei dem Auflauf vor der Absperrung könnte man meinen, dass gleich ein paar Hollywoodstars aus dem Gebäude herauskamen. Wolter sah sich gehetzt um, als er plötzlich angerempelt wurde und ins Straucheln kam. Er ruderte mit den Armen und kämpfte darum, sein Gleichgewicht wiederzuerlangen.

»Verdammt, Wolter. Bewegen Sie Ihren penetranten Arsch hinter die Absperrung oder ich sorge dafür, dass Sie die Nacht in Sicherheitsverwahrung verbringen.«

Mit dem Hauptkommissar, der seinen dreisten Vormarsch jäh stoppte, hatte Wolter nicht gerechnet. Unbeeindruckt von den Worten des Kommissars baute er sich vor ihm auf und schlug seine Arme übereinander. »Herr Zenker, schon mal etwas von Pressefreiheit gehört?«

Die Miene des Hauptkommissars verfinsterte sich. Seine buschigen Augenbrauen bildeten einen zur Nase spitz zulaufenden Keil. »Schon mal was von Behinderung der Justiz gehört? Bis zu fünf Jahre Gefängnis, Wolter, aber das wissen Sie sicher. Ich sage es kein weiteres Mal — zurück hinter die Absperrung, zu den anderen Aasgeiern.«

Daniel bedachte Zenker mit einem abfälligen Blick und folgte behäbig der Anweisung. Nach ein paar Schritten wandte er sich um. »Ich werde nie verstehen, was Ihre Frau dazu veranlasst hat, ihr Leben mit einem so verbitterten, alten Mann zu vergeuden.« Grinsend registrierte er die Zornesröte, die peu à peu Wolters Gesicht überzog.

»Sieh zu, dass du verschwindest, du selten dämliches A…« Bernd Zenker sah im letzten Moment, dass die Reporter ihre Kameras auf ihn gerichtet hatten und die Szene möglicherweise sogar filmten. »Begleiten Sie den Mann bitte hinter die Absperrung«, wies er einen Beamten an und wandte sich wieder seinem Kollegen zu.

Phillips hatte die ganze Zeit über keinen Laut von sich gegeben, erst jetzt brach er sein Schweigen: »Was für ein Unsympath. Sie kennen dieses … Subjekt?«

»Sie brauchen kein Blatt vor den Mund zu nehmen. Der Typ ist ein Arschloch, wie es im Buche steht. Ein Arbeitskollege meiner Frau. Glücklicherweise arbeiten sie in verschiedenen Bereichen. Ich schätze, sonst würde Rita diesen Lackaffen irgendwann verprügeln.« Er lachte, aber es klang gekünstelt.

Bernd Zenker konnte derart selbstverliebte, arrogante Menschen auf den Tod nicht ausstehen.

Ebenso wenig wie Reporter. Bei Daniel Wolter kam gleich beides zu einer Symbiose der Abneigung zusammen.

»Kommen Sie«, sagte Phillips und bewegte sich in Richtung Parkplatz. »Ich habe die Akte in meinem Wagen.«

Bernd folgte ihm, während er sich eine Zigarette anzündete und daran zog, als wäre es seine erste an diesem Tag. Im Grunde war sie das auch – die erste der dritten Schachtel. Tage wie dieser zerrten an seinen Nerven. Nicht auszuschließen, dass die Packung den Abend ebenfalls nicht überstehen würde.

David Phillips öffnete die Seitentür seines Vans und zog wenig später die versprochene Akte aus einer Tasche. »Clara Warren hatte eine Abtreibung kurz vor ihrem sechzehnten Geburtstag«, verkündete er theatralisch, als wäre es die Lösung des Falles. Der Kriminaltechniker brachte sich immer gerne mit ein. Es war sein Steckenpferd, zu kombinieren und damit bei den Ermittlungen aktiv zu helfen, wo er nur konnte. Er bezeichnete sich selbst als Hobby-Sherlock-Holmes ohne den sprichwörtlichen, englischen Charme.

Bernd blätterte die recht überschaubare Akte durch. »Das war es? Mehr nicht? Sie hatte eine Abtreibung? Toll. Dann ist ja alles klar. Fall gelöst und wir können alle nach Hause fahren.«

»Kommissar, sehen Sie doch. Möglicherweise gibt es einen Zusammenhang mit der Schmiererei an der Wand.«

»Wieso das?« Bernd konnte ihm nicht folgen.

»Schuldig! Ich habe mich gefragt: Warum sollte das jemand mit dem Blut des Opfers an die Wand schmieren? Wir haben den Werdegang des Mädchens überprüft. Keine Vorstrafen, keine Auffälligkeiten, nichts – nicht mal einen Strafzettel. Was soll das Wort also?«

»Vielleicht ein verärgerter Freund, Liebhaber oder Ex? Ich werde es herausfinden.«

»Das läge selbstverständlich auch im Bereich des Möglichen. Auf jeden Fall führt das Geschmiere zur Lösung. Da bin ich mir sicher.«

»Das mag sein. Ja, vermutlich haben Sie recht. Fakt ist, wir müssen diesen Irren finden, denn irgendwas sagt mir, dass er nicht damit aufhören wird. Ich glaube sogar, dass er gerade erst angefangen hat.«

***

Unter dem Mob der Reporter, die gierig darum kämpften, Informationen zu den aktuellen Ereignissen zu ergattern, befand sich auch Armin Kanschek. Eigentlich hatte er beabsichtigt, seinen Freund zu dem neuen Tatort auszufragen. Doch die Beobachtungen, die Armin machte, sagten ihm überdeutlich, dass es kein guter Zeitpunkt war. Die Art und Weise, mit der sich Bernd diesen aufdringlichen Journalisten vom Hals schaffte, erschreckte den Schriftsteller. Seit der Jugendzeit hatte er ihn nicht mehr so wütend erlebt. Natürlich bekam Armin wenig davon mit, wie sein Freund im Alltag war. Dass der Job an seinem Nervenkostüm zerrte, war kein großes Geheimnis. Dass er mittlerweile so schnell auf die Barrikaden ging, war ihm jedoch neu.

Armin traf die in der Situation vermutlich cleverste Entscheidung und ließ Bernd in Ruhe. Stattdessen richtete er seine Aufmerksamkeit auf Daniel Wolter, der eben noch mit einigen Reportern gesprochen hatte. Was auch immer er in Erfahrung gebracht hatte, seinem Gesichtsausdruck nach zu urteilen, war er alles andere als zufrieden damit. Gerade schälte er sich aus der Menschentraube heraus und ging mit eiligen Schritten zu seinem Wagen. Im Gegensatz zu Armin bemerkte Wolter die dunkle Gestalt nicht, die ihm bemüht unauffällig folgte.

9.

Wie lange das Telefon bereits klingelte, konnte Bernd nicht sagen. Ein verschwommener Blick auf die Uhr zeigte, dass es kurz nach acht war. Im Grunde eine normale Zeit, nur eben ganz und gar nicht, wenn man erst mitten in der Nacht ins Bett gekommen war. Es musste gegen halb vier gewesen sein. Von einem Zustand, der dem Begriff ausgeschlafen auch nur nahekam, war der Zweiundfünfzigjährige weit entfernt.

»Ach, verdammt«, nuschelte er und nahm den Anruf endlich mit einem unmotivierten, kehligen »Ja?« entgegen.

»Chef, es gibt Probleme.«

Auf so einen vor Energie strotzenden Kollegen am frühen Morgen hatte Bernd Zenker nur gewartet. »Sie meinen, noch andere, als mich nach gerade mal vier Stunden Schlaf aus dem verdammten Bett zu klingeln, Peters?«

»Ha, ha, ha, der war gut. Aber im Ernst. Haben Sie heute schon die Zeitung gelesen?«

Bernd setzte sich schnaufend auf. »Welcher Teil von ›aus dem Bett klingeln‹ war so schwer zu verstehen? Glauben Sie, der Postbote legt sie mir jeden Morgen auf den Nachttisch?«

»Chef, Sie sollten wirklich mal einen Blick auf die Titelseite werfen«, überging Peters die Vorwürfe. »Wir haben da ein ernstes Problem. Die machen uns hier die Hölle heiß. Kommen Sie besser schnell her.« Ohne ein weiteres Wort legte er auf.

»Ein neuer Tag im Paradies«, murmelte Bernd und hievte sich schlaftrunken aus dem Bett.

Er trottete in die Küche, griff sich eine Tasse und legte ein Kaffeepad in die Maschine. »So viel Zeit muss sein.« Nachdem er die Taste betätigt hatte, schlurfte er zur Haustür, zog die Tageszeitung aus dem Briefschlitz und klemmte sie sich unter den Arm.

Zurück in der Küche griff er im Vorbeigehen nach seinem Kaffee und setzte sich schließlich an den Tisch. Noch bevor er die Zeitung vor sich ausbreitete, nippte er an dem schwarzen Wachmacher und spuckte ihn sogleich in einer fein zerstäubten Fontäne durch die halbe Küche. Die Schlagzeile glich einem Fausthieb ins Gesicht. Die sogenannte Pressefreiheit rollte gnadenlos durch die Medien und würde jede Ermittlung fortan erschweren. »Diese Vollidioten! Das kann doch nicht wahr sein!«

Er hämmerte wütend auf den Tisch und begann, den kompletten Artikel zu lesen.

RUHRALLGEMEINE

Der NRW-Henker – Serienmörder versetzt das Ruhrgebiet in Angst und Schrecken.

Von Klaus Elsing

ESSEN. Gleich zwei grausame Morde sorgen heute für Entsetzen und Panik in der Bevölkerung. Am Freitagmittag fand man zunächst die brutal verstümmelte Leiche der zwanzigjährigen Clara W. Der offenbar schwer geistesgestörte Täter hat sein Opfer mit einer Kreissäge zerteilt, nachdem er es wie ein Stück Fleisch aufgehängt hatte. Reporter vor Ort haben sich reihenweise übergeben.

Am Abend wurde in Altenessen ein weiteres Opfer entdeckt, dessen Identität noch ungeklärt ist. Es wurde nicht minder brutal hingerichtet. Die ermittelnden Beamten gaben dazu bisher keine Stellungnahme ab. Es wird jedoch davon ausgegangen, dass beide Morde auf das Konto des Killers gehen, der mit dem Blut seiner Opfer das Wort »Schuldig« an die Wand schreibt.

Wer ist der NRW-Henker und was treibt ihn zu seinen grausamen Taten? Sind unsere Straßen noch sicher oder ist die Polizei machtlos?

Für sachdienliche Hinweise wenden Sie sich bitte an jede Polizeidienststelle.

Das Foto, das unter der Schlagzeile zu sehen war, versetzte Bernd einen eisigen Stich ins Herz. Dass er sich wieder vor Ort und auf dieses Schreckensszenario starren sah, nahm ihm die Luft zum Atmen. Die Tatsache, dass es einem der Reporter gelungen war, ein Foto vom Tatort zu schießen, war eine Katastrophe. Eine, für die er sich höchstpersönlich zu verantworten hatte. Dazu brauchte man kein Hellseher sein. Bernd Zenker war der Leiter der einberufenen Sonderkommission. Er hätte dafür Sorge tragen müssen, dass nichts nach außen gelangt. Jetzt wurde ihm klar, warum sich das Revier, laut Peters Informationen, in Aufruhr befand und weshalb er ihn aus dem Bett geholt hatte.

Er nippte an seinem Kaffee und überflog ein weiteres Mal den Artikel. Das Bild war an den schlimmsten Stellen geschwärzt, doch das Grauen war noch deutlich zu erahnen. Ihn interessierte jedoch weniger das Foto, als vielmehr der Fotograf und der Verfasser des Zeitungsartikels. Klaus Elsing und, er hatte es fast geahnt, Daniel Wolter. Mit einem großen Schluck leerte Bernd die Kaffeetasse und sprang auf. Wenn diese Aasgeier auf Krieg aus waren, sollten sie ihn bekommen.

Hätte Bernd Zenker auch nur geahnt, dass ausgerechnet Daniel Wolter seine Frau abholte, wäre er vermutlich selbst zum Flughafen gefahren. Doch so führte ihn sein erster Weg heute nicht ins Revier, sondern zur Redaktion dieser unsäglichen Schmierfinken.

10.

Die Cabriosaison war längst vorüber, aber mit heruntergelassenem Dach wirkte Wolters Angeber-Mercedes einfach noch teurer und protziger. Das stets auf Hochglanz polierte Statussymbol auf Rädern sprach die gleiche Sprache wie Daniel selbst: Seht mich an, ich bin der Größte.

Rita hingegen imponierte der Wagen wenig. Im Gegenteil, sie hatte dank einer Operation am Knie im vergangenen Jahr ziemliche Probleme, aus dem tief liegenden Wagen wieder herauszukommen.

Wolter gab sich als Gentleman der alten Schule und reichte ihr die sonnenstudiogebräunte Hand. »Darf ich's wagen, Ihnen Geleit anzutragen, Werteste?« Er zog sie nah an sich heran und legte die Hand auf ihr Gesäß, doch Rita schlug sie reflexartig von sich.

»Nicht hier«, zischte sie wütend durch die geschlossenen Zähne. In ihrem Blick war eine Mischung aus Wut und Furcht zu lesen.

»Glaubst du etwa, er ist zu Hause? Du hast doch gelesen, was hier gerade los ist. Dein Mann ist so schon kaum da und jetzt leitet er die Soko. Es würde mich schwer wundern, wenn er nicht auf dem Revier ist.«

Rita stampfte zornig zum Kofferraum. »Das spielt keine Rolle. Jemand anderes könnte uns sehen. Hier kennt jeder jeden. Und die Leute tratschen gerne. Los, mach schon auf und gib mir mein Gepäck.«

»Bist du immer noch wütend auf mich? Ich dachte, wir hätten das geklärt. Du kennst das doch bestens. Manchmal geht der Job eben vor.« Er hievte ihren Koffer aus dem Wagen und trug ihn die fünf Stufen hoch.

»Ja, ich kenne das bestens. Du wirst meinem Mann nämlich immer ähnlicher.«

»Das solltest du Bernd mal erzählen. Der hat mich gestern am Tatort ziemlich auflaufen lassen. War schon fast peinlich.«

Ihre smaragdgrünen Augen taxierten ihn feindselig. »Ich bin mir sicher, er wird dafür seine Gründe gehabt haben.«

»Weißt du, mit diesem Blick wirkst du wie eine Giftschlange. Aber ich finde es irgendwie sexy. Am liebsten würde ich dich gleich hier auf der Treppe vernaschen.«

Rita konnte den ernsten Blick nicht länger beibehalten und musste grinsen. »Jetzt verschwinde endlich, du Spinner.«

»Sehen wir uns Montag in der Redaktion?«

Sie hatte die Haustür bereits aufgeschlossen und stand zur Hälfte im Hausflur, als sie sich noch einmal zu ihm umdrehte. »Tja, wer weiß … Du stehst doch so auf Überraschungen, also will ich sie dir nicht nehmen.« Dann ging sie hinein und die Tür fiel hinter ihr ins Schloss.

Zwei Atemzüge später hörte sie, wie der Mercedes mit quietschenden Reifen davonfuhr. Rita schüttelte schmunzelnd den Kopf und murmelte: »Du bist und bleibst ein Kindskopf. Wenn Bernd doch nur ein Quäntchen davon hätte.« Sie hätte allen Grund, wütend auf Daniel zu sein, denn die letzten drei Tage waren nicht ansatzweise so verlaufen, wie sie es sich vorgestellt hatte. Dennoch konnte sie ihm einfach nicht böse sein.

Sie stellte ihren Koffer neben der Garderobe ab und wollte sich zunächst ein Glas Wasser holen. Egal wie lange ein Flug dauerte, danach fühlte sie sich jedes Mal wie ausgedörrt. Ihr Blick fiel auf die Tageszeitung, die voller Kaffeeflecken auf dem Küchentisch lag. Der Artikel musste ihren Mann zur Weißglut getrieben haben.

Ihr grauste vor dem Moment, wenn er heimkam und mit dem seelischen Ballast der letzten Tage auch wieder diese dunklen Wolken ins Haus brachte. Früher konnte Bernd nach Feierabend abschalten, doch das hatte sich zunehmend geändert. Ihr Mann war kaum noch in der Lage, Privates und Berufliches zu trennen. Aber genau das sah Rita als unerlässlich an. Nicht nur für ihn selbst, sondern auch für ihre Ehe. An der Liebe zu Bernd gab es nicht das Geringste zu rütteln. Trotzdem befanden sie sich an einem Punkt ihrer Beziehung, der sie immer mehr voneinander entfernte. Es war ein langsamer, schleichender Prozess gewesen, kaum merklich, aber dennoch existent und nicht zu leugnen.

Rita nahm ihren Koffer und stieg die alte, knarzende Treppe hinauf zum Schlafzimmer. Sie schaute auf das ungemachte Bett. *Typisch. Sieht mal wieder nach einem überstürzten Aufbruch aus.* Sie stellte den Rollkoffer ab und betrachtete sich in den Spiegeln des gigantischen Kleiderschrankes. »Frau Zenker, wissen Sie eigentlich, was Sie da tun?« Rita seufzte laut. In ihren Augen lag eine tiefe Schuld verborgen und es konnte nur eine Frage der Zeit sein, bis auch Bernd diese entdecken würde.

Sie fuhr sich mit den Händen durch die brünette Kurzhaarfrisur, an die sie sich noch immer nicht richtig gewöhnt hatte. Bis vor Kurzem hatte sie eine lange Mähne mit blonden Strähnchen. Aber irgendwann hatte sie genau wie jetzt vor dem Spiegel gestanden und sich nicht mehr wohlgefühlt. Mit fünfundvierzig Jahren wurde es höchste Zeit für eine radikale Veränderung.

Die neue Frisur passte auf jeden Fall besser zu ihrem Wesen. Sie wusste, dass einige in der Redaktion sie hinter ihrem Rücken als spröde und unnahbar bezeichneten. Andere hingegen bewunderten ihre vornehme Ausstrahlung und die stets gerade Haltung. Rita Zenker bemühte sich, immer höflich zu sein und meist umspielte ein dezentes Lächeln ihre Mundwinkel. Schon oft wurde ihr gesagt, dass sie eine geradezu erhabene Eleganz versprühte, die sie wie eine Lady wirken ließ.

Mit einem weiteren tiefen Seufzer wandte sie sich von ihrem Spiegelbild ab und begann, ihren Koffer auszupacken.

***

Zur selben Zeit ging eine Frau in Armin Kanscheks Wohnung wutschnaubend auf und ab. Er und Jennifer Jäger führten bereits seit einigen Jahren eine Beziehung, die von Anfang an nicht einfach war und die man durchaus als toxisch bezeichnen konnte. Eigentlich bildete stets das gleiche Thema die Grundlage für ihre Streitigkeiten. Die Zweiundvierzigjährige wollte mehr, als Armin bereit war, ihr zu geben. So auch an diesem Tag.

»Gegen Mittag ... So war es zumindest verabredet. Ein Wochenende in Amsterdam. Nur wir beide.«

Seit Minuten murmelte sie die Sätze vor sich hin. Bis vor einer Stunde noch hatte sie gedacht, dass er vielleicht nur kurz etwas besorgen war. Mittlerweile musste sie jedoch einräumen, dass er ihre Absprache mal wieder vergessen hatte. Es wäre ja nicht das erste Mal.

Ihre Wut staute sich immer mehr an.

Es war bereits kurz vor vierzehn Uhr, als Armin die Wohnung betrat. Irritiert blickte er seine Freundin an. »Jenny? Was machst du denn hier?«

Ihre ohnehin sehr dunkle Augenfarbe schien sich bis ins Schwarz zu verfinstern. Sie stemmte die Fäuste in die schmalen Hüften und schimpfte los: »Ist das dein Ernst? Ist das *wirklich* dein Ernst?«

Armin dachte angestrengt nach, doch ihm fiel nicht ein Grund für Jennifers Aggressivität ein. Er war sich keiner Schuld bewusst.

»Du willst mir nicht ernsthaft erzählen, dass du es vergessen hast, oder?« Sie hatte ihre Arme vor der Brust verschränkt und blickte ihn strafend an. Der Klang ihrer Worte war rasiermesserscharf. Jennifers ganze Haltung glich der eines Raubtieres, bevor es zum Sprung ansetzte, um seine Beute zu reißen.

Erst jetzt sah Armin die Reisetasche zu ihren Füßen, und die Tatsache, dass sie sich herausgeputzt hatte, ließ nur einen Schluss zu. »Waren wir verabredet?«

Seine Ratlosigkeit war echt, daran zweifelte Jennifer nicht, doch genau das steigerte ihre Wut ins Unermessliche. Ihre sonst eher ungewöhnlich tiefe Stimme wurde laut und schrill. »Das ist jetzt nicht wahr, oder? Es ist Samstag. Na, klingelt da was bei dir?«

Ja, ich muss Bernd anrufen, dachte er, verkniff sich den Kommentar jedoch.

Noch bevor er sich eine Antwort zusammenbasteln konnte, giftete sie ihn an: »Amsterdam?!«

Armin fuhr sich durch die wilde Naturkrause. »Oh, verdammt. Ja, ich erinnere mich. Wie konnte ich das nur …?«

»Und? Wo warst du so lange? Was war dir wieder mal wichtiger als ich? Wir wollten gegen zwölf losfahren.«

»Schatz, es tut mir wirklich leid, aber …« Er trat einen Schritt auf seine Freundin zu und nahm ihren Kopf zwischen seine Hände. Als er sie küssen wollte, wich sie zurück.

Jennifers Augen verengten sich zu schmalen, hasserfüllten Schlitzen. »Nein! Sag es ja nicht!« Sie zog das Ja in die Länge, wie es Frauen nur tun, wenn sie wütend sind. »Du wirst diese Nummer nicht schon wieder mit mir abziehen, Armin Kanschek.«

»Ich kann nicht. Es tut mir leid.« Sein Blick wich dem ihren aus. Verlegen wie ein Schuljunge schaute

Armin zu Boden. Er suchte nach dem goldenen Satz, der seine Freundin wieder besänftigen könnte. Kreative Wortfindung war sein Beruf, doch gerade in diesem Moment wollte ihm einfach nichts einfallen.

Ihr Gesicht nahm eine gefährliche Zornesröte an und sie hämmerte mit den Fäusten gegen seine Brust. »Du hast es versprochen. Nur wir beide. Ein romantisches Wochenende.«

Armin packte ihre Handgelenke und versuchte, sie zu beruhigen. »Schatz, ich mache das wieder gut, Ehrenwort. Aber heute geht es einfach nicht. Ich bin da einer wirklich großen Sache auf der Spur. Es ist der Stoff für einen Bestseller. Außerdem weißt du, wie sehr mir Axel im Nacken sitzt. Ich muss etwas abliefern.«

Es funktionierte nicht. Jennifers Wutpegel erreichte seinen Siedepunkt. In diesem Stadium war es völlig gleichgültig, was er sagte, Verständnis konnte er ganz gewiss nicht erwarten. Armin war mittlerweile geübt darin, ihren Launen standzuhalten und sich nicht auf die Streitereien einzulassen. Zumindest bis zu einem gewissen Punkt. Er musste sich selbst immer wieder die Frage stellen, warum er sich dieses Theater eigentlich schon so lange antat. Jennifer Jäger war eine Cholerikerin, wie sie im Buche stand.

»Ich bin dir doch völlig gleichgültig«, schrie sie ihn an. »Vielleicht sollten wir hier und jetzt endgültig einen Schlussstrich ziehen.«

Da war es wieder. Im Schnitt wollte sie die Beziehung jeden Monat mindestens einmal beenden, wenn es nicht nach ihrem Willen lief. Und meist erreichte sie genau damit den Punkt bei Armin, an dem er in den Streit einstieg oder zumindest etwas Dummes sagte. Etwas wie: »Sag mal, verhältst du dich bei deinen Kunden auch so? Weißt du, es ist wirklich hochspirituell, was du hier schon wieder abziehst.«

Ihre Berufung als spirituelle Lebensberaterin infrage zu stellen, traf sie härter als jede denkbare Beleidigung. Für Armin war das, was sie tat, lediglich irgendein Humbug mit Kartentricks, um geistig minderbemittelten, leichtgläubigen Opfern das Geld aus der Tasche zu ziehen. Natürlich hatte er ihr das nie so überdeutlich gesagt. Aber auch Jennifer griff seinen Job an, wenn sie ihn provozieren wollte. Gern erwähnte sie dabei, dass er nie ein großer Autor werden und immer nur den gleichen Mist schreiben würde.

Heute allerdings blieben diese gegenseitigen Verletzungen aus. Stattdessen schnappte sie sich ihre Tasche und stürmte aus der Wohnung. »Du kannst mich mal, Armin Kanschek«, hörte er sie noch im Hausflur brüllen und dann krachte die Tür zu.

Für das Wochenende sollte er erst einmal seine Ruhe haben. Wie üblich war auch dieses Mal zu erwarten, dass es ihr bereits am Montag wieder leidtun würde.

»Warum?«, fragte er sich erneut selbst. »Nur weil sie so eine Granate im Bett ist?« Natürlich kannte der Autor die wahre Antwort, aber er verdrängte sie gerne. In Wahrheit war Jennifer sein Schutz vor echten Gefühlen. Sie lag nicht ganz falsch damit, zu denken, dass sie ihm gleichgültig war. Allerdings lag sie damit auch nicht völlig richtig. Armin Kanscheks Fähigkeit, eine Frau wirklich zu lieben, blieb seit der Uni nur einer einzigen vorbehalten. Rita Zenker. Doch das Geheimnis musste er bewahren. Weder sie selbst noch Bernd durften das jemals erfahren. In diesem Zusammenhang kam Jennifer ihm gerade recht. Sie war nicht immer so unerträglich und man konnte durchaus auch Spaß mit ihr haben, solange alles nach ihren Vorstellungen lief.

Armin war nicht oberflächlich, dennoch spielte das Aussehen eine nicht unerhebliche Rolle. Und Jennifer Jäger hatte diesbezüglich einiges zu bieten. Ihre fast hüftlangen, dunkelbraunen Haare, die langen Beine, die braunen Rehaugen und der Schmollmund sprachen ihn schon sehr an. Genau wie die Tatsache, dass Jennifer so wandlungsfähig war. An einem Tag wirkte sie wie eine alternative Ökotussi, die sich gleich an die Bahnschienen kettete, um den nächsten Castortransport zu verhindern. Am darauffolgenden stand sie als männermordender Vamp mit bis zu den Oberschenkeln reichenden Stiefeln und zwölf Zentimeter Absätzen vor ihm und startete ein gekonntes Spiel der Verführung.

Er mochte sie, meistens zumindest, aber lieben konnte er sie nicht. Nicht so, wie sie es von ihm erwartete oder erhoffte. Ob sie sich dessen bewusst war oder nicht, war zweitrangig für Armin. Er wusste, dass er daran nichts ändern konnte, selbst wenn er es gewollt hätte. Wieder musste er an Rita denken und an ihre gemeinsame Zeit, so kurz sie auch gewesen war. Sie hatte ihn für die Ewigkeit gebrandmarkt. Er beneidete Bernd und gleichzeitig gönnte er ihm sein Glück. Schließlich waren sie schon lange vor Rita beste Freunde gewesen.

Bernd! Er musste ihn anrufen. Es gab einiges zu bereden. Fast hätte das Theater mit Jennifer ihn davon abgelenkt, doch das hier war wichtig. Armin musste mit ihm über den NRW-Henker reden.

11.

Elsing saß zurückgelehnt und mit überkreuzten Armen da wie der König der Welt und blockte alle Fragen und Anschuldigungen bezüglich des Artikels ab. »Wenden Sie sich an unsere Rechtsabteilung, Herr Kommissar.« Ein Satz, den er innerhalb des kurzen Gespräches öfter von sich gegeben hatte.

Vielleicht war es ganz gut, dass der Anruf aus dem Labor gerade jetzt kam, denn Bernd verspürte zunehmend das Bedürfnis, diesem Dreckskerl, der sich Chefredakteur nannte, die arrogante Visage einzuschlagen. Allein dessen süffisantes Grinsen hatte Bernd Zenker ordentlich in Rage gebracht. »Wir sind noch nicht fertig miteinander. Glauben Sie ja nicht, dass diese Nummer keine Konsequenzen haben wird.«

Der Hauptkommissar knallte die Glastüren der Redaktion zu und eilte hinaus, ohne eine Antwort von Klaus Elsing abzuwarten. Zum Glück lenkte der Anruf von Phillips seine Gedanken schnell auf andere Prioritäten.

»... zumindest konnten wir die Identität des zweiten Opfers schon einmal feststellen. Ihr Name ist, beziehungsweise war, Lena Olberg. Einundzwanzig Jahre alt. Offenbar arbeitete sie als Prostituierte am Kirmesplatz. Sie ist aktenkundig, deshalb konnten wir einiges in Erfahrung bringen. Sie sollten mit Chris Penning reden – ihrem Zuhälter. Auch wenn er das abstreiten wird. Laut seinen Worten ist er Manager, Security und Hausmeister in einem.«

»Wissen wir schon etwas über das Blut an der Wand?«

»Die Untersuchungen sind noch nicht abgeschlossen, aber es deutet alles darauf hin, dass es sich auch hier um das Blut des Opfers selbst handelt.«

Bernds Verstand arbeitete mit Hochdruck daran, die vorhandenen Elemente zu kombinieren. Zumindest schien der Wahnsinn einem System zu folgen. »Ich melde mich später noch einmal«, sagte er und würgte Phillips ab.

Ein Blick auf das Handy zeigte gut ein Dutzend Nachrichten vom Präsidium. Klar, er sollte endlich dort erscheinen, die Soko anleiten und instruieren.

Bernd musste immer lachen, wenn in den deutschen Krimis, die er abends sah, irgendwelche Fernsehkommissare im Alleingang Mordfälle lösten. Das war so fern jeglicher Realität, dass es schon peinlich anmutete. Denn die wahre Polizeiarbeit sah nun einmal so aus, dass bei einem Mord grundsätzlich eine Sonderkommission zusammengestellt wurde, die sich ausschließlich diesem Fall widmete. Hier war Teamarbeit gefragt.

Die meisten Morde in Deutschland wurden in der Regel recht zügig aufgeklärt. Oft handelte es sich um Taten aus dem Affekt heraus. Streitende Ehepartner oder andere Familienmitglieder waren keine Seltenheit. Eine Tatsache, die den Fall des Henkers zu etwas Ungewöhnlichem machte.

Allerdings zog Ungewöhnliches eben auch die Presse an. Bernd, als Leiter der Soko *Henker*, musste die Verantwortung für das Pressedebakel übernehmen, das stand außer Frage. Dessen war er sich vollkommen bewusst, auch ohne die Nachrichten zu öffnen. Zumal die anfänglichen Textschnipsel, die man in den Pop-up-Fenstern lesen konnte, schon Bände sprachen. Dennoch entschied er sich dafür, noch eine weitere Stunde den einsamen Wolf zu spielen. Erneut dachte er an die TV-Kommissare und der Ansatz eines Grinsens umspielte seine Lippen. *Harry, fahr schon mal den Wagen vor.*

Der Kirmesplatz war nicht allzu weit entfernt und er erreichte bereits zwanzig Minuten später sein Ziel. Aus den meisten der mobilen Wohnungen drangen Stöhngeräusche. Das älteste Gewerbe der Welt kannte eben keine Geschäftszeiten. Da konnte es am Samstagmittag genauso heiß hergehen wie nachts.

Nachdem Bernd von einer eher reifen Dame erfuhr, wo Chris zu finden war, biederte sie sich ihm an. Sie hob ihre schlaffen, hängenden Brüste mit den Händen an und taxierte ihn mit einem Blick, der wohl verführerisch sein sollte, auf Bernd aber eher furchteinflößend wirkte.

»Na, Süßer, hast du Lust auf das außergewöhnlichste sexuelle Abenteuer, das du je erlebt hast? Ich besorg es dir wie noch keine zuvor«, versprach die vermutlich bereits weit über Sechzigjährige – zumindest sah sie keinen Tag jünger aus.

Anstatt ihr eine Antwort zu geben, hielt er ihr seinen Dienstausweis unter die Nase.

»Schon gut, schon gut. Habs ja verstanden. Sie sind im Dienst und so. Aber wenn Sie Feierabend haben … Ich bin bis mindestens ein Uhr nachts hier. Stella wartet auf dich, Süßer.«

Bernd bekam das Bedürfnis, sich zu übergeben. Er ließ sie einfach stehen und gab sich alle Mühe, den letzten Satz aus seinem Gedächtnis zu streichen. Zum Glück war er bereits nach wenigen Schritten voll auf seine Arbeit fokussiert.

Chris Pennings *Büro* zu finden erwies sich als ein Leichtes. Im Gegensatz zu den Wohnwagen, in denen seine Mädchen es ihren Freiern nach allen Regeln der Kunst besorgten, war seiner erstaunlich neu und gepflegt.

Nur einen Atemzug nach seinem Klopfen wurde die Tür geöffnet. Zu seiner Verwunderung erfüllte Penning keines der Klischees, die er vielleicht erwartet hatte. Weder war er so schmierig wie die Luden im Fernsehen, noch wirkte er dumm oder aggressiv. Er musste Mitte dreißig sein, trug legere Jeans, ein sportliches, helles Hemd und Turnschuhe.

Die Haare waren nach Bernds Geschmack etwas zu lang für einen Mann seines Alters. Möglicherweise entwickelte er aber auch nur eine Form von Haarneid oder nahm zunehmend die konservative Art seiner Frau an. So wie ein Hund, der sich mehr und mehr seinem Herrchen anpasste.

Bernd begrüßte ihn und hielt ihm den Ausweis entgegen. »Kripo Essen. Herr Penning? Wenn Sie einen Moment Zeit hätten? Ich würde mich gerne mit Ihnen unterhalten.«

»Hey … Whoa … Ich wüsste nicht, dass ich mir etwas zu Schulden kommen lassen habe.« Er wirkte nicht im Geringsten erschrocken oder gar ängstlich. Der Spruch kam im Gegenteil sogar sehr humorvoll und sympathisch rüber.

Zenkers Blick fiel auf den anderen Mann im Wohnwagen, der ihn grimmig anschaute und dabei einen großen Schluck aus seiner Bierflasche nahm. Vor ihm auf dem Tisch standen weitere bereits geleerte sowie ein voller Aschenbecher.

»Könnten wir vielleicht unter vier Augen …?«

»Oh, ja natürlich. Kein Problem. Darius? Entschuldigst du uns mal einen Moment? Ich komme dann gleich zu dir rüber.«

Der unsympathische Typ mit dem Dreitagebart und den vielen Narben im Gesicht murrte etwas, bevor er sich schwerfällig erhob. Er schob sich an Zenker vorbei, wobei er ihn mit der Schulter anrempelte, und trottete über den Platz.

»Setzen Sie sich doch, Herr Kommissar. Wie kann ich Ihnen behilflich sein?«

»Danke, ich stehe lieber. Herr Penning, Sie kennen Lena Olberg?«

Der Zuhälter nickte. »Ja, sie arbeitet hier. Hat sie was angestellt?«

»Nun, sie wurde gestern tot aufgefunden.«

Chris Penning wurde aschfahl im Gesicht. »Was? Lena? Aber … Wie? Was zur Hölle ist passiert?«

»Sie ist eine Ihrer Prostituierten, richtig?«

»Nein, nein, das ist ein Irrtum. Ich bin hier nur für die Sicherheit zuständig und achte ein wenig auf den Platz. Bin quasi Mädchen für alles.«

Bernd Zenker hob beschwichtigend die Hände. »Herr Penning, mir müssen Sie nichts vormachen. Ich weiß, dass Sie ihr Zuhälter waren. Doch das interessiert mich im Moment gar nicht.« Er sah Penning in die Augen, wollte jedes Quäntchen seiner

Reaktion erhaschen, als er fortfuhr: »Lena wurde umgebracht. Und das auf eine sehr unschöne, brutale Art und Weise.«

»O mein Gott. Das glaube ich einfach nicht. Sie wollen mich wohl auf den Arm nehmen? Lena? Wer würde so etwas …?«

»Genau das versuchen wir herauszufinden. Wo waren Sie gestern?«

Penning legte die Hände vor sein Gesicht und atmete schwer. Als er Zenker wieder ansah, hatte er Tränen in den Augen. »Sie glauben doch nicht …?« Er schüttelte den Kopf und wirkte verzweifelt. »Also, ich war den ganzen Tag hier. Da können Sie jeden auf dem Platz fragen. Ich war es nicht, warum auch? Sie war meine Beste. Immer nett, immer höflich und gut gelaunt. Ein absoluter Goldesel, für den ich an manchen Tagen schon Reservierungen vornehmen musste.«

Bernd nahm ihm seine Betroffenheit ab, denn sie wirkte auf ihn glaubhaft – so viel Menschenkenntnis schrieb er sich zu. »Nun, das werde ich selbstverständlich überprüfen.«

Chris Penning nickte und schluckte schwer. »Sie werden sehen, dass ich die Wahrheit sage. Herr Kommissar, wie kann ich Ihnen helfen?« Chris schlug mit der Faust auf den Tisch. »Wir müssen das Monster finden. Vielleicht sind die anderen Frauen auch in Gefahr. Vermuten Sie, dass es ein Freier war?«

Der ganze Wohnwagen kam ins Wanken und Bernd wurde klar, dass er den Mann unterschätzt hatte. Er war definitiv kräftiger, als er wirkte. Und er war groß – fast eins neunzig. Damit passte er perfekt ins Täterprofil. Dennoch, die Trauer und der Zorn waren echt, das konnte man deutlich spüren. »Ich kann Ihnen nichts zu den laufenden Ermittlungen sagen, das verstehen Sie sicher. Aber Sie können mir helfen, indem Sie mir alles erzählen, was Sie über Lena Olberg wissen.«

Der Zuhälter fuhr sich mit der Hand über das glatt rasierte, kantige Kinn. »Puh. Entschuldigen Sie. Aber den Schock muss ich erst mal verdauen.« Er ging zu einem Schrank, nahm ein Glas heraus und schüttete sich einen Whisky ein. »Wollen Sie auch einen?«

»Nein, danke. Ich bin im Dienst.« Bernd Zenker sah auf die Uhr. »Also, was können Sie mir über Frau Olberg erzählen.«

»Ja, natürlich.« Chris trank das Glas in einem Zug leer. »Ich mag Lena. Ich meine … ich mochte sie. Ja wirklich. Sie war so herrlich unkompliziert. Aber ich weiß nicht viel über ihr Privatleben. Da sollten Sie lieber mit Emily reden. Emily Gerber. Sie arbeitet ebenfalls für mich. Hat allerdings heute frei. Ich weiß, dass die beiden sich von der Uni her kennen. Emily hat vor etwa einem Jahr Lena hierhergebracht und sie mir vorgestellt.«

Bernd schrieb sich die wichtigsten Informationen in sein kleines, schon arg zerfleddertes Notizbuch. »Was studiert Emily Gerber denn? Wissen Sie das?«

»Ja, die beiden haben oft darüber geredet, dass sie zusammen Germanistik studieren.«

Bernds Herz setzte einen Schlag aus, vielleicht auch zwei. Seine Gedanken überschlugen sich und ein Schauder lief ihm eiskalt den Rücken hinunter. Germanistik an der Essener Uni. Möglicherweise spielte ihm seine Fantasie jetzt einen Streich, aber das würde er schnell herausfinden. »Danke, Herr Penning. Das hilft mir doch schon mal weiter. Könnten Sie mir noch die Adresse von Emily Gerber geben?«

Penning blätterte kurz in einem Terminplaner und nannte dem Kommissar Straße und Hausnummer.

12.

Ein totes Gleis im Nirgendwo. Nicht weit entfernt vom Gelsenkirchener Hauptbahnhof und irgendwie doch am Ende der zivilisierten Welt. Inmitten des dicht zugewucherten Streckenabschnittes der Bahn stand ein allem Anschein nach vergessener Güterwaggon. Abgesehen von einigen Jugendlichen, die ihn im Laufe der Zeit mit ihren Graffitis versehen hatten, schien keine Menschenseele mehr Notiz von dem alten Eisenbahnwagen zu nehmen, der nicht einmal einen Kilometer vom Bahnhof entfernt vor sich hin rostete. Selbst aus vorbeifahrenden Zügen war er nicht auszumachen. Die Natur hatte ihre schützenden Arme längst über ihn ausgebreitet.

Zu beiden Seiten der Gleise erstreckten sich alte Schrebergarten-Kolonien, die allerdings einen ebenso verwilderten und verlassenen Eindruck machten. Dieser Ort wirkte fast wie der Zugang zu einer anderen Welt. Doch all das blieb Heike Jost verborgen. Das Einzige, was die Zweiunddreißigjährige sah, war das Innere des alten Güterwaggons.

Und nun? Jede andere Frau an ihrer Stelle hätte vermutlich hysterisch um Hilfe geschrien, wäre sie in einem dunklen Eisenbahnwaggon, splitternackt an ein hölzernes Wagenrad gefesselt, aufgewacht. Sie hingegen empfand eine merkwürdige Art von innerem Frieden. Was immer mit ihr geschehen würde – sie hatte es verdient.

Sie erinnerte sich noch daran, dass sie einen Umschlag bei der Post abgegeben hatte. Eine weitere Bewerbung, die vermutlich genauso viel bringen würde, wie die einhundertzweiundzwanzig zuvor. Ihre Jobsuche erstreckte sich über das gesamte Land. Sie hatte sowieso niemanden, der sie in Gelsenkirchen hielt. Martin hatte sie vor einem Jahr verlassen. Es war zu viel geschehen, mit dem ihr Mann nicht hatte umgehen können. Zwar war sie von den Vorwürfen des Missbrauchs freigesprochen worden, doch seine Zweifel waren geblieben und hatten jeden Funken seines Vertrauens für alle Zeiten mit ihrem Gift verseucht.

Heike konnte es ihm nicht verübeln. Wäre er diesen Schritt nicht gegangen, hätte sie ihm möglicherweise selbst die Wahrheit erzählt, die clevere Anwälte vor Gericht verschleiert hatten. Korrupte, geldgeile Blender in teuren Anzügen, die für den richtigen Preis ihre eigene Mutter ans Messer liefern würden. Gleich zwei von dieser Sorte hatten sich für sie von ihrer schäbigsten Seite gezeigt. Es waren alte Bekannte ihres Vaters gewesen, der immer gesagt hatte: »Wenn du jemals in Schwierigkeiten geraten solltest – Milsk und Henrichs boxen dich da raus. Darauf kannst du dich verlassen.«

Mit Lügen, Korruption, Gewalt und illegalen Dingen kannte sich ihr Vater aus. Seine Vergangenheit bei den Hells Angels hatte ihn geprägt. Als er mit achtundsechzig Jahren starb, war Heike gerade dreißig geworden. Vermutlich stimmte es einfach, dass die Gene darüber entschieden, wer wir waren. Jedenfalls hatte sie keine guten mit auf den Weg bekommen.

Ihr Fall war durch die Lokalpresse gegangen, und das nicht nur einmal. *Kindergärtnerin wegen sexuellen Missbrauchs angeklagt*, so war die Schlagzeile. Dabei sehnte sie sich doch nur nach etwas Reinem, Unverdorbenem in ihrem Leben.

Martin war ein guter Mann, ganz ohne Frage. Aber seine perversen Neigungen waren stets ein Problem für Heike gewesen. Zum Schluss ging es tatsächlich so weit, dass Martin nur noch zu erregen war, wenn sie ihre Schwesterntracht trug und seine schrägen Klinikspielchen mitmachte.

Wie das Drama in dem Kindergarten begonnen hatte, konnte sie gar nicht genau sagen. Heike wusste nur noch, dass dieser kleine süße Junge etwas geweckt hatte, das lange Zeit tief in ihr verborgen geschlummert hatte. Eine Bestie, die von einem

Moment zum nächsten komplett die Kontrolle übernommen hatte.

Es mussten bereits Stunden vergangen sein, in denen Heike immer und immer wieder ihr Leben re-
flektiert hatte. Doch nun breitete sich wie ein wu-
cherndes Geflecht mit den körperlichen Schmerzen
auch die Furcht in ihr aus. Das Rad war waagerecht
auf einer Halterung am Boden befestigt worden und
sie selbst lag mit dem Rücken darauf. Ihr Kopf hing
über den Rand nach unten und war mit einem dicken
Seil fixiert, welches sie schmerzhaft strangulierte.
Ihre Arme und ihr Oberkörper waren an die massiven Radspeichen gebunden. Die Haut an den Hand-
gelenken war bereits aufgescheuert, so stramm hatte
ihr Peiniger die Fesseln angezogen. Die Kniebeugen
lagen auf dem Rand auf und ihre Unterschenkel waren unter dem Rad befestigt. Die Fußgelenke waren
eng an die Speichen gebunden, sodass es sich an-
fühlte, als würden jeden Moment die Kniescheiben
herausspringen. Die Erhöhung der Radmitte bohrte
sich brutal in ihr Kreuz und sie wagte sich nicht,
auch nur einen Millimeter zu rühren, aus Angst, dass
ihre Wirbelsäule brach.

Als die Tür des Waggons aufgeschoben wurde,
zuckte sie ängstlich zusammen. Ihr Entführer öffnete die Tür nur einen Spalt breit, gerade so viel, dass

er hindurchschlüpfen konnte. Draußen war es stark bewölkt und nur wenig Licht drang herein. Ihre Lage erschwerte es ihr, Genaueres zu erkennen.

»Hallo, Heike.«

Der Stimmenverzerrer ließ nicht darauf schließen, ob ein Mann oder eine Frau zu ihr sprach. Sie versuchte, den Kopf so weit wie möglich anzuheben. Es schmerzte im Nacken. Jeder Knochen war mittlerweile steif wie ein Brett. In ihrem Schädel hämmerte es, als schlüge jemand von innen dagegen. Nur mühsam erkannte sie die Gestalt.

Er oder sie war recht groß und schwarz. Nicht seine Haut, zumindest hatte Heike noch nie eine so glänzende gesehen, in der sich das schwache Licht spiegelte, welches durch den schmalen Spalt der Schiebetür drang. Was war das? Leder? Nein, auch das würde nicht so glänzen. Gerade wollte ein hysterisches Lachen über ihre merkwürdigen Gedanken nach oben kriechen, als ihre Augen etwas erblickten, das ihre Aufmerksamkeit von der Kleidung ablenkte und sie stattdessen gänzlich für sich beanspruchte. In der rechten Hand hielt der Unbekannte einen großen Vorschlaghammer, dessen Metall mit einem furchteinflößenden Geräusch über den Boden schrappte.

»Gott hat über dich Gericht gehalten, du pädophile Sünderin. Du wurdest für schuldig befunden.«

»Gott? Es gibt keinen Gott. Wer bist du? Warum versteckst du dich hinter einer Maske? Lass mich dein Gesicht sehen. Bist du es, Martin? Es würde mich nicht wundern, wenn du Feigling es wärst.«

»Tz, tz, tz. Was haben wir denn hier? Laut Drehbuch müsstest du jetzt eigentlich schreien und kreischen. Du müsstest rufen: Bitte, bitte, tun Sie mir nichts. Bitte, lassen Sie mich gehen. Ich werde niemandem ein Sterbenswort erzählen.« Der Fremde lachte, verhöhnte sie.

Trotz ihrer Furcht und der starken Schmerzen, die ihren ganzen Körper beherrschten, hatte Heike eine unerklärliche Angriffslust erfasst. »Ich habe keine Angst vor dir! Ich gebe nichts mehr auf mein verfluchtes Leben. Wollte es selbst schon dreimal beenden, habe es aber nicht geschafft.«

»Glaubst du wirklich, Gott wüsste das nicht? Das, meine Liebe, ist deine nächste Sünde. Gott duldet es nicht, wenn man seine Schöpfung dermaßen gering wertschätzt. Nur der Herr darf über Leben oder Tod entscheiden.«

»Martin, hör mit der Maskerade auf. Oder beende es und lass mich endlich sterben, wenn es dir dann besser geht.«

Aus dem Verzerrer drangen Störgeräusche. Offenbar war das Gerät mit der lauter gewordenen Stimme überfordert. »Ich bin nicht dein verdammter

Mann, du Miststück! Ich bin ein Gesandter des Himmels und der Hölle und habe den Auftrag, Gottes Urteil zu vollstrecken.« Er hievte den Vorschlaghammer in die Höhe. »Langsam und qualvoll sollst du dem Tode übergeben werden. Der Schmerz soll deine Seele reinwaschen und dich läutern.« Dann schlug er das erste Mal zu. »Im Namen des Vaters …«

13.

Zwar ging Bernd Zenker davon aus, dass es sich um einen dummen Zufall handelte, aber dennoch war es seine erste, seine einzige brauchbare Spur. Am liebsten wäre er gleich zu Armin gefahren, um ihn zu Lena Olberg zu befragen, doch es führte kein Weg daran vorbei, zunächst das Präsidium anzusteuern.

Das erwartete Drama bezüglich der Presse blieb glücklicherweise aus. Sein Vorgesetzter hatte es zwar angesprochen, sich jedoch mit Vorwürfen zurückgehalten. Dass Bernd die Soko für diesen Fall leiten würde, war bereits zuvor eine Gewissheit gewesen. Er hatte das Team nach seinen Vorstellungen zusammengestellt und nun wurden die ersten Fakten besprochen. Phillips aus dem Labor gesellte sich dazu und lieferte alle bisherigen Erkenntnisse.

Die Routine bei Mordfällen nahm ihren Lauf, auch wenn jeder wusste, dass dieser Fall weit vom Üblichen entfernt und mit keinem anderen vergleichbar war.

Erst am späten Nachmittag konnte sich Bernd vom Team losreißen. Kaum hatte er das Revier verlassen, zückte er auch schon sein Handy. Dass es mittlerweile in Strömen regnete, war ihm dabei gleichgültig. Armins Nummer war, neben der seines Chefs und Ritas, die einzige, welche er als Kurzwahl gespeichert hatte.

Nach nur zweimaligem Klingeln nahm sein Freund das Gespräch an. »Hey, Bernd. Na? Gibt es was Neues?«

»Allerdings. Bist du zu Hause? Ich muss mit dir reden. Aber nicht am Telefon.«

Armin zögerte keine Sekunde mit der Antwort. »Ja klar, komm vorbei. Ich hänge eh gerade fest. Vielleicht hast du ja was im Gepäck, das mich inspiriert.«

»Wir werden sehen.« Er beendete das Gespräch und setzte sich ans Steuer seines Audi.

»Samstagabend und wieder ist an Wochenende nicht zu denken«, grummelte Bernd Zenker vor sich hin. Der zunehmende Verkehr in der Innenstadt und dieser verdammte Fall zerrten an seinen Nerven.

Als er endlich bei Armin ankam, öffnete der bereits die Tür und reichte ihm ein Bier.

»Diesmal sage ich nicht Nein.« Er griff nach der Flasche und nahm einen kräftigen Schluck.

»Setzen wir uns doch«, bot Armin an und ging voran ins Wohnzimmer.

Bernd folgte ihm und unterdrückte ein Gähnen.

»Du siehst bedrückt aus. Was ist los? Ist es wegen des Falles?«

Bernd stellte das Bier auf dem nussbaumfarbigen Couchtisch ab und zog eine Akte aus seiner Tasche. »Kumpel, ich bin da auf etwas gestoßen, das mich sehr verwirrt und zugegeben auch besorgt.«

»Hey, so ernst? Erzähl schon, was bekümmert dich?«

»Wir haben die Identität des zweiten Opfers feststellen können. Aber das ist noch nicht alles.«

Armin starrte seinen Freund an, als würde dieser gerade einen spannenden Thriller vorlesen. »Komm schon. Jetzt lass dir nicht jedes Wort aus der Nase ziehen.«

Bernd atmete tief ein und aus, dann öffnete er die Akte und präsentierte Armin das Foto des Opfers. »Sieh dir bitte mal das Bild an.«

»Wow, das ist übel. Wirklich übel.«

»Kommt dir die junge Frau bekannt vor?«

Armin zupfte mit dem Daumen und dem Zeigefinger an seinem Kinn herum. Man sah ihm förmlich an, wie es in ihm arbeitete. Schließlich schüttelte er den Kopf und zuckte mit den Schultern. »Hmmm. Nein, ich glaube nicht.«

»Ihr Name ist Lena Olberg. Klingelt vielleicht jetzt was bei dir?«

»Nein, nicht wirklich. Was soll das, Bernd? Woher sollte ich die Frau kennen?«

Bernd stand auf und ging nervös im Wohnzimmer auf und ab. »Armin …« Er machte eine dramaturgische Pause und sog schwer die Luft ein. »Sie war eine deiner Studentinnen.«

Armin Kanschek riss die Augen weit auf. »Was? Du machst Witze, oder?«

»Siehst du mich lachen? Lena Olberg hat bei dir Germanistik studiert. Willst du immer noch behaupten, dass du sie nicht kennst?«

Nun stand auch Armin auf. Das Foto hielt er weiterhin in der Hand und betrachtete es angestrengt. Dann ging er in die Küche und holte sich ein zweites Bier aus dem Kühlschrank. »Weißt du, wie viele Studenten in meinen Vorlesungen sitzen? Ich kenne nicht einen namentlich. Du darfst auch nicht vergessen, dass ich nur eine Aushilfe bin. Das ist nicht wie früher in der Schule, wo du deine feste Klasse hast. Die Leute besuchen deine Vorlesungen und du machst deinen Job. Hältst mehr einen Vortrag, als zu unterrichten.« Armin setzte sich wieder auf die Couch. »Hey, whoa … Moment mal. Du glaubst doch nicht ernsthaft, dass ich etwas mit ihrem Tod zu tun habe?«

Bernd nahm einen weiteren großen Schluck. »Nein, natürlich nicht. Aber so verrückt das auch sein mag: Du bist meine einzige Spur. Ich muss dir diese Fragen stellen.«

»Klar, das verstehe ich doch. Leider kann ich dir nicht weiterhelfen.« Kanschek sah sich das Foto noch einmal an und wirkte plötzlich sehr nachdenklich. »Hast du von dem anderen Opfer auch ein Foto dabei?«

Bernd nickte und zog es kurz darauf aus seiner Akte. »Clara Warren. Gerade mal zwanzig Jahre alt.«

Armin legte die beiden Bilder nebeneinander auf den Tisch und starrte sie einen Moment lang an. »Wir suchen nach Gemeinsamkeiten, richtig?«

»Wir?«

»Ja klar, Mann, wie früher. Ich habe mich heute schon ein bisschen auf der Straße umgehört, aber dazu kommen wir gleich. Mir ist da gerade etwas aufgefallen.«

»Kennst du sie etwa doch?«

»Nein, aber ich kenne die Art, wie die beiden umgebracht wurden. Eine Sekunde, ich muss mal eben was nachschauen.«

Armin ging zu seinem Laptop und rief den Internetexplorer auf. Er gab einen Suchbegriff ein, klickte etwas an und wenig später öffnete sich eine Seite, die sich mit mittelalterlichen Foltermethoden befasste. »Ich wusste doch, dass ich das schon einmal gesehen habe.«

Bernd war ihm zum Schreibtisch gefolgt und sah sich die Abbildungen alter Zeichnungen an. Auf dem ersten Bild war ein umgekehrt aufgehängter Mann zu sehen, der von zwei anderen in der Mitte durchgesägt wurde. Ein weiteres zeigte den spanischen Bock, auf dem Lena Olberg ihr Leben gelassen hatte. »Was für eine kranke Scheiße. Armin, du hast doch ein paar Semester Psychologie studiert … Was glaubst du, womit wir es zu tun haben?«

Armin seufzte laut und fuhr sich durch die strubbeligen Haare. »Schwer zu sagen. Ich sehe hier zwei Möglichkeiten: Die erste wäre, der Mörder ist ein religiöser Fanatiker, der sich auf einem Kreuzzug der Selbstjustiz befindet. Eventuell nimmt er sich die Heilige Inquisition zum Vorbild, um seine Opfer leiden zu lassen, bis sie dem Satan abschwören.«

»Und die zweite?«, drängte Bernd.

»Wir haben hier einen ziemlich geisteskranken Psychopathen, der irgendwann selbst zum Opfer eines Verbrechens wurde – er oder jemand, der ihm nahestand. In diesem Fall hätte das Ereignis ein schweres Trauma hinterlassen. Dadurch, dass er andere bestraft, wäscht er sich selbst rein und bekämpft seiner Meinung nach das Böse. Die Schmierereien an den Wänden passen zu beiden Varianten. *Schuldig*. Vermutlich hat die Presse diesem Irren genau den richtigen Namen gegeben. Unser Mörder tötet nicht einfach, er richtet seine Opfer hin. Und ich glaube, es hat gerade erst begonnen. Er wird nicht damit aufhören.«

Bernd stützte sich auf der Tischkante ab. Das klang nun wirklich alles wie aus einem Hollywood-Thriller und Arthur Cold war der begnadete Profiler des FBI. Dennoch lag genau das Absurde unglaublich nahe. »Was du sagst, ergibt absolut Sinn. Wir sollten deine erste Theorie in Erwägung ziehen.«

Kanschek sah ihn forschend an.

»Die Frage des Tages ist doch: Welche Parallelen gibt es bei den Opfern? Die Antwort ist: Im Grunde gar keine, bis auf die Tatsache, dass sie in etwa gleich alt und weiblich sind. Man muss tiefer graben, um den gemeinsamen Nenner zu finden. Lena ging seit einem Jahr auf den Strich. Clara hatte mit fünfzehn eine Abtreibung. Zwei Taten, die für einen religiös verblendeten Fanatiker sicher Grund genug wären, den Henker zu mimen.«

Armin scrollte die Seite runter und die beiden sahen weitere Abbildungen. Eine grausamer als die andere. »Wenn wir richtigliegen, wird noch einiges auf uns zukommen. Sieh dir diesen Irrsinn an. Streckbank, Guillotine oder hier, die Ketzergabel.« Auf der Zeichnung war ein Mann mit in den Nacken gelegtem Kopf zu erkennen. Er trug ein Halsband, an dem eine Art eiserne Gabel befestigt war. Zwischen seinem Kinn und seiner Brustmitte bohrten sich je zwei spitze Enden ins Fleisch. »Hör dir das an … Die Folter bestand zunächst darin, dem Opfer den Schlaf zu entziehen. Sobald sich durch das Einschlafen der Kopf entspannte, würde er sich gleich an zwei Stellen selber aufspießen.«

Bernd wandte angewidert den Blick ab. Sein bildliches Vorstellungsvermögen malträtierte ihn. »Wir müssen diesen Dreckskerl finden. So schnell wie möglich. Du hast doch gesagt, du wolltest mir noch etwas erzählen. Meintest, du hättest dich auf der Straße umgehört.«

Kanschek erhob sich von seinem Schreibtischstuhl und leerte in einem Zug den restlichen Inhalt der Bierflasche. »Ja, Kumpel, ich sag dir, selbst die härtesten Hunde da draußen haben eine Heidenangst vor dem Henker. Sie glauben, dass ihre Sünden sie einholen und jeder, der irgendeine Leiche im Keller hat, fürchtet, der Nächste zu sein.«

»Aber bisher waren es nur Frauen.«

»Ja, bisher. Ich denke, dass wir uns darauf nicht verlassen sollten. Wenn eine der Theorien zutrifft, kann praktisch jeder das nächste Opfer dieses Verrückten sein. Mann, wenn das kein Stoff für einen Bestseller ist.«

Bernd verdrehte nur die Augen. Sicher, es war ihm irgendwo klar, dass die Begeisterung, ihm bei diesem Fall helfen zu können, nur eines bedeutete – Arthur Cold brauchte Inspiration. »Tue mir einen Gefallen: Sabotiere nicht die Ermittlungen. Warte mit deiner Story, bis der Fall abgeschlossen ist.«

»Hey, das versteht sich von selbst, oder? Wir gehen also gemeinsam auf die Jagd?« Da war es wieder. Dieses Funkeln der Euphorie in Armins Augen, das man lange nicht mehr gesehen hatte. »Vielleicht greife ich einfach den Titel der Presse auf, was meinst du? Der NRW-Henker.«

Bernds genervter Blick sagte mehr, als Worte je hätten ausdrücken können.

14.

Du mieses Schwein! Ich mach dich fertig, Wolter«, zischte Ulf Jakobs immer wieder vor sich hin.

Er war ihm zum Tatort gefolgt und hatte das unschöne Gespräch mit dem Kommissar gehört. Er hatte ihn nicht aus den Augen gelassen und war ihm sogar am Abend bis zum Kirmesplatz nachgefahren.

Vermutlich hatte sich Wolter dort von einer Fünfzig-Euro-Hure das Rohr polieren lassen. Lange hatte es zumindest nicht gedauert, bis er wieder aus dem Wohnwagen herauskam und ziemlich entspannt wirkte.

»Was würde wohl die Frau des Bullen dazu sagen, wenn sie wüsste, was du hier treibst, oder mit wem du es noch so alles treibst?« Es juckte Ulf in den Fingern, auf den arroganten und hinterhältigen Kollegen zuzugehen und ihm die Faust ins Gesicht zu schlagen.

»Nein, so einfach kommst du Zecke mir nicht davon.«

Er spuckte auf den Boden, dann drehte er sich um. Heute würde er nichts mehr unternehmen. Fürs

Erste hatte er genug gesehen, um sich ein Bild von seinem Feind machen zu können.

»Es tut uns leid, aber wir müssen das Arbeitsverhältnis mit Ihnen aufkündigen.«

Ulf fühlte sich in dem Moment, als wäre er mit Anlauf gegen eine Betonwand geknallt. Aufkündigen! Die pseudogeschwollene Art dieser Tippse ging ihm schon immer auf die Nerven. Und Wilkens? Wer wollte denn für so einen Penner arbeiten? Wird eh bald einpacken können, mit seinem drittklassigen Käseblatt.

Seit dem Anruf aus der Redaktion hatte sich sein Hass um ein Vielfaches gesteigert. Es wurde höchste Zeit, nach Hause zu fahren. Normalerweise war er an den Samstagabenden um diese Uhrzeit längst abgefüllt genug, um sein sinnfreies Leben ignorieren zu können. Wo er einst dermaßen falsch abgebogen war, konnte er selbst nicht genau sagen. Nur, dass es geschehen war. Einmal, zweimal oder zwölfmal. Fehler waren stets die alleinige Konstante in seinem Leben gewesen.

Beispielsweise der Fehler Carolin. Die einzige Frau, zu der Ulf vor dem Standesbeamten Ja gesagt hatte. Ganze acht Monate hatte diese Ehe gehalten. Streit hatten sie ständig gehabt. Die Gründe waren banal gewesen. Das Essen war kalt, die Heizung zu hoch aufgedreht oder der Klositz nicht heruntergeklappt. Ein Muster von Ehemann war Ulf sicher nicht gewesen, daran gab es auch für ihn keinen Zweifel. Doch Carolin war ein herrschsüchtiges Weib mit mehr Haaren auf den Zähnen als auf dem Kopf. Ulf hatte zu funktionieren. Es gab stets nur die eine richtige Sichtweise, die eine in Stein gemeißelte Meinung – und das war die ihre.

Im Nachhinein wusste er gar nicht mehr, warum sie geheiratet hatten. Es lief schon in dem einen Jahr zuvor nicht besonders gut zwischen ihnen. Von dem Moment an, da sie seinen Ring trug, wurde sie jedoch um einiges unerträglicher. Es kam, wie es kommen musste. Bei einem letzten großen Streit waren die Dinge eskaliert. Sie hatte mit einer Bratpfanne nach ihm geworfen, die haarscharf an ihm vorbeiflog und scheppernd auf den Boden krachte. Ein unschöner Sprung in der Bodenfliese war das Ergebnis. Dass sie nicht an seinem Kopf landete, verdankte er seinen überaus guten Reflexen. Nicht im Griff hatte er jedoch seine Emotionen. Ulf schäumte vor Wut und prügelte Carolin wortwörtlich ins Frauenhaus.

Aber das war nur eine seiner vielen Stationen auf der Schnellstraße ins Verderben. Den Job bei Wilkens hatte er auch nur bekommen, weil er gut im Frisieren seiner Unterlagen war. Ulf schaffte es tatsächlich, seine Vorstrafen bei der Bewerbung zu verschleiern. Vor allem die eine, die schlimmste seiner Taten. Jene, für die er gesessen hatte. Und die ihn selbst im Knast nicht sehr beliebt gemacht hatte. Die anderen Dinge bezogen sich ausschließlich auf Gewaltausbrüche seinerseits. Dabei war er nie der Initiator gewesen, vielmehr waren es Konsequenzen aus dem Verhalten anderer. Zumindest sah er es so. Genau wie Daniel Wolter bald die Folgen seiner Tat zu spüren bekommen würde.

Ulf warf sich in seinen alten Ohrensessel. Eine dezente Staubwolke wirbelte durch die Luft. Geputzt hatte er schon lange nicht mehr. Wozu auch? Seit Jahren kam niemand zu Besuch. Weder Familie noch Freunde. Vermutlich wären sie nicht einmal in sein Dreckloch gekommen, wenn er welche gehabt hätte. Aber das belastete ihn schon lange nicht mehr. Ulf Jakobs und andere Menschen, das war einfach eine Sache, die nicht funktionierte. Deshalb ergötzte er sich auch an den Dramen, die ihm in seinem Job tagtäglich begegneten. Tote, Verletzte – Ulf war diesbezüglich komplett schmerzfrei geworden, bezeichnete sich selbst als Menschenfeind.

Mittlerweile köpfte er bereits die vierte Flasche Bier, rülpste nach jedem Schluck lauthals und beförderte seine Blähungen in den alten Sessel, der ohnehin schon einen äußerst fragwürdigen Geruch angenommen hatte. Er starrte auf die Tapete in seinem

Wohnzimmer, die sicherlich irgendwann einmal weiß gewesen war, als Ulf noch auf dem Balkon geraucht hatte. Heute diente jener als Müllzwischenlager und war nicht mehr betretbar. Einige der grauen Müllbeutel lagen bereits so lange dort, dass sie vermutlich in naher Zukunft von selbst zu den Tonnen laufen würden. Jakobs war all das gleichgültig. Solange er sein Bier und seine Zigaretten hatte, war die Welt einigermaßen erträglich.

Es war nicht der erste Abend, an dem er mit der offenen Bierflasche in der Hand einschlief. Es war auch nicht das erste Mal, dass diese irgendwann hinunterfiel und auf dem Teppich auslief. Farblich machte das keinen Unterschied mehr und vermutlich schimmelte es unter der Auslegeware seit Längerem ordentlich. Ulf war bereits in einen tiefen Schlaf gefallen und träumte von Daniel Wolter und seiner Rache an dem Mann, der ihm das Foto des Jahres und den Ruhm gestohlen hatte. Bald schon würde er die dunklen Träume zur Realität werden lassen, in der dieser Bastard das bekam, was er verdient hatte.

15.

Der freie Sonntag brachte Bernd Zenker nicht annähernd die Ruhe und Entspannung, die er so bitternötig hatte. Nach den letzten zwei Tagen war es ihm einfach nicht möglich, den Kopf auszuschalten.

Er sprach kein Wort, als sie gemeinsam am Frühstückstisch saßen.

Für Rita waren diese Momente zwar nicht neu, die Intensität hingegen schon. Sie war innerlich zerrissen, denn einerseits machte sie sich große Sorgen um Bernd, andererseits wollte sie ihn nicht unter Druck setzen, über das zu reden, was ihn so auffällig bekümmerte. Sie war bereits fertig mit ihren zwei Brötchen und schenkte sich Kaffee nach. »Du hast ja gar nichts gegessen, Schatz.«

»Keinen Hunger.« Unwirsch schob er den Teller in die Mitte des Tisches und stand schließlich auf. Er verzog sich ins Wohnzimmer, wo er sich auf die Couch setzte und ins Leere starrte.

Rita konnte nicht länger zusehen, wie er sich quälte, und folgte ihm. »Willst du wirklich nicht darüber reden?«

»Ich hör auf, Rita. Ich hänge den Job an den Nagel. Mir reicht es. Ich kann diesen ganzen Mist nicht mehr ertragen. Die Welt da draußen ist komplett aus den Fugen geraten.«

Sie setzte sich zu ihm und nahm liebevoll seine Hand. »Ja, das ist sie wohl. Da kann ich dir nicht widersprechen. Aber hast du dir das auch gut überlegt? Was willst du denn stattdessen machen?«

Er stieß einen lauten, verzweifelt klingenden Seufzer aus und lehnte sich zurück. »Ich habe keine Ahnung. Vielleicht werde ich Golfprofi oder gehe angeln.«

Rita schmunzelte. »Du und angeln? Als ob ausgerechnet du stundenlang stumpfsinnig auf einem Stuhl hocken könntest.«

»Alles ist besser als dieser Irrsinn da draußen. Jahrelang habe ich es geschafft, den Job nicht an mich rankommen zu lassen. Die Arbeit nicht mit nach Hause zu bringen. Die Kollegen gaben mir den Namen Eisberg. Aber weißt du, dieser Fall ist anders. Diese Taten sind das Werk des Leibhaftigen. Ich schaffe es nicht mehr, das an mir abprallen zu lassen. Es frisst mich innerlich auf, was ich seit vorgestern sehen musste.«

Rita legte den Arm um ihren Mann. »Je älter wir werden, desto sensibler nehmen wir unsere Umwelt wahr. Um ehrlich zu sein, habe ich nie verstanden, wie du es geschafft hast, all die schrecklichen Dinge emotional so wegzustecken.«

»Es war auch nicht einfach. Ich sagte mir stets, dass es nur ein Job ist. Aber das kann ich nicht länger. Dieser Henker ist doch nur ein Spiegel unserer Gesellschaft. Schau dich in der heutigen Welt um. Allein die ständig tiefer sinkende Hemmschwelle zur Gewaltbereitschaft. Wenn es früher auf Schulhöfen Streitereien gab, endete es mit Backpfeifen, kleineren Raufereien und ein paar Tränchen. Hast du mal gesehen, was heute an den Schulen los ist?«

Mitfühlend streichelte sie Bernds Handrücken und schüttelte zaghaft den Kopf.

»Wir hatten letzten Monat einen Fall, bei dem zwei Achtklässler eine Mitschülerin auf den Boden warfen und ihr so lange auf den Kopf traten, bis sie dachten, dass sie tot wäre. Das Mädchen liegt noch immer im Koma. Und weißt du, warum sie das getan haben?«

Ritas Augen schimmerten feucht. »Warum?«

»Einfach so. Die Jungs haben ausgesagt, dass es keinen besonderen Grund gab. Den beiden war in der Pause langweilig geworden und das arme Mädchen hatte sich nicht gewehrt.«

»Das ist schrecklich.« Rita war sichtlich schockiert. »Was ist mit deinem neuen Fall? Willst du mir darüber etwas erzählen?«

»Nein. Du weißt, das darf ich nicht.«

Rita knuffte ihn in die Seite. »Rede keinen Quatsch. Armin erzählst du es auch.«

Er räusperte sich und wirkte ertappt. »Das ist was anderes«, stotterte er.

»Ach, ist es das?« Sie zog die Vokale übertrieben lang. »Ja, du hast recht. Armin ist verschwiegen wie ein Grab, er macht nur ein Buch daraus, richtig? Das ist selbstverständlich viel diskreter, als es seiner Frau anzuvertrauen, die …«

Nun breitete sich doch der Anflug eines leichten Lächelns auf Bernds Gesicht aus. »… daran natürlich kein journalistisches, sondern nur ein persönliches Interesse hat«, fiel Bernd ihr ins Wort.

»Bist du bescheuert? Vertraust du mir nicht mehr?« Ritas Laune kippte. Sie fühlte sich angegriffen.

»Nein, Schatz. So war das nicht gemeint. Tut mir leid, aber ich möchte jetzt einfach nicht darüber reden. Ich glaube, ich sollte mich stattdessen noch ein bisschen hinlegen. Den Akku aufladen.«

»Schon gut. Mach das. Du siehst aus, als würde dir Schlaf ganz guttun.«

Bernd gab ihr einen Kuss auf die Wange und stand auf. »Nicht sauer sein.«

»Nein, keine Sorge. Alles gut.«

Bernd nickte und ging die Treppe nach oben.

Vor dem Spiegelschrank im Schlafzimmer blieb er stehen und sah in sein müdes Gesicht. »Waren die Augenringe schon immer so intensiv?«

Er trat ein Stück näher an den Spiegel heran und betaste mit den Fingern die Haut unter seinen Augen. Dann hob er ein wenig das Kinn an und neigte den Kopf leicht nach rechts und links. »Oh, Mann, die Falten um die Mundwinkel sehen aus wie Krater.« Schlug das Alter jetzt mit all seinen Schattenseiten zu oder war es die Arbeit, die sich in seinem Antlitz spiegelte und deutliche Spuren hinterließ?

Bernd lachte leise auf, als er feststellte, dass er bei dem Selbstgespräch tatsächlich auf Antworten von seinem Spiegelbild gewartet hatte. Er schüttelte amüsiert den Kopf. »So weit ist es jetzt schon gekommen.«

Erneut schaute er auf sein Gegenüber und richtete den Zeigefinger auf sich. »Wir zwei sollten uns dringend etwas mehr Ruhe gönnen.«

Er wandte sich ab und wollte gerade seine Sachen ausziehen, als er auf dem Boden Ritas Mantel liegen sah. Bernd hob ihn auf, um ihn in den Schrank zu hängen, als ihm ein Stück Papier auffiel, das aus der Tasche gefallen sein musste. »Was ist das denn? Maritim?«

Er nahm den Zettel in die Hand und blickte ganz automatisch auf das Datum der Hotelrechnung.

»Das kann nicht sein!« Es traf ihn wie ein Strom-
schlag, als er endlich realisierte, dass seine Frau offensichtlich gar nicht in Berlin gewesen war. Warum
um alles in der Welt hatte sie ihn angelogen?

16.

M it anonymen Hinweisen war es immer so eine Sache. Nicht selten stammten sie schlicht und einfach von Leuten, die sich aufspielen wollten, oder von paranoiden Hobbydetektiven, die praktisch überall ein Verbrechen witterten.

Die brauchbaren, ernst gemeinten Tipps herauszufiltern glich oft einem Glücksspiel. Und doch hatte Daniel Wolter mittlerweile eine recht gute Spürnase dafür entwickelt.

»Sie werden es nicht bereuen«, hatte der Anrufer versprochen.

Seine dumpfe, schwer verständliche Stimme deutete darauf hin, dass er etwas über das Mikro gelegt hatte, so wie in einem dieser alten Spionagefilme.

»Und sie werden der Erste vor Ort sein. Die Tat wurde noch nicht entdeckt. Eine Exklusivstory sozusagen.«

»Und woher wissen Sie davon?« Die Frage war seine erste Reaktion gewesen.

»Weil ich dort war. Ich habe es gesehen.«

»Also gut. Was wollen Sie, damit Sie ihr Wissen teilen?«

»Was glauben Sie denn? Ruhm und Ehre? Geld natürlich. Man muss sehen, wo man bleibt, sind schwere Zeiten.«

Selbstverständlich wollte der Unbekannte Bares sehen. Und genau der Punkt machte ihn glaubwürdig. »Sicher. Wo sollen wir uns treffen?« Eigentlich war Daniel von vornherein klar, dass dieses Treffen so nicht stattfinden würde. Er wollte trotzdem sehen, wie Mister Anonymus darauf reagierte.

»Ich bleibe lieber im Schatten. Will nicht das nächste Opfer des Henkers werden. Das werden Sie sicher verstehen. Ich nenne Ihnen einen Ort, an dem Sie das Geld deponieren. Dann erfahren Sie, wo Sie finden, was Sie suchen.«

Daniel rang mit sich. Konnte er dem Anrufer trauen? Oder wurde er hier übers Ohr gehauen und man wollte ihm nur das Geld aus der Tasche ziehen? »Über wie viel reden wir?«

Es entstand eine Pause. Der Informant schien nachzudenken. »Zweitausend Euro.«

»Warum gehen Sie damit nicht selber zur Presse? Da wäre doch einiges mehr rauszuholen.« Wolter hörte ein Schnaufen am anderen Ende der Leitung.

»Warum stecken Sie sich nicht den Finger in den Arsch? Sagen wir einfach, ich habe meine Gründe.«

Er hatte es mit seiner Fragerei offenbar übertrieben. Der Anrufer wurde wütend. Nun galt es, zurückzurudern oder Gefahr zu laufen, sich möglicherweise etwas entgehen zu lassen. »Schon gut. Wie soll es ablaufen? Wohin soll ich das Geld bringen?«

»Na also. Wusste ich doch, dass ich Ihr Interesse wecken kann. Etwa einen Kilometer nordöstlich des Gelsenkirchener Hauptbahnhofs verläuft ein totes Gleis. Neben der Strecke Richtung Recklinghausen. Folgen Sie den Schienen, bis Sie eine alte, runtergekommene Schrebergarten-Kolonie sehen. Ab da ist das Gleis ziemlich zugewuchert. Inmitten des kleinen Urwalds werden Sie einen in Vergessenheit geratenen Güterwaggon finden. Deponieren Sie das Geld heute Abend um einundzwanzig Uhr unter diesem Wagen. Fünf Minuten nach neun rufe ich Sie an. Sollten Sie zu dem Zeitpunkt nicht von dort verschwunden sein oder versäumt haben, das Geld dazulassen, ist unser Deal geplatzt. Dann werde ich mich an jemand anderes wenden.«

Wolter kam sich nun endgültig wie in einem alten James-Bond-Film vor. »Eine Frage habe ich noch.«

»Und die wäre?«

»Warum wenden Sie sich ausgerechnet an mich?«

Der Anrufer begann zu lachen. Es klang allerdings nicht wirklich belustigt, sondern eher bedrohlich. »Das werden Sie noch früh genug erfahren.« Dann beendete er das Gespräch und ließ Daniel mit einem großen, imaginären Fragezeichen über dem Kopf zurück.

***

Bernd hatte seine Frau nicht auf die Hotelrechnung angesprochen. Er stapelte die für ihn schockierende Information zu den vielen anderen, die sein Hirn derzeit marterten. Sicher, es dürstete ihn nach Antworten, aber er hatte Angst, die richtigen Fragen zu stellen. Rita war immer sein Fels in der Brandung gewesen. Abgesehen von Armin war sie der einzige Mensch, dem er bisher blind vertraut hatte. Sollte sich das nun als Fehler herausstellen?

Seit dem Vortag schwebten die Fragen drohend wie ein Fallbeil über seinem Kopf und drängten sich immer wieder in sein Bewusstsein. Zum ersten Mal seit Beginn dieser Morde war er froh, sich mit eben jenen befassen zu müssen.

Sein Weg hatte ihn zunächst zur Wohnung des ersten Opfers geführt. Die Kollegen hatten diese bereits auf den Kopf gestellt, doch er wollte sich selbst davon überzeugen, dass keine Hinweise übersehen wurden.

Clara schien sehr zurückgezogen gelebt zu haben. Ihre Eltern waren tot und sie hatte offenbar weder einen richtigen Freundeskreis noch war anzunehmen, dass sie einen Freund oder Lebensgefährten hatte. Bernd fand es ungewöhnlich, dass eine junge Frau in ihrem Alter kaum zwischenmenschliche Beziehungen pflegte.

Die einzig wirklich brauchbare Spur führte ihn zum Lebensmittel-Discounter, in dem Clara Warren bis zu ihrem gewaltsamen Tod angestellt war.

Der Chef des Supermarktes hatte sich zwar wenig begeistert gezeigt, als der Kommissar nach und nach die Mitarbeiter während der Arbeitszeit sprechen wollte, aber es blieb ihm nichts anderes übrig, als sich der ermittelnden Staatsgewalt zu beugen. Mit einem schiefen Blick auf Zenker hatte er widerwillig sein Büro zur Verfügung gestellt.

Schnell hatte Bernd herausgefunden, dass sie mit Alicia Jeibmann enger befreundet war, und nun blickte ihn die zwei Jahre ältere Arbeitskollegin und zugleich Claras einzige Freundin bestürzt an.

»Was sagen Sie da? Clara ist tot?«

Bernd sah, wie alle Farbe aus ihrem Gesicht wich. Hätte er nicht rechtzeitig reagiert und nach ihrem Arm gegriffen, wäre sie vermutlich zusammengesackt. Er führte sie zu einem der beiden Stühle in dem kleinen Büro. »Frau Jeibmann, bitte, setzen Sie sich.«

Alicia schüttelte immer wieder den Kopf, während ihr die Tränen übers Gesicht liefen. Bernd

Zenker überlegte schon, ob er lieber einen Arzt rufen sollte, da ging ein kaum sichtbarer Ruck durch ihren Körper. Sie schnäuzte sich die Nase und wirkte etwas gefasster. »Was ist passiert, Herr Kommissar? Sie müssen es mir erzählen.«

Bernd holte tief Luft. Unweigerlich befand er sich im Geiste wieder am Tatort. Da Alicia den Zeitungsartikel offenbar nicht kannte, oder ihn zumindest nicht mit ihrer Freundin in Verbindung brachte, beschränkte er sich auf die nötigsten Informationen. Die Art und Weise, wie Clara Warren gestorben war, sparte er aus.

»Sie wurde umgebracht? Ist das Ihr Ernst? Aber … O mein Gott. Sie sollten sich unbedingt diesen Typen vornehmen, der sie damals geschwängert hat.«

Bernd wurde hellhörig. Dass Clara eine Abtreibung gehabt hatte, wusste er zwar, aber augenscheinlich hatte Alicia dahingehend mehr Informationen, als die Krankenakte ihnen preisgegeben hatte. »Sie hat Ihnen von dem Schwangerschaftsabbruch erzählt?«

»Ja, das war ihr großes Thema. Sie hat nie überwunden, was damals geschehen war.« Alicia angelte sich ein zerknülltes Taschentuch aus der Hosentasche und wischte sich die Tränen ab.

Bernd zündete sich derweil eine Zigarette an. Er hielt ihr die Schachtel hin, aber sie lehnte dankend ab. »Vernünftig«, sagte er und steckte die Packung wieder ein. »Also, dann erzählen Sie mal.«

Alicia schnäuzte noch einmal kräftig in ihr Taschentuch und begann von Clara Warrens Drama zu berichten.

17.

Fünf Jahre zuvor

Clara war ein Teenager, ein Pubertier mit all den typisch einhergehenden Nebenwirkungen. Vor allem ihre Launen stellten andere oft vor ein Problem, denn diese konnten sich in Rekordzeit verändern.

Glücklicherweise war sie wenigstens von übermäßiger Akne verschont geblieben, was sie nicht zuletzt ihrer gesunden Ernährung zuschrieb.

Ihre fünfzehn Jahre sah man ihr nicht an und an der Kinokasse hatte sie nie Probleme, wenn der Film keine Jugendfreigabe erhalten hatte. Sie ging locker für achtzehn, vielleicht auch neunzehn durch. Bei einem dieser Filme, es ging mal wieder um die Zombie-Apokalypse, hatte sie Ulf kennengelernt.

Anfangs fand sie seine Art, sich direkt neben sie zu setzen, obwohl kaum Leute im Kino waren, sehr aufdringlich. Doch es dauerte nicht lange, bis er sie mit seinen lustigen Sprüchen über die Zombies auf der Leinwand mitreißen konnte.

»Ja, beiß ihm in den Kopf. Na, da sag doch mal einer, Zombiefilme wären hirnlos. Das war bestimmt schon das Zehnte.«

Clara musste permanent lachen. Man hätte meinen können, es liefe eine Komödie.

»Yeah! Damit Sie auch morgen noch kraftvoll zubeißen können. Hey, mein Name ist Ulf. Cooler Film, oder?«, erwähnte er ganz beiläufig.

»Deine Sprüche werten ihn auf jeden Fall auf und schrauben die Altersfreigabe damit runter.«

»Willst du noch etwas trinken? Ich wollte mir eh Popcorn holen.« Ulf war freundlich, gut gelaunt und versprühte einen Charme, der Clara.

»Eine Coke, danke.«

»Nur Coke? So ganz ohne Blut, Gehirnflüssigkeit oder Wodka?«

Sie war verunsichert, wollte nicht, dass er ihr wahres Alter sofort mitbekam, denn Ulf gefiel ihr. Womöglich war er die große Liebe auf den ersten Blick. »Wodka klingt super. Ich muss ja nicht fahren.« Sie lachte.

Ulf entging das gewisse Funkeln in ihren Augen nicht. »Vielleicht können wir ja im Anschluss noch ein bisschen durch die Stadt ziehen? Dann fahre ich auch nicht mehr. Wird ja nicht ausgerechnet heute die Apokalypse da draußen ausbrechen.«

Clara blinzelte ihm zu. »Wer weiß …«

Sie mussten sich stets heimlich treffen, denn Clara wusste: Würden ihre Eltern erfahren, dass sie einen achtzehn Jahre älteren Freund hatte, wäre die Konsequenz vermutlich Stubenarrest bis zur Rente. Selbst bei Kevin hatten sie sich schwergetan und der war gerade erst siebzehn geworden. Es hatte aber auch nur ein paar Wochen gehalten, und mehr als ein bisschen Knutschen hatte sie ihm nicht erlaubt.

Ulf hingegen hatte sie nach eineinhalb Wochen schon unter ihr T-Shirt gelassen. Er war anders und er liebte sie wirklich. Genau wie sie ihn. Dennoch würden ihre Eltern ihn erst kennenlernen, wenn sie volljährig war. Sie hatte nicht den geringsten Zweifel, dass sie dann noch zusammen sein würden.

Sie verbrachten so viel Zeit wie nur möglich miteinander. Clara hatte sogar zweimal die Schule geschwänzt. Zum Glück beherrschte sie die Unterschrift ihrer Mutter besser als ihre eigene.

Schon bei ihrem ersten offiziellen Date malte sie sich aus, wie ihr allererstes Mal sein würde. Sie träumte von einem Raum, erhellt von vielen Kerzen, einem Bett voller Rosenblätter und einem erfahrenen, sanften und einfühlsamen Partner, der sie endlich zur Frau machen würde.

Es war ein Samstag, genau drei Wochen nach ihrem Kennenlernen, als sie sich in seiner Wohnung trafen. Die Tatsache, dass sie bei ihm ungestört waren und nicht Gefahr liefen, von jemandem gesehen zu werden, der ihren Eltern prompt Bericht erstattete, war verlockend. Als Ulf ihr die Tür öffnete, erschrak Clara zunächst, denn ihr neuer Freund war stark alkoholisiert.

»Ärger im Job. Tut mir leid, aber ich musste ein paar Gehirnzellen abtöten. Willst du auch einen Drink?«

Verunsichert nickte sie und setzte sich auf den Rand der abgewetzten Couch.

»Die Schweine haben mich rausgeschmissen.«

»Das ist ja furchtbar. Warum denn nur?«, wollte Clara wissen.

»Ach, unwichtig. Ich finde schon was Neues. Gibt ja nicht nur eine Zeitung im Revier.« Er machte ihr einen starken Mix aus Weinbrand und Cola.

»Puh … Der ist ja heftig«, kommentierte sie ihren ersten Schluck. Ging man von ihrem Gesichtsausdruck aus, so entstand der Eindruck, sie hätte gerade Essig getrunken.

»Ach, stell dich nicht so an. Ist wie mit Medizin. Wenn sie wirken soll, muss sie eklig schmecken.«

»Ich bin mir nicht sicher, ob sie wirken soll.« Clara fühlte sich unwohl und schaute betreten zu einer altmodischen Wanduhr, die wohl eine neue Batterie benötigte, denn sie ging fast drei Stunden nach. Ihr Bauchgefühl sagte ihr, dass sie lieber gehen sollte. Doch konnte sie das wirklich tun? Sie hatten sich beide so auf den Abend gefreut und sie hatte Angst, dass Ulf Schluss machen könnte, wenn sie nun die Zicke raus hängen lassen würde.

Er setzte sich neben sie und legte den Arm um ihre Schultern. »Klar soll sie wirken. Dafür ist sie doch da. Ich dachte, wir könnten heute vielleicht mal ein wenig feiern.« Seine Hand wanderte unter ihr T-Shirt. »Du verstehst schon.« Sein Atem roch unangenehm nach Tabak und Alkohol.

»Ulf, ich weiß nicht. Gib mir noch ein bisschen Zeit. Ja, Schatz?«

Sie nahm die Veränderung in seinem Gesicht wahr, maß dem aber nicht ausreichend Bedeutung zu. »Ach, komm schon. Wir sind doch beide erwachsen. Haben wir nicht lange genug gewartet? Ich will dich, Clara.« Seine Hand wanderte tiefer, während er versuchte, sie zu küssen.

Sie schreckte zurück und sprang plötzlich auf. »Nein. Ich will das nicht. Noch nicht.«

»Was'n los mit dir? Zierst dich wie eine … Moment mal, ist das so? Bist du noch Jungfrau?« Er lallte bereits erheblich.

»Nein, ich … Ach verdammt, ja, das bin ich.«

Ulf Jakobs stand nun ebenfalls auf, hob sein Glas in die Höhe und rief laut: »Ja wow, Bingo. Ein Sechser im Lotto. Ich bin beeindruckt, Clara, wirklich beeindruckt. Es ist eine Ehre für mich, der Erste sein zu dürfen.«

Clara trat einen Schritt zurück, wollte raus aus der Wohnung. Sie hatte mittlerweile ein richtig ungutes Gefühl in der Magengrube. »Ulf, du machst mir Angst. Ich sagte, ich bin noch nicht so weit.«

Er kam ganz dicht an sie heran. Sein alkoholgeschwängerter Atem blies ihr unangenehm ins Gesicht. Mit einer Hand fasste er sie am Hinterkopf und zog sie noch ein Stückchen näher zu sich heran. »Du musst dich nicht fürchten, Kleines. Ich zeig dir alles. Wird dir gefallen. Vertraue mir.« Er stellte das Glas ab und legte die andere Hand auf ihr Gesäß.

Clara versuchte, sich von ihm zu lösen, aber er presste seinen Unterleib gegen den ihren. »Nein, Ulf! Lass mich! Ich glaube, ich sollte jetzt lieber gehen.«

Seine Augen verengten sich zu zornigen Schlitzen. »Und ich glaube, du solltest jetzt endlich mal diese lästigen Klamotten ausziehen.«

»Nein! Lass mich gehen, bitte.« Ihre Stimme, eben noch fest und einigermaßen selbstsicher, glich nun dem Wimmern eines Kindes.

Sie wollte sich aus seinen Armen winden, doch sein Griff war eisern. Tränen kullerten über ihre Wangen.

Er griff ihr brutal in die Haare und zerrte ihren Kopf nach hinten. »Ist das deine Masche? Erst anmachen und dann stehen lassen? Für wen hältst du dich?«

»Ulf, du tust mir weh. Bitte … Ich … ich bin fünfzehn.«

»Was? Du verarschst mich doch.« Er öffnete ihre Jeans und seine Hand suchte sich gewaltsam den Weg in ihren Slip. »Eine fünfzehnjährige Jungfrau. Was sagt man dazu?«

Ein Finger drang schmerzhaft in ihre Vagina ein. Clara begann am ganzen Körper zu zittern. »B-bitte, nicht.«

Doch Ulf reagierte nicht. Er presste seine Lippen auf ihre und dann drehte er Clara mit einem Ruck herum. »Na, dann werde ich mich ja wohl kaum mit irgendeiner Geschlechtskrankheit bei dir anstecken können.«

Sie wollte schreien, doch plötzlich lähmte der Schock über das, was hier geschah, einfach alles an ihr.

In dem Moment, als er gewaltsam in sie eindrang, erstarben all ihre Träume, Wünsche und Hoffnungen. Die imaginären Rosenblätter färbten sich schwarz, die Kerzen erloschen und die Schmetterlinge fielen mit verkümmerten Flügeln vom Himmel.

***

»Schlimme Sache«, sagte Bernd Zenker betroffen. »Und dann wurde sie schwanger?«

Alicia wischte sich erneut einige Tränen aus dem Gesicht. »Ja, dieses Schwein hat nicht einmal ein Kondom benutzt. Er hat ihr ganzes Leben versaut. Hat sie für Jahre gebrochen. Es ist ihr schwergefallen, das Kind abzutreiben. Aber sie hatte ihr Leben noch vor sich, war noch keine sechzehn und ihre Eltern sollten niemals etwas davon erfahren. Haben sie dann aber doch. Clara erlitt einen Zusammenbruch, bei dem schließlich alles rauskam. Ihre Eltern zeigten Jakobs darauf hin an und standen ihrer Tochter bei dem Schwangerschaftsabbruch bei.« Alicia zerpflückte ihr Taschentuch in kleine Schnipsel, und ließ sie achtlos zu Boden rieseln. Sie atmete tief durch, bevor sie weitersprach: »Sie sagte einmal zu mir, dass sie immer der Meinung war, Abtreibung wäre Mord. Doch die Vorstellung, jeden Tag in das Gesicht ihres Peinigers schauen zu müssen, wenn sie ihr Kind betrachtet … Das hätte sie nicht ertragen.«

Zenker zündete sich eine weitere Zigarette an. »Wusste Jakobs von der Schwangerschaft?«

»Ich glaube schon. Er hat sie noch monatelang gestalkt, nachdem er aus dem Gefängnis kam. Sie stand mittlerweile allein da, weil sie sich mit ihren Eltern zerstritten hatte – unüberbrückbare Diskrepanzen nannte sie es. Also ging sie erneut zur Polizei und zeigte Ulf Jakobs an. Seitdem war endlich Ruhe. Zumindest behauptete sie das.«

»Danke, Frau Jeibmann. Sie haben mir sehr geholfen. Sie sagen, Jakobs war Journalist?«

»Ja, genau. Ein Klatschreporter der übelsten Sorte. Einer von denen, die ihre Seele für eine gute Story verkaufen würden.«

Bernd bedankte sich erneut bei Alicia und ließ sie dann wieder zurück an ihre Arbeit gehen.

Ulf Jakobs. Endlich eine Spur. Der Name kam ihm irgendwie bekannt vor. Vermutlich hatte er bereits einen Artikel von ihm gelesen. Es war schon ein merkwürdiger Zufall, dass er ausgerechnet wieder an einen Reporter geraten sollte. Das Schicksal hatte manchmal einen bizarren Sinn für Humor.

18.

Auch an diesem Montag beherrschte die Furcht vor dem Henker die Tagespresse. Elsing hatte wieder zugeschlagen und alles darangesetzt, den Artikel noch reißerischer als den letzten zu gestalten.

RUHRALLGEMEINE

Ruhrgebiet im Ausnahmezustand. Wer ist der mysteriöse NRW-Henker?

Von Klaus Elsing

Prinzipiell hatte der Bericht nicht einmal etwas Neues zu bieten, er schürte lediglich die Ängste der Bevölkerung, und genau das beabsichtigte Klaus Elsing auch. Der Absatz seiner Zeitung hatte mit dem ersten Beitrag über den vermeintlichen Serienmörder alle Umsatzrekorde gebrochen. Er musste einfach noch einen draufsetzen. Es war wie beim Film, wenn dieser gut ankam, durfte die Fortsetzung nicht lange auf sich warten lassen. In dem Sinne verfasste er bereits für den nächsten Tag einen ähnlich inhaltslosen Bericht, als sein Telefon klingelte.

»Es gibt ein drittes Opfer«, teilte Daniel Wolter ihm aufgeregt mit. »Ein ganz heißes Eisen. Ich bin da dran. Exklusiv.«

Exklusiv – das war das Zauberwort, welches Elsing die Eurozeichen in die blutunterlaufenen Augen trieb.

»Die Sache hat nur zwei kleine Haken.«

»Hat sie das nicht immer? Wen müssen wir bestechen?«

»Einen Informanten. Er verlangt zweitausend Euro.«

Elsing war erstaunt über die doch recht bescheidene Summe für so eine Story. »Warum wendet er sich ausgerechnet an dich?«

»Kann ich nicht sagen, keine Ahnung. Er will auf jeden Fall anonym bleiben. Also, was ist mit dem Geld?«

Klaus Elsing brauchte nicht lange nachzudenken. Wenn der Tipp sie wirklich zu einem weiteren, bisher unentdeckten Opfer des Henkers bringen würde, wäre dieser Hinweis weitaus mehr wert, als lumpige zweitausend Euro. Und wenn nicht, würde er sicher einen Weg finden, das Geld irgendwie von der Steuer abzusetzen. *Ach was, ich setze es so oder so von der Steuer ab. Sonderausgaben*, dachte er so bei sich und grinste. Er hatte sich schon die Ausgaben für banalere Dinge zurückgeholt. Selbst einen Besuch auf dem Kirmesplatz konnte man als Recherche durchgehen lassen, wenn man wusste wie. »Kein Problem, komm dir das Geld holen. Was ist mit dem zweiten Haken?«

»Es wird schwierig, das morgen auf die Titelseite zu bringen, ich bekomme die Informationen erst heute Abend.«

Elsing dachte kurz nach und zündete sich die zweite Zigarette während des Gespräches an. »Wenn du mir tatsächlich einen exklusiven Bericht über das dritte Opfer bringst, fahren wir hier heute alle eine ausgedehnte Nachtschicht, das ist mal amtlich. Also los, besorg uns die Story.«

»Okay, Chef«, erwiderte Daniel.

»Ach, Wolter …? Halt mich auf dem Laufenden. Du weißt ja: Zeit ist Geld.«

»Klar, Chef. Ich lasse es dich umgehend wissen, wenn ich etwas habe.« Dann legte er auf.

Klaus Elsing öffnete sein Textverarbeitungsprogramm und erstellte eine neue Datei: Drittes Massaker – NRW Henker schlägt abermals zu.

***

Der Druck, der auf der Soko lastete, wuchs zunehmend. Dank der Presse standen die Beamten mit dem Rücken zur Wand. Unentwegt gingen Anrufe besorgter Bürger ein oder mutmaßliche Hinweise, die jedoch ausnahmslos im Sand verliefen. Die einzig brauchbare Spur lieferte Bernd Zenker, als er an diesem Nachmittag ins Büro kam. Nachdem er seine Truppe auf den neuesten Stand gebracht hatte, sollten sich zwei Beamte Ulf Jakobs vornehmen.

»Befragen und beobachten«, instruierte der Leiter der Sonderkommission *Henker* die beiden Kollegen der Kripo. »Ich will wissen, was er tut, wann er es tut, mit wem und wie oft. Ich will außerdem Namen von allen, mit denen er in Kontakt tritt. Und wenn Jakobs einer alten Dame über die Straße hilft, will ich auch über sie alles wissen. Haben wir uns verstanden?«

Zenker ging vor der großen Magnettafel mit den wenigen Hinweisen, Fotos und Informationen der Opfer und möglichen Verbindungen auf und ab. »Leute, die Sache ist ernst und die Luft brennt. Ich habe Anweisungen von ganz oben. Wir müssen dieses Arschloch aufspüren, bevor es wieder zuschlägt oder die Presse uns noch weiter aufs Dach steigt. Was also wissen wir? Fassen wir zusammen …«

Fast zwanzig Beamte im Raum schienen den Atem anzuhalten. Das gerade noch vorherrschende, allgemeine Gemurmel verstummte jedoch, als er fortfuhr: »Wir haben es mit einem ziemlich gestörten Subjekt zu tun, ich denke, da sind wir uns alle einig.

Zudem scheint unser Täter alles andere als dumm zu sein, denn er hinterlässt keinerlei brauchbare Spuren. Es ist also anzunehmen, dass er mit unseren Vorgehensweisen bestens vertraut ist.«

»Sie meinen, es könnte ein Polizist sein?«, rief einer der jüngeren Kollegen in den Raum.

»Möglich. Vielleicht ein Ex-Polizist. Jedenfalls irgendjemand, der sich mit unserer Arbeit auskennt. Es kann auch sein, dass er sich einfach nur verdammt gut informiert hat. Was uns auf jeden Fall sagt, dass es sich hier um bis ins kleinste Detail geplante Vergehen handelt. Mit anderen Worten: Dieser kranke Bastard weiß ganz genau, was er tut und überlässt nichts dem Zufall.«

»Sie sagen immer Er. Gehen wir denn mit Sicherheit von einem männlichen Täter aus?« Ein älterer Beamter mit schütterem weißen Haar, der sich während der Ausführungen eifrig Notizen gemacht hatte, blickte Bernd Zenker fragend an.

»Entweder sprechen wir von einem Mann oder von einer Frau, die außerordentlich stark ist. Allerdings müssen wir auch in Betracht ziehen, dass es kein Einzeltäter ist. Also der oder die Täter sind in jedem Falle groß und kräftig sowie handwerklich begabt. Wir können davon ausgehen, dass dieser spanische Bock, auf dem das zweite Opfer hingerichtet wurde, eine Eigenkonstruktion war. Das macht es fast unmöglich, Spuren über die Herkunft zurückzuverfolgen. Auch dessen war sich unser Täter bewusst.«

Zenker nahm sich einen Stuhl und setzte sich für einen Moment. Seine Kehle war so trocken, dass es in seinem Hals kratzte und er befürchtete, einen Hustenanfall zu bekommen. Er trank einen kräftigen Schluck Wasser.

Dann räusperte er sich und sprach weiter: »Kommen wir zu den Gemeinsamkeiten unserer Opfer. Zunächst einmal waren beide jung und weiblich. Sie wurden auf brutale Art und Weise mithilfe mittelalterlicher Foltermethoden getötet. Und zu guter Letzt haben wir in beiden Fällen die blutige Schrift an der Wand. Offenbar ist unser Täter davon überzeugt, dass sowohl Clara Warren als auch Lena Olberg eine Schuld traf, die gesühnt werden musste. Das lässt auf religiös-extremistische Motive schließen. Die Tatsache, dass beide Opfer weiblich waren, kann aber ebenso auf einen unstillbaren Frauenhass deuten. Eine weitere Möglichkeit, und diese macht mir am meisten Angst, wäre, dass es ihn erregt, seine Opfer zu Tode zu quälen. Das Offensichtliche, also der religiöse Hintergrund, könnte durchaus auch eine falsche Fährte sein. Wir waren ja bereits an dem Punkt, dass er oder sie genau zu wissen scheinen, wie die Kripo arbeitet. Wir sollten also nicht außer Acht lassen, dass er möglicherweise mit uns spielt und uns bewusst auf eine falsche Spur lenkt.«

Eine kaum wahrnehmbare Anspannung flutete den Raum. Hier und da war leises Tuscheln zu hören.

Es war erneut der jüngere Beamte, der schließlich eine Frage stellte: »Wenn ich Sie richtig verstehe, wissen wir im Grunde nichts über den oder die Täter? Wonach sollen wir suchen?«

Viele der anderen nickten zustimmend, da sie es ähnlich sahen, sich aber wohl nicht so recht trauten, es auszusprechen.

Der Kommissar stand vom Stuhl auf und hob seine Stimme etwas an, um gegen die aufkeimende Unruhe anzureden. »Wir wissen wenig über den Täter, das ist richtig. Aber einiges über die Opfer. Ulf Jakobs hat Clara Warren missbraucht, als sie gerade erst fünfzehn Jahre alt war. Sie wurde schwanger und ließ das Kind abtreiben. Lena Olberg verdiente sich ihr Geld fürs Studium auf dem Straßenstrich am Kirmesplatz. Wir hätten hier also durchaus zwei Motive für einen religiösen Kreuzzug gegen die Sünde. Nur kommt mir das zu offensichtlich für so einen cleveren Schweinehund vor. Was uns wieder zum Anfang bringt.« Zenker sah in die Runde und deutete dann auf zwei seiner Kollegen. »Kornau und Vogt, ihr kümmert euch um Ulf Jakobs. Nehmt noch zwei

Kollegen hinzu. Ihr arbeitet rund um die Uhr in Schichten. Lückenlose Überwachung, habt ihr das verstanden? Wenn der Mann auch nur einen fahren lässt, will ich wissen, was er vorher gegessen hat.«

Die Beamten konnten sich ein Lachen nicht verkneifen. Bernd war für seine direkte, oft überdeutliche Art bekannt, die es einem manchmal nicht einfach machte, ernst zu bleiben, wenn er seine Sprüche klopfte.

»Staufe und Kohlmann, ihr nehmt noch einmal den Kirmesplatz unter die Lupe. Vielleicht findet ihr etwas über die Kunden von Lena Olberg raus. Ich bin mir eigentlich ziemlich sicher, dass der Henker seine Opfer kannte. Alle anderen durchleuchten ein weiteres Mal die Wohnungen der beiden Frauen, ob nicht doch irgendwas übersehen wurde. Redet mit Nachbarn, Verwandten, Freunden. Wenn es sein muss mit dem verdammten Hausmeister. Aber bringt mir Ergebnisse. Ihr kennt das Prozedere. Also los, an die Arbeit, ihr Säcke.«

Hätte Bernd zu diesem Zeitpunkt geahnt, dass es bereits ein drittes Opfer gab, hätte er seinen Kollegen wohl deutlich mehr Feuer unter dem Hintern gemacht.

19.

Klaus Elsing kannte Daniel gut genug, um zu wissen, dass er den Job nicht benötigte, sondern einfach darin aufging und jede Menge Spaß hatte. *Eigentlich könnte der arrogante Mistkerl die zweitausend Euro ja auch mal selbst hinblättern, wenn er die Story unbedingt will,* dachte er für einen Moment. Doch schnell wurde ihm wieder bewusst, dass Wolter sein bester Mann war. Ein Mann, den man besser nicht verärgerte, wenn man ihn nicht an die Konkurrenz verlieren wollte. Also machte Klaus gute Miene zum bösen Spiel und hinterlegte das Geld bei der Sekretärin. Eine gewisse Skepsis blieb jedoch zurück. Hatte er das Richtige getan? Oder würde er Lehrgeld bezahlen?

***

Das Parkhaus in der Nähe des Gelsenkirchener Hauptbahnhofs erschien Daniel Wolter die sicherste Variante, um sein Baby abzustellen. Einige verspotteten ihn wegen des »Penis auf Rädern«, wie sie es

nannten, aber das interessierte ihn nicht. Das nacht-
blaue Mercedes-SL-Roadster-Cabriolet war sein real
gewordener Traum. So etwas stellte man nicht einfach irgendwo am Straßenrand in Gelsenkirchen ab.
Nahezu hunderttausend Euro brauchten einen be-
wachten Parkplatz.

Im Normalfall hätte Daniel vermutlich sein Leben lang nur von diesem Wagen geträumt, aber tatsächlich hatte Fortuna ihn vor einem halben Jahr an
die Hand genommen. Zweihundertfünfzigtausend
Euro im Lotto zu gewinnen konnte man durchaus
als ein Rendezvous mit der Glücksgöttin bezeichnen. Er musste nicht lange überlegen, schließlich
hatte er alles, was er brauchte. Geld war nie sein
Problem gewesen.

Zu Studienzeiten hatten die Leute ihm nachge-
sagt, er wäre von Beruf Sohn. Aber was konnte er
denn dafür, dass er praktisch mit einem goldenen
Löffel im Mund geboren worden war? Sein Vater
hatte bei den chemischen Werken in Marl-Hüls einen revolutionären Seifenzusatz entwickelt. Daniel
hatte nie so ganz begriffen, worum es da wirklich
ging. Als Erwin Wolter starb, zog der Rest der Familie nach Essen, in die Nähe seiner Schwester. Daniel war zu dieser Zeit gerade zwanzig geworden.
Sein Geburtstagsgeschenk war eine Eigentumswohnung, in der er heute noch lebte.

Mit dem Gewinn hatte er sich endlich einen der höhergesteckten Wünsche erfüllen können. Das Gesicht des Verkäufers würde er nie vergessen, als er auf die Frage nach der Finanzierung antwortete: »Ich überweise direkt den vollen Betrag.«

Daniel Wolters Ego ließ ihn immer wieder derartige Spielchen spielen. Es war ein Kick für ihn und bereitete ihm einen Höllenspaß, die Welt daran teilhaben zu lassen, was er hatte und wen er darstellte. Sein Job passte eigentlich gar nicht zu ihm. Eher hätte man ihn als Gigolo oder Dressman gesehen. Doch auch der Journalismus stellte einen Kick dar. Er ergötzte sich an dem Leid und dem Elend anderer, während er selbst keine Probleme hatte. Es war gehässig, teilweise gar sadistisch, was in Daniels dekadentem Kopf vor sich ging, aber er fühlte sich gut damit. Was interessierten ihn die anderen? Es sei denn, sie brachten Schlagzeilen.

Nun befand sich Daniel auf dem Weg, der ihm von dem anonymen Anrufer beschrieben worden war. Schon nach zweihundert Metern auf dem toten Gleis schien er sich in einer anderen Welt zu befinden, die nur aus der Feder eines Schriftstellers wie Stephen King entsprungen sein konnte. Daniels Vergleichsmöglichkeiten waren jedoch eher spärlich, denn außer einer Handvoll Romane eben jenes

Autors hatte er in seinem Leben kaum ein anderes Buch angerührt. Abgesehen von den Lehrbüchern, die er in der Schule und während des Studiums benötigte. Nicht umsonst arbeitete er für eine Zeitung. Schnelle, kurze Artikel für den dummen Pöbel. Man konnte diesen naiven Lesern wirklich alles verkaufen, wenn man es nur entsprechend verpackte. Und Menschen zu manipulieren fühlte sich für Wolter fast so gut an, wie ihr Leid zu dokumentieren.

Die Gleise nahmen kein Ende. Es war bereits dunkel und Daniel war froh, die große Stabtaschenlampe dabeizuhaben, die ihm ausreichend Licht spendete. Immer wieder durchbrachen nur wenige Meter von ihm entfernt vorbeifahrende Züge die Stille. Bei den ersten beiden war er noch zusammengezuckt, hatte fast die Lampe vor Schreck fallenlassen, doch schon bald hatte er sich an das donnernde Geräusch gewöhnt. Verborgen hinter dichtem Gestrüpp und trotz des Lichtkegels, der ihm voranging, blieb er für die Fahrgäste nahezu unsichtbar. Und es wurde sogar noch undurchlässiger, je weiter er voranschritt.

Es war genau wie Mister X gesagt hatte, nur von den Schrebergärten sah Daniel nicht das Geringste, dafür war es einfach zu dunkel. Schwache Lichter in erheblicher Entfernung kündeten von den nächsten Wohnhäusern.

Warum noch mal schleiche ich hier bei Nacht und Nebel durch die Wildnis, anstatt gemütlich vor der Glotze zu hängen? Natürlich kannte er die Antwort: Weil er ein sensationslustiger Adrenalinjunkie war. Einer mit einem Ziel. Und dieses Ziel lag vor ihm.

Hätte er geahnt, wie schwer der Wildwuchs hier zu durchdringen war, hätte er sich eine Machete besorgt. Fast fühlte sich Daniel Wolter ein wenig wie Indiana Jones auf der Jagd nach einem verborgenen Schatz, als er sich durch die dichten Büsche kämpfte.

Mittlerweile hatte er einige Kratzer im Gesicht, denn auch Dornenbüsche gesellten sich zu den Hindernissen, die es zu bewältigen galt.

Als er den Waggon endlich im Schein seiner Taschenlampe ausmachen konnte, schien er wirklich eine andere Welt zu betreten. Kein Wunder, dass sich hierher niemand verirrte. Rund um den Güterwaggon war alles zugewuchert. Die Natur umschlang das alte, vergessene Transportmittel mit ihren Armen, als wolle sie es nie wieder hergeben. Es hatte fast etwas Poetisches.

»Hallo? Sind Sie hier?«

Warum Daniel diese Frage in die Nacht hinein rief, war ihm selbst nicht klar, denn es war nicht abgemacht, den Informanten hier zu treffen. Ganz im Gegenteil, der Unbekannte wollte genau das vermeiden.

Ein Rascheln schreckte ihn auf und er zuckte zusammen. *Was war das?* Hektisch sah er sich um und leuchtete mit der Taschenlampe alles ab. *Ach, bestimmt nur ein Tier. Jetzt sei keine Pussy und erfülle deinen Teil der Abmachung.*

Er zog den braunen Umschlag aus seiner Jackentasche. Er war recht dick, da Elsing die komplette Summe in Fünfzigeuroscheinen hineingepackt hatte. Wer konnte schon sagen, aus welchem geheimen Sparstrumpf er das wieder abgezweigt hatte. Es interessierte Daniel auch gar nicht.

Vor dem hinteren Rad des Waggons ging er in die Knie und richtete den Schein der Lampe unter das Gefährt aus marodem Holz und rostendem Eisen. »Na toll. Brennnesseln. Hat sich dieser Idiot den Mist hier vorher nicht angeschaut?«

Den Umschlag ließ er einfach hinter das Rad fallen. »Mir doch egal, ob er da reinfassen muss«, murmelte er vor sich hin. Er warf einen Blick auf die Uhr. »Drei Minuten nach neun. Höchste Zeit, den Rückzug anzutreten und sich noch ein paar weitere Kratzer der Dornenbüsche abzuholen.«

Er wollte gerade aufstehen, als das Licht seiner Lampe etwas unter dem Wagen streifte, das seine Aufmerksamkeit erregte. Offenbar tropfte in der Mitte eine dunkle Flüssigkeit aus dem hölzernen Boden. »Das ist ja merkwürdig. Nicht dass die hier

Sondermüll abladen und ich bin jetzt mit sonst was verstrahlt«, setzte er den Monolog mit sich selbst fort. Dann griff er nach einem längeren Ast und hielt ihn an die Stelle, von der aus sich die dickflüssigen Tropfen aus dem Inneren kämpften.

Als er das Ende des Stockes zu sich heranzog, traf ihn fast der Schlag. »Scheiße, das ist doch Blut! Oder?« Er sprang zurück, als hätte jemand die Gleise unter Strom gesetzt. »Verdammt! Was geht hier vor?«

Daniel eilte zur Schiebetür und wollte sie gerade öffnen, als er eine gehässige Stimme hinter sich hörte. »Hallo, Henker. Willkommen zu deiner Urteilsvollstreckung.« Ein dumpfer Schlag traf seinen Hinterkopf, noch ehe er sich umdrehen konnte. Für eine Sekunde wurde es gleißend hell vor seinem inneren Auge, dann brach er zusammen und glitt in eine unendliche Leere.

20.

Elsings Handy vibrierte – genau wie Wolter es angekündigt hatte. Er konnte den Bericht und vor allem die Fotos des neuen Opfers, kaum erwarten. Und tatsächlich erreichte ihn eine Nachricht von Daniel. Der Inhalt der SMS kam dem, was er sich erhofft hatte, nicht einmal annähernd nahe, und dennoch würde es *die* Schlagzeile werden. Es war einfach unglaublich, was Wolter ihm da mitteilte.

Was ich dir hier schicke, ist eine persönliche Nachricht des Henkers, die ich am Übergabeort gefunden habe. Sie enthält die klare Anweisung, es Wort für Wort so auf die Titelseite zu bringen, wenn wir nicht die Nächsten sein wollen, über die gerichtet wird.

»Wer frei von Schuld ist, braucht den Henker nicht zu fürchten! Über all die anderen hat Gott sein Urteil gesprochen und mich geschickt, um es zu vollstrecken. Niemand wird euch retten, ihr werdet für eure Sünden bezahlen, denn es ist Gottes Wille. Und sein Wille geschehe.«

Klaus Elsing griff zu seinem anderen Telefon und startete einen Weckruf. »Schmeißt die Druckerpressen an. Neuer Aufmacher: NRW-Henker bricht das Schweigen. Alle Sünder werden sterben. Sucht euch ein passendes Bild. Irgendwas mit einem mittelalterlichen … Nein, halt … einen Moment.«

Eine MMS ging auf seinem Mobiltelefon ein. »Verflucht noch mal. Wolter, du bist ein verdammtes Genie.«

Es war ein über alle Maßen schockierendes Foto. Das Bild zeigte das Innere eines Eisenbahnwaggons, in dessen Mitte ein hölzernes Rad befestigt war, vermutlich das einer alten Kutsche. Und auf diesem Rad lag eine grausam zugerichtete nackte Frauenleiche. Knochen ragten aus Wunden an Armen, Beinen, Hüfte und aus der Brust. Das Entsetzen unmenschlicher Qualen hatte sich im Augenblick des Todes in ihr vormals offenbar hübsches Gesicht gebrannt. Ein Auge war aus der Höhle getreten und die Stirn eingedrückt. So abstrus es klang, sie wirkte wie eine kaputte Wachspuppe. Und an der Wand hinter ihr befand sich die Visitenkarte des Henkers. Das Wort war vermutlich mit ihrem eigenen Blut geschrieben worden: Schuldig.

»Ich schicke euch ein Foto. Aber macht die schlimmsten Stellen wieder unkenntlich. Das ist harter Stoff. Ihr wisst, wie es läuft.«

***

Es war bereits kurz nach einundzwanzig Uhr, als Bernd Zenker endlich sein Büro verließ, um den Nachhauseweg anzutreten. Die Lagebesprechung hatte sich hingezogen, doch nun waren die meisten Kollegen zu Hause und nur noch eine Handvoll im Außendienst unterwegs. Es waren jene, die bei einem Fall wie diesem, genau wie Bernd selbst, nicht zur Ruhe kamen. *Eben echte Bullen wie im Fernsehen*, dachte Bernd sarkastisch. Der andere Teil hatte nach vierzehn Stunden den Dienstschluss für den heutigen Tag vorgezogen. Vermutlich würden sie längst entspannt auf der Couch liegen und den Tag zu den Akten gelegt haben.

Akten waren auch so ein Grund dafür, dass er sich nicht einfach aus dem Büro stehlen konnte. Es war einiges liegen geblieben, das er aufzuarbeiten hatte. Ferner hatte er noch einmal im Internet recherchiert, was es mit den mittelalterlichen Foltergeräten auf sich hatte. Neue Erkenntnisse brachte ihm die Suche jedoch nicht. Nur eine dunkle Vorahnung der Dinge, die da vielleicht noch kommen mochten, wenn sie diesen Wahnsinnigen nicht bald dingfest machten.

Zenkers Augen brannten vom stundenlangen Starren auf den Computermonitor. Er konnte es nicht nachvollziehen, dass es Menschen gab, die den ganzen Tag damit verbrachten, vor diesen Dingern zu hocken. Sicher, für die Arbeit und viele andere Bereiche unserer Gesellschaft waren Computer schon nützlich und hilfreich. Ihm hingegen blieben sie nach wie vor etwas suspekt – sie hatten mit dem wahren Leben nichts gemein. Dasselbe galt prinzipiell auch für Handys.

Die altbekannte Tatortmelodie erinnerte ihn daran, dass er mit dieser Technik ebenfalls nie so recht warm geworden war. Er schaute auf das Display und verdrehte entnervt die Augen. Was konnte Kornau um die Zeit noch von ihm wollen? Widerwillig nahm er das Gespräch an. »Zenker. Was ist so wichtig, dass es nicht bis morgen warten kann? Ich bin schon mit einem Bein im Bett.«

Einen Moment zögerte der Anrufer, doch sein hektischer Atem verriet die Aufregung, die sich schließlich auch in seiner Stimme wiederfand. »Chef, es tut mir leid, aber ihr Bett wird warten müssen. Wir sind mit dem SEK auf dem Weg nach Gelsenkirchen. Wir folgen einem anonymen Hinweis.«

»Und das könnt ihr nicht ein einziges Mal ohne mich tun? Herrgott, ich bin keine zwanzig mehr und seit Ewigkeiten auf den Beinen.«

»Chef, es geht um den Henker. Möglicherweise haben wir ihn gefunden.«

Bernd Zenker war schlagartig hellwach. Die Nachricht hatte auf ihn eine Wirkung, als hätte er gerade mehrere Espresso auf ex hinuntergekippt. »Geben Sie mir eine Adresse. Ich bin schon unterwegs.«

21.

Rita Zenker hatte ein schlechtes Gewissen gehabt, weil sie so spät nach Hause gekommen war. Es war bereits nach halb zehn gewesen, als sie die Tür aufgeschlossen und mit einer übertrieben freundlichen Singsangstimme nach ihrem Mann gerufen hatte, obwohl in der Wohnung kein Licht brannte. Eine Antwort hatte sie nicht erhalten, da er gar nicht daheim war. Seitdem hatte sie ihm dreimal eine Nachricht aufs Handy gesprochen, um zu erfahren, ob sie denn heute noch mit ihm rechnen könne. Aber bisher hatte er sich nicht zurückgemeldet.

Sie setzte sich auf die Couch und starrte in dem leblos erscheinenden Zimmer umher. War das tatsächlich alles, was sie noch vom Leben zu erwarten hatte? Ein Mann, der nie zu Hause war. und wenn doch, war er nicht wirklich anwesend. Ihr eigener Job nahm ebenfalls mehr Zeit in Anspruch, als sie zu opfern bereit war.

Und dann war da noch die Affäre mit einem jüngeren Mann, die zwar ihrem Ego guttat, aber die Beziehung zu ihrem Ehemann, den sie liebte, erheblich gefährdete. Und das nicht nur wegen der Möglichkeit, dass Bernd es herausfinden konnte, sondern weil ihr Gewissen mehr und mehr ein Problem daraus machte. Aber Daniel Wolter konnte ihr die Zuneigung geben, die sie von ihrem Mann vermisste.

Selbst die vielen Gespräche diesbezüglich hatten zu keinem nennenswerten Ergebnis geführt. Es war bei den guten Vorsätzen geblieben.

Meinte Bernd es ernst, als er sagte, er würde den Job aufgeben? Vielleicht wäre das die einzige Möglichkeit, wieder zueinanderzufinden. Sie wusste, dass dieser Entscheidung auch die eine oder andere ihrerseits folgen musste. Rita war innerlich zerrissen.

Engelchen und Teufelchen saßen auf ihren Schultern und nahmen sie ins Gebet. »Du musst diese Affäre beenden«, sagte das Engelchen.

Das Teufelchen hielt geschickt dagegen: »Zu dem, was Daniel dir gibt, wird Bernd nie in der Lage sein.«

Und plötzlich war da noch eine dritte Stimme. Eine weitere Möglichkeit, die Rita Zenker bisher immer verdrängt hatte. »Trenne dich von deinem Mann. Er wird seinen Job nie aufgeben. Dich aber schon.«

Sie schüttelte die finsteren Gedanken ab, von denen sie nicht wusste, an welchen Ort sie diese führen würden.

Zurück in ihrem Hamsterrad der Emotionen ersetzte sie den Krieg zwischen Kopf und Herz durch die Sorge um Bernd. Zweiundzwanzig Uhr. Sie nahm ihr Handy und wählte die Nummer von Armin Kanschek. Es dauerte eine Weile, bis der Autor das Gespräch annahm.

»Rita? Hallo, was treibt dich denn zu so später Stunde dazu, bei mir anzurufen?«

»Hey, Armin. Du meintest mal, ich kann mich jederzeit bei dir melden, wenn ich Probleme habe. Nun ja, da bin ich und ich habe Probleme. Störe ich dich bei irgendwas?«

»Ähm. Nein, nicht wirklich. Ich komme gerade von Jenny. Wir hatten mal wieder Streit. Na ja, du kennst sie ja. Aber ich will dich damit nicht belasten. Also, wie kann ich dir helfen? Stimmt etwas mit Bernd nicht?«

Rita seufzte tief. »Ich hatte gehofft, du könntest mir das sagen. Ich bekomme ihn ja kaum noch zu Gesicht. Und wenn, dann ist er trotzdem nicht richtig da. Verstehst du?«

»Ja, das kann ich mir vorstellen. Deinem Mann fliegt gerade eine Menge Mist um die Ohren. Dieser Fall bringt ihn an seine Grenzen. Zumindest glaube ich das.«

»Wie meinst du das?«

»Du kennst doch sicher die Zeitungsberichte.«

»Ja, schon, aber ist das nicht wie üblich alles ziemlich übertrieben und pure Panikmache?«

Armin überlegte kurz, ob er Rita einweihen sollte. Eigentlich wäre es Bernds Sache gewesen, aber hatte sie nicht ein Recht darauf, zu erfahren, warum ihr Mann gerade so war, wie sie ihn wahrnahm? »Was hat er dir erzählt?«, fragte er mit besorgtem Unterton.

Die Antwort hätte nicht knapper und frustrierter ausfallen können. »Gar nichts.«

»Also manchmal verstehe ich meinen alten Kumpel selber nicht«, musste Armin gestehen.

»Du hilfst ihm wieder, oder?«

»Na ja, eigentlich hilft er mir. Ich weiß, wie das jetzt klingt, aber auf so eine Story habe ich schon lange gewartet. Verstehe mich nicht falsch. Es ist wirklich schlimm, was da passiert, um nicht zu sagen schockierend. Allerdings sitzt mir mein Verleger im Nacken … Bisher war mein Kopf so leer, als hätte man jeden kreativen Gedanken operativ entfernt. Dieser Fall jedoch, so grausam er auch sein mag, ist eine unglaubliche Inspiration. Da steckt so viel Potenzial drin, dass ich …«

»Armin, bitte!« Rita klang erschöpft. Es war nicht zu überhören, dass seine Worte sie nervten. Ganz gewiss wollte sie nicht hören, wie jemand genau das in den Himmel hob, was ihr solche Sorgen bereitete.

»Tut mir leid. Ich war egoistisch? Was willst du wissen?«

»Am besten alles.«

»Ich ahnte, dass du das sagen wirst. Bist du zu Hause? Ich denke, das ist kein Thema fürs Telefon.«

»Ja, komm vorbei. Ich sitze hier sowieso wie bestellt und nicht abgeholt rum. Ich stell dir ein Bier kalt.«

Armin brauchte nur wenige Minuten, um sein Ziel zu erreichen. Da Jennifer ebenfalls in Katernberg wohnte, hatte er sich bei dem Anruf ganz in der Nähe befunden.

Rita fiel ihm in die Arme und bedankte sich, dass er so spät noch für sie da war. Auch erwähnte sie, dass anscheinend jeder, abgesehen von ihrem Ehemann, für sie da sei. Sie wusste ja nicht, dass Armins Gefühle für sie nie erloschen waren. Rita sah in ihm einfach einen Freund. Ihren besten Freund, genau wie Bernd auch.

»Gibt es Neuigkeiten von Bernd?«, fragte er.

»Nein, nichts. Ich bin krank vor Sorge.«

Armin setzte sich mit ihr auf die Couch und öffnete das Bier, welches sie, anstatt es kaltzustellen, auf dem Tisch vergessen hatte. »Dann wird dir das, was ich dir erzähle, nicht gefallen. Bist du dir sicher, dass du diesen ganzen Mist hören willst?«

»Nein, trotzdem habe ich das Gefühl, es wissen zu müssen, um Bernd besser verstehen zu können.«

»In Ordnung, aber sag hinterher nicht, ich hätte dich nicht gewarnt.«

Armin erzählte ihr alles über den Fall, was er wusste. Nach nur wenigen Minuten brach Rita in Tränen aus. Es war nicht nur das Mitleid, das sie quälte, sondern auch ihr Gewissen meldete sich wieder zu Wort. Sie begann zu verstehen, was Bernd für Lasten mit sich herumschleppte. Schlimmer noch. Sie fühlte sich schuldig, dass sie ihm nicht genug Verständnis entgegengebracht hatte. Zumindest empfand sie es so, und das machte sie unendlich traurig.

Sie lehnte ihren Kopf an Armins Schulter und ihre Tränen tropften auf seinen dunklen Wollpulli, der die besten Jahre schon lange hinter sich hatte.

Rita hatte ihn immer damit aufgezogen, dass er das hässliche Ding doch endlich entsorgen solle, bevor es lebendig wurde und freiwillig davonlief. Doch er sah diesen Pullover als seinen Glücksbringer an. Er hing an dem alten Stück, denn Rita hatte ihn nach ihrer ersten und einzigen gemeinsamen Nacht für wenige Stunden getragen.

Auch wenn Armin sich im Klaren darüber war, dass es unmöglich sein konnte, so meinte er noch heute, ihren Duft darin wahrnehmen zu können. Niemals würde er sich von dieser heiligen Reliquie trennen. Und gerade jetzt, da sie ihm so nah war, fühlte er sich zurückversetzt an den Tag, als er dachte, die Liebe seines Lebens gefunden zu haben.

Rita riss ihn aus seinen Tagträumen. »Wir sind doch Freunde?«

»Ja, natürlich. Warum fragst du das?«

»Kann ich dir etwas anvertrauen, das Bernd niemals erfahren darf?«

»Wenn du das willst. Ich kann schweigen.«

»Ich meine ja nur, weil Bernd ebenfalls dein Freund ist …«

»Offenbar belastet dich etwas und genau aus dem Grund bin ich da. Ich höre zu und behalte ganz sicher für mich, was du mir erzählst.«

Sie setzte sich wieder aufrecht hin, nahm sich ein Taschentuch vom Tisch und wischte sich die Tränen ab. Dann schluckte sie ihren Kloß der Beklemmung hinunter und weihte Armin in ihr Geheimnis ein. »Ich habe eine Affäre.«

»Du hast was?« Armin glaubte, seinen Ohren nicht zu trauen.

Er sprang auf und ging nervös im Zimmer auf und ab. »Wer? Wieso? Wie lange denn schon? Und Bernd hat keine Ahnung?«

»Ein Arbeitskollege. Eine Weile bereits. Bernd ist nie da. Ich war, nein, ich bin so einsam, das kannst du dir überhaupt nicht vorstellen.«

»Ach, und da beschließt du mal eben, deinen Mann, meinen besten Freund, zu hintergehen?«

Rita erschrak über seine Reaktion. »Warum regst du dich so auf? Du tust so, als hätte ich dich betrogen. Vielleicht hätte ich es dir doch nicht erzählen sollen.«

»Ja, vielleicht wäre das in der Tat besser gewesen. Du bringst mich damit in eine verdammt blöde Situation. Das ist dir hoffentlich klar? Du machst mich zum Mitwisser, indem du deinen Verrat mit mir teilst, und zwingst mich, Bernd ebenfalls anzulügen. Freunde belügt man aber nicht.«

Er hatte seine Stimme erhoben und durchmaß das Zimmer mit energischen Schritten, während er ihr Vorwürfe machte.

»Armin, es tut mir leid, aber ich musste mit jemandem darüber reden. Mein schlechtes Gewissen frisst mich auf.«

»Dann schlage ich vor, du beendest diese dumme Affäre und sprichst mit deinem Mann. Sag ihm die verdammte Wahrheit. Erkläre ihm, warum du es getan hast. Und bete, dass er dir verzeiht, wenn er die Gründe hört.«

Sie brach wieder in Tränen aus. »Das kann ich nicht. Nicht nach alldem, was du mir heute erzählt hast. Es würde ihm das Herz brechen.« Wie ein Häufchen Elend saß sie mit bebenden Schultern da.

»Was meinst du, wie sehr es ihm das Herz bricht, wenn er es zufällig herausfindet?«

Rita erhob sich von der Couch und kam auf Armin zu. Sie sah so hilflos und verzweifelt aus, dass er nicht anders konnte, als sie in seine Arme zu nehmen.

»Wirklich, Rita. Das kannst du Bernd nicht antun. Du musst das beenden. Und er hat ein Recht darauf, zu erfahren, wie sehr dich die Einsamkeit quält. Glaub mir, er wird Verständnis haben. Klar, erst mal wird sein Ego rebellieren und er wird sauer sein. Sehr sogar – vermutlich. Aber früher oder später wird er ein Einsehen haben und dir vergeben. Bernd liebt dich.«

Sie schluchzte immer heftiger. »Ich liebe ihn doch auch.«

»Dann hör gefälligst auf, so einen Mist zu bauen. Ehrlich. Wer ist der Typ denn? Dieser Arbeitskollege?«

»Sein Name wird dir nichts sagen. Er heißt Daniel. Einer unserer Sensationsreporter.«

»Was? Doch nicht dieser Lackaffe Daniel Wolter?«

Rita sah überrascht auf. »Du kennst ihn?«

»Jeder, der schon mal an einem interessanten Tatort recherchiert hat, kennt diesen aufgeblasenen Wichtigtuer.«

Rita löste sich aus seiner Umarmung und trat einen Schritt zurück. »Er ist privat ganz anders. Sehr liebevoll. Er gibt mir so viel, zu dem Bernd offenbar nicht mehr in der Lage ist.«

»Liebst du ihn?«

»Nein, aber ich liebe, was er für mich tut.«

Plötzlich vibrierte Ritas Handy auf dem Couchtisch. Es bewegte sich auf der Tischfläche und berührte dabei immer wieder Armins Bierflasche.

Ein Blick aufs Display versetzte Rita in Aufruhr. »Das ist Bernd.« Sie schnappte sich das Telefon und nahm das Gespräch an. »Bernd? Wo bist du denn? Weißt du, wie spät …« Weiter kam sie nicht, da er ihr ins Wort fiel.

22.

Etwas über eine Stunde zuvor

Ein Dutzend Waffen waren auf den Mann am Boden gerichtet, als dieser endlich wieder zu sich kam. In der Hand hielt er einen blutverschmierten Vorschlaghammer. Gerade hatte er noch die eine bedrohliche Stimme gehört, jetzt war es ein Stimmengewirr, das ihn eindringlich vor einer falschen Bewegung warnte. Sein Kopf dröhnte. Jedes gesprochene Wort fühlte sich wie eine Nadel an, die seinen Hinterkopf durchbohrte.

Er sah vermummte Beamte des SEK, die sich mit ihrer schweren Ausrüstung und den Waffen im Anschlag angsteinflößend um ihn herum postiert hatten. Eingeschüchtert überlegte Daniel Wolter, was eigentlich passiert war. Doch bevor er auch nur die Chance bekam, seine absurde Situation zu realisieren, trat Bernd Zenker in den Kreis aus nervösen Zeigefingern.

Zenker konnte nicht fassen, was er dort sah. Ausgerechnet der verhasste Schundschreiber Nummer eins lag bäuchlings vor dem Eisenbahnwaggon, der das dritte Opfer in seinem Inneren verbarg. »Daniel Wolter. Verdammte Kacke, es gibt anscheinend doch einen Gott.«

»Kommissar Zenker? Sie müssen mir helfen, ich habe keinen Schimmer, was hier …«

»Halten Sie bloß den Mund, Sie geistesgestörter Psychopath.« Er wandte sich an Kornau: »Legen Sie dem Henker Handschellen an und dann schaffen Sie mir dieses verkommene Subjekt aus den Augen, bevor ich die Beherrschung verliere.«

»Aber ich …« Die Schmerzen drangen mehr und mehr in den Vordergrund. Er tastete nach seinem Hinterkopf und spürte die deutliche Beule, die zumindest nicht oder nicht mehr blutete. »Ich wurde niedergeschlagen.«

Niemand ging darauf ein.

»Daniel Wolter, Sie sind wegen des dringenden Tatverdachtes auf dreifachen Mord vorläufig festgenommen.«

»Mord? Sind Sie wahnsinnig? Ich wollte mich hier nur …« Die Angst stand Wolter ins Gesicht geschrieben.

Der Kommissar ging in die Knie und schaute ihm tief in die Augen. »Ich gebe Ihnen den guten Rat, meine Aufforderung von vorhin ernst zu nehmen. Wir werden heute Nacht genug Zeit zum Reden haben. Ich hätte es mir eigentlich denken können, dass nur ein sensationslüsternes Arschloch wie Sie der Henker sein kann.«

»Der Henker? Sind Sie von allen guten Geistern verlassen?«

»Führt diesen Bastard ab. Aber schnell, bevor ich ihm einfach eine Kugel zwischen die Augen jage.«

Die Beamten schleppten den verwirrten, laut zeternden Mann davon. Dass sie die ganze Zeit über aus dem Schutz des Gebüsches heraus beobachtet wurden, nahmen sie nicht wahr. Aufgrund der aufgestellten Scheinwerfer rund um den Tatort konnte er unbemerkt seine Bilder machen, ohne den Blitz zuzuschalten. Ulf Jakobs rieb sich die Hände.

Mittlerweile waren auch die Kriminaltechniker eingetroffen.

»Phillips, ich schätze, dieses Mal haben wir mehr, als nur eine Schrift an der Wand.«

Das Scherzen verging Bernd schnell, als er mit seinem Kollegen das Innere des Waggons betrat.

»Ach, du Heiliger Vater. Der Mann gehört auf Lebenszeit in die Klapsmühle.« Er wurde leichenblass und ging ein paar Schritte rückwärts. »Ich brauche mal eben frische Luft.« Bernd eilte zum Ende des Waggons und stützte sich am Puffer ab.

Noch immer das grausame Bild des Opfers vor Augen, übergab er sich. Wolter hatte ihn mit der Tat an seine Grenzen gebracht und diese mit Anlauf überschritten.

Einer der Kollegen kam zu ihm. »Alles in Ordnung, Herr Kommissar? Benötigen Sie Hilfe?«

»Nein, verdammt, mir geht es gut. Ich brauche nur einen Moment.« Das hatte ihm noch gefehlt. Vermutlich würden sie sich morgen auf dem Revier das Maul über den weich gewordenen, kotzenden Hauptkommissar zerreißen. Es dauerte ein paar Minuten, bis er sich wieder gesammelt hatte.

Er ging zurück und Phillips klärte ihn auf: »Eines kann ich Ihnen jetzt schon sagen, hier ist alles voller Fingerabdrücke.«

»Tja, wie es aussieht, können wir den Fall heute abschließen.« Bernd Zenker schaute sich noch einmal genau um. »Sie kommen hier klar, Phillips?«

»Sicher, Herr Kommissar. Ich melde mich umgehend, wenn wir Neuigkeiten haben. Sie kennen das ja.«

Bernd nickte. »Ich fahre jetzt aufs Revier und widme mich ausgiebig unserem Henker.«

Die Kollegen hatten eine Schneise in das dichte Gebüsch geschlagen und so konnte er durchgehen, ohne sich an den Dornen zu verletzen. Die Übelkeit war verschwunden und machte einer gewissen Euphorie Platz. Bernd verspürte ein Hochgefühl, den Henker praktisch auf frischer Tat erwischt zu haben.

Er sah schon die Schlagzeilen vor sich, die ihn als Helden präsentierten. Doch darum ging es ihm nicht. Er wollte dieses Monster einfach aus dem Verkehr ziehen und verhindern, dass ihm noch weitere Seelen zum Opfer fielen.

Als Bernd in seinen Wagen stieg, rief er direkt Rita an, die ihn sofort fragte, wo er denn bliebe. Er holte tief Luft und wünschte sich, seine Antwort wäre eine andere. »Schatz, es tut mir leid, aber warte nicht auf mich. Hier ist die Hölle los, das wird noch eine Weile dauern.«

»Was ist denn los?«

»Wie es aussieht, haben wir den perversen Mörder gefasst, der momentan durch alle Medien geht. Sitzt du? Du wirst es nicht glauben, es ist dein Kollege, dieser arrogante Spinner Daniel Wolter.«

Anscheinend hatte es ihr die Sprache verschlagen, denn außer einem kaum hörbaren »Okay. Danke, dass du Bescheid sagst«, kam nichts zurück. Er wollte noch einmal darauf eingehen, aber sie hatte bereits aufgelegt.

Ihm kam die Hotelrechnung wieder in den Sinn, die er längst verdrängt hatte. Ihre merkwürdige Reaktion rief sie ihm erneut ins Gedächtnis. Ebenso wie die Tatsache, dass er sich bisher nicht getraut hatte, sie darauf anzusprechen. Die Angst vor den

Antworten war einfach zu groß. Fakt war, sie hatte ihn belogen, denn sie war nicht in Berlin gewesen, sondern im Maritim-Hotel in Düsseldorf. Die Frage, welche auf der Hand lag, war: Warum sollte sie diesbezüglich lügen? Das führte wiederum automatisch zu der Schlussfolgerung, dass sie möglicherweise nicht allein dort übernachtet hatte. Dass diese Vermutung wahr sein könnte, jagte Bernd eine Höllenangst ein. Sie hatten zwar Probleme in der Ehe, aber würde Rita ihn wirklich betrügen?

Normalerweise vermied er es, im Auto zu rauchen, doch in diesem Moment waren ihm seine eigenen Regeln gleichgültig. Er steckte sich ein Stäbchen an, sog gierig den Dampf in die Lungen und schob die Gedanken an Rita krampfhaft zur Seite. Er ersetzte sie durch die Vorfreude auf das nahende Verhör. Wolter würde die Nacht nicht so schnell vergessen, denn Bernd Zenker ging dieser Fall extrem an die Nieren. Und das würde der Henker nun zu spüren bekommen.

Eine Stunde später saß er dem mutmaßlichen Täter im Verhörraum gegenüber und starrte ihn feindselig an. »Ich bin ganz ehrlich, Wolter. Wenn es nach mir ginge, würde ich Ihnen einfach die kranke Birne wegblasen und damit die Welt von einem Stück unmenschlichem Abschaum befreien. Denn ich möchte sicher sein können, dass die Frau in diesem Waggon Ihr letztes Opfer war.«

Daniel war mit Handschellen an den Tisch gekettet und sichtlich verängstigt. Sein sonst so arrogantes, selbstgefälliges Auftreten schien er am letzten Tatort zurückgelassen zu haben.

»Herr Kommissar, was immer Sie zu wissen glauben, ich bin nicht der, den Sie suchen. Das ist alles ein riesiges Missverständnis.«

Bernd nahm die Ausflüchte Wolters gar nicht zur Kenntnis, sondern sprach einfach weiter: »Also. Was ist da passiert? Bist wohl über deinen eigenen Hammer gestolpert, nachdem du das arme Ding totgeprügelt hast?« Hatte er anfangs noch die Form gewahrt, verlegte er die Anrede nun auf eine persönlichere Ebene, um klarzustellen, dass jeglicher Respekt und jede Höflichkeit an ihrem Ende angekommen waren.

Wolter schüttelte den Kopf. »Nein, verdammt. Ich wollte nur Informationen.«

»Ach, Informationen. Und? Hast du sie bekommen, oder ist die Frau vorher gestorben?«

Daniel Wolter zerrte vergeblich an seinen Fesseln. »Können Sie die Dinger vielleicht mal etwas lockerer machen? Meine Hände sind schon taub.«

Bernd dachte nicht im Traum daran, diesem Abschaum in irgendeiner Form entgegenzukommen, und ignorierte ihn erneut. »Na, komm schon, Henker, bring mich zum Lachen. Erzähl mir deine Geschichte.«

»Ich habe einen anonymen Tipp bekommen. Der Informant wollte zweitausend Euro.«

»Wofür?«

»Für exklusive Fotos des dritten Opfers. Er sagte, es wäre bisher nicht entdeckt worden. Also habe ich meinen Chef angerufen und ihn um Rat gefragt. Sie wissen ja, wie es mit anonymen Tipps so ist. Aber Elsing wollte das Risiko eingehen und gab mir das Geld.«

»Und weiter?«

»Ich sollte es um einundzwanzig Uhr an dem Eisenbahnwaggon deponieren, er würde mich dann anrufen und mir den Ort sagen, an dem ich das Opfer finde. Ich schwöre, ich hatte keine Ahnung, dass ich direkt davorstand. Erst als ich das Blut gesehen hatte, wurde mir klar, dass etwas nicht stimmt. Sie müssen mir glauben, ich wurde reingelegt.«

»Das lässt sich ja leicht überprüfen. Wo ist das Geld jetzt? Dabei hattest du es nicht.«

»Ich sollte es hinter einem der Räder deponieren. Es muss noch dort sein.«

Bernd zog sein Handy aus der Tasche und wählte die Nummer von Phillips. Es dauerte einen Moment, bis dieser ranging. »Phillips, lassen Sie mal jemanden hinter den Rädern des Waggons nachsehen, ob er dort irgendetwas findet.«

»Wird sofort erledigt. Ich rufe zurück.«

»Wie ging es weiter?«, wollte Bernd wissen.

»Ich sah, wie gesagt, dass Blut aus dem Waggon tropfte und wollte ihn öffnen, um nachzuschauen. Dann hörte ich hinter mir eine Stimme und bekam einen Schlag auf den Kopf. Das Nächste, woran ich mich erinnere, ist Ihre verdammte Armee um mich herum. Ich hätte mich vor Schreck fast eingenässt. Herr Kommissar, könnte ich bitte ein Aspirin bekommen? Mein Kopf dröhnt von dem Schlag.« Kaum hatte Wolter ausgesprochen, kam der erwartete Anruf.

»Nichts, Herr Kommissar. Wir haben alle Räder gecheckt, aber da ist nichts.«

»Das dachte ich mir. Danke, Phillips.« Er wollte bereits auflegen, als der Kriminaltechniker sich noch einmal zu Wort meldete:

»Wir haben allerdings schon einen Abgleich mit den Fingerabdrücken auf der Mordwaffe.«

»Na, jetzt bin ich aber gespannt.«

»Sie gehören zu Daniel Wolter.«

Ein gehässiges Grinsen umspielte Bernds Mundwinkel, als er das Gespräch beendete. Die Frage nach einer Kopfschmerztablette hatte er bewusst ignoriert, da er ihm diese ohnehin nicht abkaufte. Und selbst wenn Wolter Schmerzen hatte, interessierte es Bernd Zenker nicht im Geringsten. »Tja … Kein Geld. So eine Überraschung. Dafür aber jede Menge Fingerabdrücke auf deinem verdammten Hammer. *Deine* Fingerabdrücke, du Schlauberger. Will da vielleicht jemand seine Aussage noch einmal überdenken? Nicht, dass es etwas ändern würde. Du fährst für den Rest deines Lebens ein, Wolter.«

Daniel wurde immer bleicher im Gesicht. »Hören Sie, da will mir jemand was anhängen. Aber es war so, wie ich Ihnen gesagt habe. Mein Chef, Klaus Elsing, kann alles bestätigen.«

»Wenn ich dich richtig verstanden habe, wird er bestätigen, dass du ihn um zweitausend Euro erleichtert hast. Sicher wird er auch bezeugen, was du ihm über den Informanten erzählt hast. Aber das ist der gleiche Bullshit, den du mir hier auftischst. Also, raus mit der Sprache. Ich will endlich wissen, warum. Was soll dieser ganze Unsinn? *Schuldig?* Willst du mir allen Ernstes weismachen, du wärst religiös?«

»Ich. Bin. Es. Nicht. Gewesen«, schrie Wolter in einem Anflug von Panik.

Bernd stand auf und packte ihn mit der einen Hand an der Kehle und zog mir der anderen seine Waffe. Er presste den Lauf der Walther hart gegen die Schläfe seines Gefangenen. »Schrei mich noch einmal an, du Wichser, und ich verteil dein gestörtes

Hirn im ganzen Raum. Mir ist gleich, was dann mit mir geschieht. Sollen sie mich doch dafür einbuchten. Zumindest hätte ich die Gewissheit, die Welt ein Stück besser gemacht zu haben. Aber vermutlich bekäme ich nur eine Anzeige wegen Sachbeschädigung, denn so etwas wie dich kann man wohl kaum als Menschen bezeichnen.«

Die Tür wurde plötzlich von außen geöffnet. Bernd ließ von Wolter ab und setzte sich wieder auf seinen Stuhl. Ein Beamter trat ein und überreichte dem Kommissar einen größeren Klarsichtbeutel. »Das sind die Gegenstände, die der Verdächtige bei sich trug.« Gleich darauf verschwand er wieder, ohne dem hilfe- suchenden Gesichtsausdruck von Wolter auch nur die geringste Beachtung zu schenken. Für einen Moment hatte der die Hoffnung gehabt, dass der Beamte Zenker aus dem Raum zerren würde, weil ihm ganz offensichtlich die Sicherungen durchgebrannt waren. Doch diese Hoffnung erstarb mit dem Geräusch der sich schließenden Tür.

Bernd öffnete den Beutel. »Dann wollen wir mal schauen. Geldbörse, Schlüsselbund … Oh, das ist ja interessant. Was haben wir denn hier?« Er zog ein kleines durchsichtiges Tütchen mit weißem Pulver hervor. »Hier haben wir wohl die Quelle deines scheunentorgroßen Egos. Ich nehme mal an, Kokain?«

»Ich will mit meinem Anwalt sprechen.«

»Interessiert mich einen Scheiß, was du willst.« Er zog noch ein paar unbedeutende Dinge wie Kaugummis oder Taschentücher aus dem Beutel. Aber seine Aufmerksamkeit galt in erster Linie dem Handy. Er wollte es einschalten, doch die Codeabfrage blockte seinen Versuch ab. »Die Nummer?«

»Meinen Anwalt.«

»Gut, wir können das hier auch gerne auf die harte Tour durchziehen.« Das Gesicht von Zenker zeigte deutlich, dass er zu allem entschlossen war.

Daniel konnte nur vermuten, wie weit er gehen würde, um das zu bekommen, was er wollte. »Ach, was solls. Sie werden sehen, dass ich nichts zu verbergen habe.« Er nannte ihm den Code.

Bernd Zenker sah sich die letzten Nachrichten von Wolter an. Zwei davon waren an Klaus Elsing gegangen. Beide sprachen nicht gerade für seine Unschuld. »Nichts zu verbergen, ja? Und was ist hiermit?« Er hielt Daniel das Bild des Opfers unter die Nase.

»Was? Ich schwöre, ich habe dieses Bild noch nie gesehen.«

»Und die Nachricht stammt natürlich auch nicht von dir. Richtig?«

Daniel las die Zeilen des Henkers, die Klaus Elsing drucken sollte. »Nein. Glauben Sie wirklich, wenn ich der Henker wäre, würde ich clever genug sein, keine Spuren zu hinterlassen, und gleichzeitig so dämlich, diesen Mist auf meinem Handy zu speichern?«

Bernd musste sich eingestehen, dass an der These etwas dran war. Allerdings konnte es auch ein Teil seines kranken Spiels sein. Ein weiterer Anruf von Phillips ging ein. Zenker nahm das Gespräch an.

»Hauptkommissar, können Sie reden?«

»Einen Moment«, antwortete er und wandte sich an Wolter: »Nicht weglaufen, Psycho. Ich bin noch lange nicht fertig mit dir.« Dann öffnete er die Tür und ging hinaus. Einem der Kollegen draußen auf dem Gang gab er ein Zeichen, er möge hineingehen und ein Auge auf Wolter haben. »Okay. Ich höre.«

»Das wird Ihnen nicht gefallen, aber hier will uns jemand mächtig auf die Rolle nehmen.«

»Wieso? Was ist los?« Ihn überkam dieses unbehagliche Gefühl, ähnlich jenem, das er gespürt hatte, als er die Hotelrechnung seiner Frau im Schlafzimmer gefunden hatte. Sein Magen verkrampfte sich und dunkle Vorahnungen zogen sich über seinem Kopf wie eine undurchdringliche Wolkendecke zusammen.

»Ich habe mir gleich gedacht, dass das alles irgendwie unstimmig ist. Im Grunde war es ja auch offensichtlich.«

»Was denn, verdammt noch mal? Phillips, jetzt rücken Sie schon mit der Sprache raus.«

»Wolter ist nicht unser Mann. Was immer er Ihnen erzählt hat, vermutlich ist es die Wahrheit. Das Blut an der Tatwaffe, die Wunden an der Leiche, ich kann schon jetzt mit Gewissheit sagen, dass das Opfer seit Stunden tot war. Auch die Position, in der Wolter vor dem Waggon gelegen hatte, passt nicht zu einem dummen Unfall. Hier war eindeutig Fremdeinwirkung im Spiel.«

»So ein verdammter Mist. Sind Sie sich absolut sicher?«

»Ich fürchte, ja. Die genauen Ergebnisse teile ich Ihnen noch mit. Fest steht jedoch, dass Sie den Falschen haben und dass entweder er oder wir kräftig verarscht werden sollten.«

»Das kann doch alles nicht wahr sein. Wir sind also wieder am Anfang?«

»Na ja, nicht ganz. Der echte Täter hat trotzdem seinen ersten Fehler begangen. Wir haben Fußspuren einer weiteren Person vor dem Waggon und im Inneren. Scheinbar hat derjenige in dem dunklen Raum nicht bemerkt, dass er in die Blutlache getreten war. Es ist zwar nur die Spitze eines Abdruckes, aber offenbar passt sie zu denen draußen.«

»Na super. Das heißt dann wohl, wir rennen mit einem Schuh durch die Gegend und suchen die gottverdammte Cinderella.« Er legte auf und dachte einen Moment lang nach. Sackgasse.

Geistesabwesend warf Bernd eine Münze in den Kaffeeautomaten und drückte die Taste für schwarzen Bohnenkaffee. Der Automat gab ein paar zischende und blubbernde Geräusche von sich, aber Kaffee gab es keinen. Das war der Tropfen auf dem heißen Stein, der Bernds überforderten Verstand zum Überlaufen brachte. Er trat mit aller Kraft gegen das Gerät und fluchte wie der Leibhaftige höchstpersönlich, sodass der Beamte vor dem Verhörraum zusammenzuckte. »Scheiße, Scheiße. So eine verdammte, elende Scheiße.« Wie heißt es so schön? Wenn es schon dicke kommt, dann auch komprimiert.

Bernd Zenker hatte gar nicht wahrgenommen, dass er Wolters Mobiltelefon noch in der anderen Hand hielt. Wohl aber registrierte er nun die Nachricht, welche auf dem Display erschien: *Daniel, melde dich so schnell es geht. Wir müssen dringend miteinander reden.* Doch es waren nicht diese Zeilen, die Bernd endgültig durchdrehen ließen, es war der Absender: Rita Zenker.

23.

Das letzte bisschen Farbe war aus Ritas Gesicht gewichen und ihre Beine verwandelten sich in eine Masse, die aus Wackelpudding zu bestehen schien. »Entschuldige mich bitte kurz.«

Armin sah sie prüfend an. »Was ist passiert?«

»Später«, erwiderte Rita lediglich und wankte ins Bad.

Als sie ins Wohnzimmer zurückkam, dachte sie, der Boden würde sich gleich unter ihren Füßen auftun und sie in ein unendliches Nichts mitreißen. »Was machst du da mit meinem Handy?«

»Glaub mir, ich habe dir damit einen Gefallen getan.«

Sie stürzte auf ihn zu und entriss ihm das Gerät. Mit einem entsetzten Gesichtsausdruck schaute sie erst auf die Nachricht, die Armin in ihrem Namen geschrieben hatte, dann auf ihn selbst. »Sag mal, spinnst du? Hast du sie noch alle? Du kannst doch nicht …« Jetzt erst realisierte Rita die ganze Tragweite. »Nein! Verdammt! Nein. Du bist so ein Vollidiot.«

»Wenn ich damit eure Ehe retten kann, bin ich das gerne.«

Sie warf ihm das Handy vor die Brust. »Retten? Du hast ihr gerade den Todesstoß gegeben, du selten dämlicher Idiot.«

Armin schaute sie verwirrt an. Natürlich war das ein Vertrauensbruch, irgendwie jedenfalls, aber er hatte es doch nur gut gemeint. Warum flippte Rita jetzt dermaßen aus? Er verstand die Welt nicht mehr. Eigentlich hatte er nur einen Anstoß geben wollen, damit sie mit diesem Typen redete und die Affäre beendete.

»Daniel wurde verhaftet. Sein Handy wird sicher nach Beweisen durchsucht. Herrgott noch mal, ich denke, du bist Krimiautor?«

»Ja, aber kein sonderlich erfolgreicher«, versuchte er, die Situation mit seinem typischen Humor zu entschärfen. Doch das gelang ihm nicht. Rita schrie ihn unentwegt an, beleidigte ihn mit Worten, die er so noch nie aus ihrem Mund gehört hatte. Es sah ihr so gar nicht ähnlich, dermaßen die Fassung zu verlieren. Sie war für Armin stets der Inbegriff von Eleganz und Stil gewesen. Er wollte sie beruhigen und in den Arm nehmen, aber sie trat einen Schritt zurück und zeigte bestimmend auf die Tür.

»Geh! Verschwinde von hier! Du hast für heute genug Schaden angerichtet.«

»Aber soll ich nicht vielleicht …?«

»Geh einfach! Sofort!«

Armin blieb nichts anderes übrig. Jede weitere Diskussion würde sie sicher nur wütender machen. Mit gesenktem Blick trottete er davon, öffnete die Haustür und hielt noch einen Moment inne. »Es tut mir leid.« Da Rita nicht auf seine Worte reagierte, zog er die Tür von außen zu und lief die Stufen hinunter.

Ihre Liebe hatte er bereits vor Jahren verloren. Galt das nun auch noch für Ritas Freundschaft? Nein, das wollte Armin nicht glauben. Der Anflug eines Lächelns umspielte seinen Mund. *Wenn Bernd ihr die Hölle heißmacht, wird sie sich wieder beruhigen und bei ihrem besten Freund Rat und Hilfe suchen.*

Nachdem Armin von der Affäre gehört hatte, waren ihm die Synapsen durchgebrannt. Seit Jahren wartete er darauf, dass Rita sich endlich ihm zuwandte. Jedes Mal, wenn sie davon gesprochen hatte, was für ein schlechter Ehemann Bernd doch war, hatte er sich hoffnungsvoll die Hände gerieben. Er hatte sich Rita näher gefühlt und von einem gemeinsamen Happy End für sie beide geträumt. Als er vorhin ihr Telefon in der Hand gehabt hatte, musste er eine Entscheidung treffen und zwischen dem besten Freund oder der besten Freundin wählen. Die Wahl war ihm nicht schwergefallen, denn er konnte nicht zulassen, dass dieser Wolter nun auch noch im Wege stand.

Armin war stolz auf sich. Wie es aussah, hatte er mit der Nachricht gleich zwei Fliegen mit einer Klappe geschlagen. Vermutlich würde Rita ihn bald wieder zu sich rufen, damit er sie tröstete. Bernd musste in diesem Spiel einfach geopfert werden, denn Rita hatte Besseres verdient. Es brach ihm das Herz, sie so einsam und unglücklich zu wissen.

Unweigerlich drängten sich die Erinnerungen an diesen einen verhängnisvollen Abend wieder in seinen Kopf. Sie hatte schon zu dem Zeitpunkt Probleme gehabt und nur jemanden gesucht, bei dem sie sich ausheulen konnte. Wäre er doch damals bloß nicht auf ihre Verführungskünste angesprungen. Denn seitdem war es ihm unmöglich, seine Gefühle einer anderen Frau zu schenken. Nun war sie erneut an dem Punkt angelangt, nur führte er diesmal nicht in ihr Bett. Doch das würde sich hoffentlich bald ändern.

***

Eine Million Gedanken rasten durch Ritas Kopf, als Armin das Haus verlassen hatte. Sie stand noch immer wie paralysiert im Wohnzimmer und versuchte vergeblich, all die negativen Emotionen in den Griff zu bekommen. Sie fühlte sich verraten und hatte den Eindruck, niemandem mehr vertrauen zu können. Und dann war da noch die Tatsache, dass ihr Mann Daniel beschuldigte, ein Serienmörder zu sein. War das wirklich möglich? Konnte derselbe Mensch, der ihr in den letzten Monaten so viel Halt und Wärme gegeben hatte, ein eiskalter Killer sein? Und warum? Was sollte sein Motiv dafür sein?

Daniel Wolter war ganz sicher kein religiöser Mensch, im Gegenteil, er belächelte die Leute, die am frühen Sonntagmorgen in die Kirche rannten, als ob sie nichts Besseres zu tun hätten. Ein Frauenhasser? Nein, ganz gewiss nicht. Eher ein Schürzenjäger, für den es, abgesehen von seinem Wagen, nichts Schöneres und Verlockenderes als das weibliche Geschlecht gab. Und pervers war er auch nicht. Nein, wenn seine arrogante Maske fiel, entpuppte sich darunter ein hoffnungsloser Romantiker. So hatte Rita ihn jedenfalls kennengelernt. Konnte er so ein guter Schauspieler sein? Und wie würde er auf die Nachricht reagieren, die Armin in ihrem Namen verfasst hatte? Sicher, es war darin nicht die Rede davon, die Affäre zu beenden, aber der Unterton war ihrer Meinung nach eindeutig und konnte nichts Gutes bedeuten.

Ganz übel für sie wäre es, wenn aufgrund der Verhaftung Daniels Handy untersucht würde. Davon war leider auszugehen. Die Aussicht versetzte Rita einen Kälteschock, der sich mit einer Gänsehaut im Gepäck über ihren gesamten Körper ausbreitete. Ihre Knie begannen zu zittern und sie musste sich setzen. Sie griff nach der flauschigen Decke auf der Couch und wickelte sich darin ein.

Erneut liefen ihr die Tränen der Reue und der Wut übers Gesicht. Egal wie edel Armins Motive auch gewesen sein mochten, er hatte ihr Leben gerade komplett aus der Bahn geworfen. Alles würde sich radikal verändern, dafür musste man kein Hellseher sein.

Warum nur hielten sie alle für eine so starke Frau? Sie war genauso verletzlich wie jeder Mensch, wenn er einsam war. Ihr blieb nichts anderes übrig, als darauf zu warten, dass Bernd endlich nach Hause kam. Was immer dann auch auf sie zukommen mochte. Rita schlotterte vor Kälte und Furcht vor dem Ungewissen. Sie hatte Angst vor der Zukunft und Angst vor der Wahrheit.

24.

Bernd Zenker sah sprichwörtlich rot. Die Nachricht auf Wolters Handy war das Tuch, mit dem vor einem wütenden Stier gewedelt wurde. Und diesem Stier gingen gerade endgültig die Nerven durch.

Er musste es nun genau wissen und scrollte durch die Nachrichten. Im selben Moment wünschte er sich, er hätte es sein gelassen.

Daniel: *Das Hotel ist gebucht, Süße. Jetzt musst du dir noch eine Ausrede für deinen Mann einfallen lassen.*

Rita: *Das ist kein Problem, ich erzähle ihm einfach, ich müsse für ein Interview nach Berlin oder so etwas in der Art.*

Daniel: *Ist schon ein super Job, den wir da haben, oder? Immerhin hätten wir uns sonst auch nie kennengelernt. Ich freu mich auf dich. Kann es kaum erwarten, mit dir alleine zu sein.*

Bernd verspürte den Drang, sich zu übergeben. Bisher hatte er gedacht, er würde Rita kennen und könnte ihr vertrauen. Ausgerechnet Wolter, dieser widerwärtige Dreckskerl!

Möglicherweise war er nicht der Henker, vielleicht aber doch. Das alles konnte Teil seines perfiden Plans sein. Bernd hatte darauf keine Antwort. Er war verwirrt und das Einzige, das er mit Gewissheit sagen konnte, war: Daniel Wolter trieb es mit seiner Frau. Den Beweis hielt er in seiner vor Aufregung zitternden Hand.

Er trat noch einmal voller Zorn gegen den Kaffeeautomaten. Als wenn es alle Welt gerade auf ihn abgesehen hätte, kam der Kaffee diesmal. Jedoch lief die kochend heiße Brühe einfach heraus, ohne dass ein Becher ausgeworfen wurde. Das schwarze, dampfende Getränk spritzte auf Bernds weißes Hemd. »Jetzt reicht es mir aber endgültig!«, schrie er durch den ganzen Flur, machte auf dem Absatz kehrt und eilte zurück zum Verhörzimmer.

Sein Kollege im Inneren schrak zusammen, als Bernd die Tür aufriss und krachend zuschlug. Er stampfte direkt auf den Tisch zu und hielt Wolter das Handy mit den Nachrichten auf dem Display vor die Nase. »Was soll diese Scheiße hier?«

Der ganze Raum schien unter seinem Organ zu erbeben. Nur Daniel Wolter ließ sich diesmal nicht beeindrucken. Irgendetwas hatte seinen Arroganz-schalter wieder auf aktiv gestellt. »Das ist ein Handy. So etwas werden Sie doch schon mal gesehen haben. Vielleicht im Fernsehen?«

»Jetzt fang noch an, mich zu verarschen, du ver-dammter Hurensohn!« Ohne zu überlegen, legte Bernd Zenker seine Hand auf Wolters Hinterkopf und drückte ihn mit ganzer Kraft nach vorn. Als Wolters Stirn mit voller Wucht auf die Tischplatte knallte, ließ er von ihm ab, blieb aber mit geballten Fäusten vor Wolter stehen.

Der andere Beamte hechtete von seinem Stuhl und zeigte sich entsetzt über die Entgleisung des Hauptkommissars. »Beruhigen Sie sich, um Him-mels willen.«

»Einen Scheiß werde ich! Halt dich da raus, Feld-mann. Jetzt wird es persönlich. Von mir aus geh ei-nen Kaffee trinken, da schwimmt noch genug auf dem Boden vor dem Drecksautomaten rum.« Er stieß ihm mit dem Finger heftig vor die Brust.

Der Kollege wich zurück und griff nach seinem eigenen Handy. Dass er um Unterstützung rief, be-kam Bernd in seiner rasenden Wut gar nicht mit.

»Mach den Mund auf, was soll das hier? Wie lange treibst du es schon mit meiner Frau?«

Wolter rieb sich die Stirn, auf der sich bereits eine weitere Beule bildete. »Vielleicht sollten Sie das lieber Ihre Frau fragen.« Er schaute Zenker provozierend an. »Ach, ich vergaß … Sie sind ja nie zu Hause und reden kaum noch miteinander. Dabei ist Rita so wahnsinnig geschickt mit ihrer Zunge.«

Nun war alles zu spät. Jeder rationale Gedanke in Bernds Kopf und jede Faser seines Körpers wurden von Hass und Zorn überflutet. Er zog erneut seine Walther P99 aus dem Halfter, lud sie durch und drückte Wolter den Lauf genau auf die wachsende Beule an der Stirn. »Ich knall dich ab, du verdammter Wichser.«

Auf dem Flur war plötzlich reges Treiben zu hören. Schnelle Schritte mehrerer Beamter hallten durch den Gang. Die Tür wurde abermals aufgerissen. »Kommissar Zenker, sind Sie des Wahnsinns? Nehmen Sie augenblicklich die Waffe runter«, schrie ein ranghöherer Kollege ihn an.

Bernd war sich vollkommen im Klaren darüber, dass er zu weit gegangen war, doch er befand sich in einer Spirale der Emotionen, in der alles einer lähmenden Gleichgültigkeit wich.

»Sofort«, fauchte ihn einer der beiden anderen Polizeibeamten an.

Bernd nahm die Pistole von Wolters Kopf und sicherte sie, bevor er sie dem Kollegen übergab. Man deutete ihm an, den Raum zu verlassen und den Beamten zu folgen.

Wolter grinste selbstzufrieden. »Sie haben sich Ihr eigenes Grab geschaufelt, Zenker. Und das gleich im doppelten Sinne. Aber keine Sorge, ich werde Ihre Frau schon trösten. So, wie sie es am liebsten mag, von hinten.«

Bernd fuhr herum und schlug ihm die Faust ins Gesicht. Wolters Unterkiefer krachte und Blut lief ihm aus der Nase, aber er lachte immer noch, als die anderen Bernd Zenker gewaltsam aus dem Verhörzimmer schleiften.

»Der Polizeirat ist hier. Er will Sie in seinem Büro sehen. Jetzt gleich.«

Bernd nickte nur. Es machte keinen Sinn, dem Befehl nicht nachzukommen.

Einer der Beamten, der zuvor schon im Raum war, flüsterte ihm auf dem Flur noch ins Ohr: »Ich kann Sie ja verstehen. Wenn dieser Penner so über meine Frau geredet hätte, könnten Sie ihn jetzt von der Wand kratzen.«

»Was ist nur in Sie gefahren, Zenker?« Bernds Wut schien auf Polizeirat Menges-Lenzen übergesprungen zu sein. Sein Blick bohrte sich wie ein Dolch durch den außer Kontrolle geratenen Kommissar. »Selbst wenn dieser Mann Hunderte von Frauen umgebracht hätte, Sie können hier keine Selbstjustiz …«

»Hat er nicht. Wolter ist nicht unser Mann. Ich habe gerade die Nachricht von den Kriminaltechnikern bekommen.«

Menges-Lenzens Gesicht verfärbte sich dunkelrot. »Sie haben einen Unschuldigen misshandelt?«

»Nein.«

»Ach, jetzt streiten Sie es auch noch ab?«

»Nein, er ist nicht unschuldig. Er ist zwar nicht der Gesuchte, aber unschuldig ist er gewiss nicht.«

Sein Vorgesetzter erhob sich und schlug mit den Handflächen auf den Schreibtisch. »Völlig egal, was Wolter ist oder nicht ist. Sie sind sich ja wohl darüber im Klaren, dass Ihr Verhalten Konsequenzen haben muss. Ich will Ihren Dienstausweis. Und zwar sofort. Sie sind raus, Zenker. Ich ziehe Sie von dem Fall ab.« Er hielt ihm fordernd die offene Handfläche hin. »Also, Dienstausweis und Waffe bitte. Und dann schaffen Sie Ihren Hintern hier raus. Kommen Sie wieder runter und machen mal Urlaub. Sie sind bis auf Weiteres vom Dienst suspendiert. Und seien Sie sich gewiss, dass das letzte Wort über diesen Vorfall noch nicht gesprochen ist.«

Bernd warf dem erzürnten Mann seinen Ausweis und die Walther auf den Schreibtisch und stand auf. »Okay, wie Sie wollen. Ich wünsche Ihnen viel Spaß mit den nächsten Opfern des Henkers und weiteren Titelseiten über das Versagen der Polizei.«

Als er seinen Wagen erreicht hatte, zog Bernd das Handy aus der Tasche und drückte die Kurzwahlnummer von Armin. Er ließ es gut ein Dutzend Mal klingeln, doch sein Freund nahm nicht ab. Vermutlich schlief er längst. Bernd hatte gehofft, bei ihm für eine Nacht unterzukommen und so die Konfrontation mit Rita etwas hinauszuzögern, denn für heute reichte ihm die Aufregung.

Nein, jetzt nach Hause zu fahren, war keine Option. Noch nicht.

Ganz in der Nähe gab es eine kleine Kneipe, die in der Regel bis in die frühen Morgenstunden geöffnet hatte. Er ließ seinen Wagen am Revier stehen und fasste den Vorsatz, diesen gottverdammten Tag im Alkohol zu ertränken.

25.

Der Essener Hauptbahnhof war schon immer ein Ort, an dem sich die verlorenen Seelen trafen. Obdachlose und Junkies zog es gerne zum Knotenpunkt der Stadt. Die Gründe lagen auf der Hand. Hier pulsierte das Leben. Viele Menschen, die man anbetteln oder gegebenenfalls auch bestehlen konnte. Doch eigentlich hofften sie nur auf ein wenig Mitleid von gesellschaftlich besser Dastehenden.

Täglich waren sie auf der Suche nach Essen, das achtlos von Vorübereilenden weggeworfen wurde, aber für einen ausgehungerten Magen noch ein Festmahl darstellte. Die Konsumgesellschaft nahmen sie nur am Rande wahr. Sie waren die Ausgestoßenen, deren Anwesenheit man lediglich duldete.

Die meisten Fahrgäste, die stressgeladen aus dem Bahnhofsgebäude strömten, ignorierten demonstrativ die kleinen Gruppen an den Rändern der Zivilisation. *Sprich mich bloß nicht an*, stand ihnen regelrecht auf die Stirn geschrieben. Auffällig abgewendete Blicke, um ja keinen Augenkontakt herzustellen oder gar den Penner zu ermutigen, das Gespräch zu suchen.

Tatjana Blücher war das alles völlig gleichgültig. Ihre Hemmschwelle, fremde Menschen anzusprechen, war bereits nach den ersten Wochen ihrer Sucht ins Bodenlose gesunken. Heute, nach über einem Jahr an der Nadel des Verderbens, existierte kein Funken Stolz oder Ehre mehr in der fünfundzwanzigjährigen Fixerin. Es gab niemanden, dem sie die Schuld für ihr verkorkstes Leben in die Schuhe schieben konnte. Ihre eigenen Entscheidungen hatten sie an diesen Punkt ohne erkennbare Wiederkehr gebracht. Sie selbst war vor dem geflüchtet, was sie zerstört hatte, und hatte das Vergessen gewählt.

Nun war es für sie zu spät. Ihr Leben glich einer großen, verstopften Toilette. Nur noch getrieben von dem Urinstinkt eines jeden Menschen: Überleben. Wie, das war ganz gleich. Zukunftspläne gab es schon längst nicht mehr. Nur einen weiteren Tag überstehen und irgendwie das Geld für den nächsten Schuss organisieren hieß die Devise.

Anfangs kam sie mit Betteln und dem Sammeln leerer Flaschen halbwegs über die Runden. An manchen Tagen war sogar etwas Warmes zum Essen im Budget gewesen. Doch diese Zeiten hatten sich radikal geändert, nachdem jeder vierte oder fünfte Rentner die Papierkörbe nach Pfandflaschen durchsuchte, um die magere Rente aufzubessern. Tatjana hatte keinen Schimmer von Politik, wusste nicht, was in der Welt geschah, doch ganz offensichtlich lief nicht nur bei ihr so einiges schief. Für diese Erkenntnis brauchte sie nicht studiert zu haben.

Aber das hatte sie, wenngleich auch nur zwei Semester, bevor der tiefe Fall seinen Anfang genommen hatte. Damals hatte Tatjana noch Träume und Ziele gehabt. Grundschullehrerin wollte sie werden, sie liebte Kinder über alles. Doch als ihre kleine Tochter nur eine Woche nach der Geburt starb, war nichts mehr wie zuvor. Ein seltener Gendefekt wäre die Ursache gewesen, hatte man ihr wenig einfühlsam erläutert. Von dem Tag an konnte sie die Gegenwart von Kindern nicht mehr ertragen. Jedes Mal, wenn sie die quäkenden Stimmchen hörte, brannte sich ihr Verlust erneut durch die Seele und nahm immer noch ein Stück mehr von dem mit sich, was sie einmal war.

Seit ein paar Monaten hatten sich auch die Hemmungen, ihren Körper zu verkaufen, in Luft aufgelöst. Doch selbst das gestaltete sich schwierig. Die wenigsten waren scharf darauf, sich sexuell auf so eine runtergekommene Junkiebraut einzulassen, deren Augenringe schwärzer als die ungepflegten Fingernägel waren. Ihre Jeans, die seit Ewigkeiten keine Waschmaschine mehr von innen gesehen hatten, waren durch Tatjanas schnellen Gewichtsverlust mittlerweile drei Nummern zu groß. Die Löcher in der Hose offenbarten schneeweiße Haut, die wirkte, als zirkuliere seit Wochen kein Blut mehr durch die Venen. Das Gesicht der jungen Frau war eingefallen und hatte ebenfalls eine ungesunde Farbe angenommen. Ihre bleichen schmalen Lippen schienen permanent nach Hilfe zu schreien – doch sie schwiegen. Tatjana hatte sich mit ihrem Schicksal abgefunden und den Kampf längst aufgegeben.

Ein obdachloser Leidensgenosse schnitt ihr hin und wieder die strohige blonde Mähne. Dennoch sah ihr Kopf aus, als trüge sie eine schlecht sitzende Perücke. Sie machte sich keine Illusionen über ihre äußerliche Erscheinung.

Umso erstaunter zeigte sie sich, als der Fremde sie in dieser Nacht ansprach. Wieder einmal war sie auf der Suche nach einem Schlafplatz gewesen. Alles, was sie besaß, befand sich in ihrem dreckigen, durchlöcherten Bundeswehrrucksack, den sie vor Monaten einem heimkommenden Soldaten auf dem Männerklo gestohlen hatte. Praktischerweise war ein Parka darin gewesen, den sie trug, wenn die Nächte so kalt wurden wie die letzten.

Sie war gerade am Gebäude der Postbank vorbeigelaufen, als der große Mann neben ihr aufgetaucht war. Vielleicht nahm sie ihn auch nur als enorm groß wahr, weil aus ihrer Sicht, sie war einen Meter zweiundfünfzig, praktisch jeder ein Riese war.

Oder aber es war der einsetzende Entzug, der ihre Sinne trübte.

Der Mann war freundlich, wirkte eher verzweifelt als aufdringlich. Er trug teuer wirkende Lederhandschuhe und hielt ihr drei Fünfzigeuroscheine vor die Nase.

»Was muss ich dafür tun?«, fragte sie mit einem Leuchten in den sonst so trüben Augen.

»Also, meine Frau, verstehst du …? Sie steht einfach nicht auf ana…«

»Du willst mich von hinten?«

»Also … Ja. Wenn du es so nennen willst?« Er wirkte irgendwie süß mit seiner zurückhaltenden, schüchternen Art.

»Für einhundertfünfzig Euro?« Sie konnte es kaum glauben. So viel Geld hatte sie seit ziemlich langer Zeit nicht mehr gesehen. Das würde sie locker über den Rest des Monats bringen und ein oder zwei warme Mahlzeiten wären sicherlich auch noch drin. »Gleich hier?«, fragte sie keck und ließ ihre Hand zu seiner Hose wandern.

Der Unbekannte trat einen Schritt zur Seite. »Um Himmels willen, nein. Wir könnten in ein Hotel fahren. Mein Wagen steht gleich dahinten.«

Und erneut traf Tatjana Blücher eine falsche Entscheidung. Dabei hätte sie es besser wissen müssen. »Steig nie zu einem Fremden ins Auto.« Schon als

Kind wurde ihr das immer wieder gepredigt. Und im letzten Winter sagte es eine Freundin, die kurz darauf im Dortmunder Westfalenpark erfroren war. Die Aussicht auf ein richtiges Bett, vielleicht eine Dusche und nicht zuletzt auf das Geld ließen jedoch alle Warnsignale verstummen.

Es sollte der letzte Fehler ihres jungen Lebens sein. Sie war gerade ins Auto gestiegen, als sie auch schon ein harter Schlag am Hinterkopf traf und ihr das Bewusstsein nahm.

Es war natürlich kein Hotel, in dem sich Tatjana wiederfand, als sie ihre Augen öffnete. Sie konnte nicht genau sagen, um was für eine Art Raum es sich handelte. Vermutlich eine alte Lagerhalle in einer Industrieruine. Die Pendelleuchte an der Decke, womöglich ein Modell der frühen 60er, spendete ein schwaches Licht. Es war erstaunlich, dass das Ding überhaupt noch mit Strom gespeist wurde.

Ein paar Motten suchten die Nähe der Lichtquelle und Tatjana hörte sie immer wieder gegen den Metallschirm prallen. Doch das war eher nebensächlich, denn ihre Aufmerksamkeit galt den Seilen, die ihre Arme hinter dem Rücken schmerzhaft an den Oberkörper pressten. Ihre Fußgelenke waren ebenfalls gefesselt, genau wie die Beine unter- und oberhalb der Knie. Schließlich hatte man alle Stricke so miteinander verbunden, dass sie sich in einer hockenden Position befand. In dieser Haltung schwebte sie etwa drei Meter über dem Boden.

Als Tatjana ihre Lage begriff, schrie sie aus voller Kehle um Hilfe. Wieder und wieder. Bis ihr Rachen so ausgetrocknet war, dass die Stimme versagte. Dann durchfuhr sie das blanke Entsetzen. Erst jetzt nahm sie das Gebilde unter sich wahr. Sie baumelte über einer spitz zulaufenden Metallkonstruktion, die einer lang gezogenen Pyramide glich. Sie rang sich einen weiteren Schrei aus der rau gewordenen Kehle. Tränen schossen ihr in die Augen und ihr nackter Körper begann zu zittern.

Plötzlich hörte sie die Stimme des Unbekannten. »Willst du mir deinen Namen verraten, Liebes?«

»Hilfe!«, schrie sie erneut, doch es kam kaum noch ein Laut heraus. Ihre weiteren Worte glichen mehr einem erstickten Flüstern. »Bitte, tun Sie mir nicht weh. Was habe ich Ihnen getan?«

Der Mann lachte. »Mir? Gar nichts. Aber um mich geht es hier auch nicht. Es geht einzig und allein um den Willen Gottes.«

»Was reden Sie denn da? Lassen Sie mich hier runter, bitte. Behalten Sie Ihr Geld. Sie können mich umsonst haben. In den Arsch, in den Mund, was und wie immer Sie wollen.«

»Wie ist dein Name?«

»Tatjana«, stammelte sie. »Aber warum …«

»Tatjana also. Nun gut, Tatjana, wir sind hier, weil Gott dich für schuldig befunden hat.«

»Für schuldig befunden? Ich habe nichts verbrochen. Was reden Sie denn da?« Langsam kam ihre Stimme wieder zurück.

»Wir sind hier, um sein Urteil zu vollstrecken und dich dem Schmerz der heiligen Reinigung zu unterziehen. Bis zum Tode. Wenn ich mir deine Arme so ansehe, kennst du dich mit Schmerzen ja bestens aus. Dieser wird jedoch … sagen wir mal, etwas prägnanter ausfallen. Und das ist auch wichtig, damit deine Seele die Reinigung erfährt.«

»Sind Sie wahnsinnig? Aus einer Anstalt?« Es war keine Provokation, dazu hätte sie gar nicht den Mut gehabt. Nein, sie meinte diese Frage absolut ernst.

Doch er antwortete nicht. Stattdessen machte er sich an dem Seil zu schaffen, welches an einem massiven Haken an der maroden Wand verknotet war. Einen Augenblick später rutschte Tatjana eine Armlänge nach unten. Die Spitze der Pyramide kam ihrem Hinterteil erschreckend nahe. Kurz bevor sie mit dem Anus darauf aufsaß, stoppte der Fremde den Fall. »Im Namen des Vaters und des Sohnes und des Heiligen Geistes …«

»Nein!« Tatjanas gellender Schrei hallte durch den Raum. Dann ließ der Henker das Seil los.

26.

Elsings Artikel bewirkte genau das, was er beabsichtigt hatte. Die persönliche Nachricht des Henkers zog weite Kreise und versetzte die Bevölkerung noch mehr in Aufregung. Die Absatzzahlen explodierten regelrecht und bescherten der Ruhrallgemeinen für Essen und Gelsenkirchen einen neuen Rekord. Es war ein guter Tag für Klaus Elsing. Jedoch sollte er noch eine weitere Überraschung für ihn bereithalten, die er so nicht hatte kommen sehen.

In den frühen Morgenstunden betrat Ulf Jakobs sein Büro. »Guten Morgen, Herr Elsing. Gratulation zur heutigen Ausgabe.«

Die Duftwolken, welche den schmuddeligen Mann umgaben, machten es Elsing nicht leicht, ihm die Hand zu reichen. Einen gewissen Ekel konnte er nicht leugnen.

»Jakobs. Ulf Jakobs. Sie haben sicher etwas, das ich will. Im Gegenzug biete ich Ihnen eine Kleinigkeit an, die Sie unbedingt haben wollen.«

»Und was wäre das, was ich für Sie haben könnte, Herr Jakobs?«

»Einen Job.«

Eine Dusche wäre erheblich wichtiger, du stinkender Bastard, dachte Elsing, lehnte sich in seinem Chefsessel zurück und zündete sich eine Zigarette an. »Und wie käme ich dazu, jemanden einzustellen, der so selbstgefällig, unverschämt und vermutlich ohne Termin hier reingeschneit kommt?«

»Wie gesagt, ich habe etwas, das Sie ganz sicher interessieren wird. Es geht um den NRW-Henker.« Ulf nahm die Körperreaktionen seines Gegenübers sofort wahr. Die Erwähnung des Serienmörders hatte ihm die nötige Aufmerksamkeit verschafft.

»Ich bin ganz Ohr.«

»Ich nehme an, Sie sind bereits darüber informiert, dass Ihr Mitarbeiter Daniel Wolter gestern unter dem Verdacht, der Henker zu sein, verhaftet wurde.«

Elsing musste lachen. »Ist der Papst katholisch? Was glauben Sie wohl? Informationen sind mein Geschäft. Interessant wäre zu erfahren, woher Sie das wissen.«

»Das ist einfach. Ich stalke den arroganten Spinner, seit er mir mein Foto geklaut hat. Sie wissen, welches ich meine.«

Jakobs wirkte selbstsicher und verfolgte ganz offensichtlich einen Plan. Typen wie er wollten die Karten in ihrem Tempo aufdecken und die Spielregeln bestimmen. Klaus Elsing ahnte, dass der übel riechende Reporter bald mit einer kleinen Sensation rausrücken würde. »Ich weiß von gar nichts. Meine Hände sind so rein, als hätten sie gerade eine Jungfrau gefingert.«

»Okay, dann spreche ich wohl mit dem falschen Mann.«

Dass der Schmierlappen nur bluffte, dessen war sich Elsing sicher, aber er entschied sich, mitzuspielen. »Sagen wir mal, ich wüsste genau, wovon Sie reden. Also rein hypothetisch.«

»Dann wüssten Sie, natürlich ebenfalls rein hypothetisch, was für einen Blender Sie da in Ihrem Team haben und wo die echten Knüller zu holen sind.«

Elsing drückte, verschwenderisch wie immer, seine halbe Zigarette aus. »Dieser Blender, wie Sie ihn so schön nennen, wird vermutlich gleich hier sein. Da Sie ja über alles Bescheid wissen, haben Sie bestimmt längst erfahren, dass die Polizei ihn heute Morgen gehen lassen musste.«

Ulf stand auf und spazierte gelassen im Büro herum. Er sah sich die gerahmten Titelseiten an der Wand an und führte sich auf, als wäre er der Chef in diesem Raum. »Selbstverständlich weiß ich das. Ich wusste schon vor den dummen Bullen, dass er nicht der Henker sein kann. Aber spielt das noch eine Rolle? Der Verdacht reicht doch völlig aus, um eine Karriere zu beenden. Im Übrigen mussten Sie ihn erst mal ins Krankenhaus bringen. Da ist heute Nacht wohl jemandem die Faust ausgerutscht.« Er ging an Elsings Schreibtisch heran und zog ein Foto aus seiner braunen Umhängetasche.

Der Chefredakteur nahm es in die Hand und riss erstaunt die Augen auf. »Wie um alles in der Welt sind Sie denn da drangekommen?« Das Bild zeigte, wie Wolter vor dem alten Güterwaggon Handschellen angelegt wurden.

»Ich sagte es Ihnen bereits. Ich bin Ihr Mann, wenn Sie auf echte Knüller aus sind. Wolter ist erledigt und Sie können ihn beruflich für alle Zeiten begraben. Alles, was ich will, ist sein Job. Und ich will ihn hier und jetzt. Wenn Sie das Foto wollen, setzen Sie einen Arbeitsvertrag auf. Unbefristet versteht sich. Und wenn Sie meinen, dieses Bild ist schon eine Schlagzeile wert, dann werden Sie die anderen beiden, die ich bei mir habe, endgültig aus dem Anzug hauen.«

Man sah dem Redakteur die Gier an. Es hätte wenig Sinn gemacht, diese Tatsache zu leugnen. Allein die Art, wie er das Foto anstarrte, zeigte, dass in seinem Kopf bereits der passende Text für die morgige Titelseite gestaltet wurde.

Jakobs setzte sich wieder hin und genoss es, Elsing dabei zuzuschauen, wie er mit sich kämpfte, der Erpressung nachzugeben.

Wie auf eine skurrile Bestellung hin betrat plötzlich Daniel Wolter das Büro. Er sah schlimm aus. Sein Kiefer erstrahlte in einem ungesunden Lila und war stark geschwollen. Das gleiche galt für seine Stirn, auf der eine mächtige Beule ihn zum Einhorn machte. Tiefe Augenringe zeugten zusätzlich von einer harten Nacht, die er ohne Zweifel gehabt hatte.

Elsing fragte sich, woher Jakobs das gewusst hatte. Er konnte sich ja schlecht ins Polizeirevier geschlichen haben.

Daniel blickte missmutig zu seinem alten Studienkollegen, der wieder vor dem Schreibtisch saß. Anstatt ihn anzusprechen, wandte er sich an seinen Chef: »Was macht denn diese Zecke hier? Verlosen wir einen Jahresvorrat an Seife?« Die s-Laute waren schwer zu verstehen und man sah ihm deutlich die Schmerzen an.

Jakobs grinste. »Na, da werden wir wohl unser Essen erst mal aus der Schnabeltasse schlürfen können, was?«

Wolter würdigte ihn keines Blickes. »Chef, ehrlich. Was will dieser Penner hier? Schmeiß den Affen raus.«

Klaus Elsing zögerte. Man sah ihm deutlich an, dass er weiterhin darüber nachdachte, was die richtige Entscheidung wäre. Das unentwegte Klickgeräusch seines Kugelschreibers sprach Bände.

»Was ist nun? Ich habe den Aufmacher für morgen: Gewalteskalation bei Polizeiverhör.«

Jakobs bekam einen Lachanfall. »Wow, ist dir das selbst eingefallen, oder hast du wieder irgendwen beklaut?«

»Jetzt reicht es aber. Klaus!« Daniel stützte sich mit seinen Fäusten auf der Schreibtischplatte ab.

Elsing stand auf und trat um den wuchtigen Schreibtisch herum. In der Hand hielt er das Foto von Wolters Verhaftung. Allerdings so, dass Daniel nur die Rückseite sehen konnte. »Ich glaube, ich habe eine bessere Schlagzeile«, sagte der Chefredakteur trocken und drehte das Foto um.

»Was? Jakobs, du elendiges Arschloch. Am liebsten würde ich dir dein selbstgefälliges, schmieriges Grinsen aus der Visage schlagen.« Hasserfüllt sah er auf Ulf herab.

Elsing spielte nachdenklich mit dem Bild herum und griff dann zum Telefon. »Machen Sie einen unbefristeten Arbeitsvertrag fertig. Und eine fristlose Kündigung.«

»Spinnst du, Klaus? Was soll das?«

»Du bist raus, Daniel. Für die Zeitung bist du nicht mehr tragbar. Deine Verhaftung, der Verdacht – das musst du verstehen. Es wird dir auf ewig anhängen.« Er hob bedauernd die Arme, doch seine Miene blieb unbewegt.

Daniel Wolter wirkte, als würde ein unsichtbarer Hammer auch noch die andere Seite seines Kiefers malträtieren. Das war ganz offensichtlich mehr als nur ein Schlag ins Gesicht. »Das kannst du doch nicht machen.«

»Ich kann alles machen. Hier bin ich Gott. Und du bist raus. Zieh Leine, Henker.«

»Ich bin nicht der Henker und das weißt du genau«, schrie Wolter und zuckte sogleich vor Schmerzen zusammen.

»Das spielt keine Rolle. In dieser Stadt bist du erledigt. Und jetzt verlass bitte mein Büro, ich muss deinen Nachfolger einarbeiten.«

Ulf Jakobs triumphierte. Er fühlte sich, als hätte er nicht nur eine Schlacht, sondern den ganzen Krieg gewonnen. Daniel schlich ohne weitere Worte davon, während Ulf ihm schadenfroh nachwinkte.

Elsing wandte sich interessiert an seinen neuen Mitarbeiter: »Also? Was haben Sie noch?«

»Ich habe ein Foto des echten Henkers.«

27.

Bernd war in einem gläsernen Kasten gefangen. Die Luft wurde immer knapper und alles um ihn herum drohte ihn zu erdrücken. Und von außen hämmerte ER mit den Fäusten gegen das Glas, um ihn zu verhöhnen. Der Henker.

»Kommissar?«

Zum wiederholten Mal erzeugten die unheimlichen Pranken dieses Geräusch, das ihn fast in den Wahnsinn trieb. Er musste hier raus. Der Mörder war zum Greifen nahe, und doch meilenweit entfernt.

»Herr Kommissar?«

Bernd Zenker schrak hoch und riss die Augen auf. Er saß in seinem Audi und Kornau klopfte von außen hartnäckig an die Scheibe der Fahrerseite. Kalter Schweiß tropfte Zenker von der Stirn. Offenbar eine Folge des Albtraums, in dem er bis eben um sein Leben gefürchtet hatte.

Er tastete nach dem Schlüssel, der noch im Zündschloss steckte, schaltete die Zündung ein und betätigte den elektrischen Fensterheber. »Kornau? Was machen Sie denn hier?«

»Nun ja, die Frage müsste ich ja wohl eher Ihnen stellen. Haben Sie etwa im Auto geschlafen?«

Verdammt, er konnte sich nicht erinnern. Fakt war, der A8 stand noch immer auf dem Parkplatz des Präsidiums. Hatte er sich wirklich dermaßen volllaufen lassen? Dann waren die Bilder wieder da. Das Verhör, dessen Ausgang, die Nachricht von Rita und nicht zuletzt das Jüngste Gericht vor dem Polizeirat. Kombiniert mit augenscheinlich übermäßigem Alkoholkonsum brauchte er sich über Albträume nicht zu wundern. »Ähm, ja. Sieht wohl so aus. Kornau, ich brauche Ihre Hilfe.«

Seine Knochen fühlten sich steif an, wahrscheinlich eine Folge der nächtlichen Kälte. Er stieg ungelenk aus dem Wagen und fasste den jüngeren Kollegen am Ellbogen. Dass seine Fahne dabei vermutlich noch drei Meter gegen den Wind zu riechen war, interessierte ihn wenig.

»Was kann ich für Sie tun, Chef?« In der vergeblichen Hoffnung, der Atem seines Vorgesetzten würde an seiner Nase vorbeistreichen, wandte sich Kornau ein wenig ab.

»Da drin ist heute Nacht so einiges aus dem Ruder gelaufen. Jetzt wollen die mich aufs Abstellgleis schieben. Haben mich suspendiert. Aber so leicht wird Menges-Lenzen mich nicht los. Und vor allem wird dieser gottverdammte Henker mich nicht los.«

»Sie wollen auf eigene Faust ermitteln?« Der junge Beamte schien von Zenkers Plänen eher beeindruckt als besorgt.

»Ja, natürlich. Oder meinen Sie, ein fehlender Dienstausweis hält mich auf?«

Kornau wiederholte seine Frage: »Also, wie kann ich Ihnen dabei helfen?«

»Lassen Sie den Kopf unten, aber Augen und Ohren offen. Sie müssen mich auf dem Laufenden halten, jedoch unter dem Radar dieses Sesselfurzers bleiben. Ich benötige Ihre Unterstützung. Sie müssen meinen Namen raushalten. Wenn wir erfolgreich sind, ernten allein Sie die Lorbeeren. Können Sie das für mich tun?«

»Sie können sich auf mich verlassen, Boss. Mann, das ist wie im Kino.« Es hatte nur noch gefehlt, dass er bad Boys, bad Boys, whatcha gonna do trällerte.

»Jaja. Jetzt verschwinden Sie. Dieses Gespräch hat nie stattgefunden. Das versteht sich von selbst, oder?«

»Roger, roger, Chef.«

Was für ein Idiot. Aber er war das Beste, was Bernd derzeit hatte.

Der Blick auf die Uhr ließ ihn zusammenzucken, kurz vor elf. Es grenzte an ein Wunder, dass Kornau der Erste war, der an seine Scheibe gehämmert hatte. Es bestand natürlich auch die Möglichkeit, dass er in seinem Vollrausch, den er gehabt haben musste, keinen anderen bemerkt hatte.

Rita dürfte jetzt wohl in der Redaktion sein. Wenigstens das war ein gutes Timing, denn noch immer wusste er nicht, wie er mit diesem Wissen von Wolter umgehen sollte. Er scheute den Moment der Konfrontation. Dass keine Nachrichten von ihr auf seinem Handy eingegangen waren, konnte vieles bedeuten. Er ging davon aus, dass sie einfach sauer auf ihn war, weil er nachts nicht nach Hause gekommen war.

Bernd wählte die Nummer von Phillips.

»Herr Kommissar. Ich wollte Sie gerade anrufen, es gibt Neuigkeiten.«

Perfekt, anscheinend wusste der Kriminaltechniker noch nichts von der Suspendierung. »Na, dann lassen Sie mal hören.« Er legte das Gespräch auf die Freisprecheinrichtung, startete den Wagen und fuhr los.

»Es geht um das dritte Opfer. Hierbei handelt es sich um die zweiunddreißigjährige Heike Jost. Was Sie besonders interessieren dürfte, ist die Tatsache, dass unser Opfer eine beträchtliche Akte aufweisen kann. Vor rund einem Jahr gab es einen Riesenskandal um Frau Jost. Die Kindergärtnerin wurde wegen sexuellen Missbrauchs Minderjähriger angeklagt, aber letztlich doch freigesprochen. Das dürfte dann wohl das Motiv für den Henker gewesen sein. Das ist allerdings noch nicht das Interessanteste. Ich schicke Ihnen die Akten gleich zu, Sie werden staunen.« Phillips machte vor seinen nächsten Worten eine wohlgesetzte Pause. »Einer der Hauptkläger war damals Daniel Wolter gewesen.«

»Das ist ja unglaublich. Sind Sie sicher?«

»Irrtum ausgeschlossen. Es ging durch alle Medien. Wolter selbst hatte die reinste Hetzkampagne gegen die Frau gestartet. Unter den meisten Berichten findet sich entweder sein Name oder der von Klaus Elsing.«

Bernds graue Zellen arbeiteten auf Hochtouren. »Das heißt, eines der betroffenen Kinder war das von Wolter?«

»Sein Sohn aus erster Ehe. Er lebt heute bei seiner Mutter in Berlin.«

»Mensch, Sherlock. Da haben Sie ganze Arbeit geleistet. Sonst noch was?«

»Ja, die Fußspuren im Waggon. Sie entsprechen denen, die wir draußen gefunden haben. Doch das sagte ich ja bereits. Unser Täter hat Schuhgröße fünfundvierzig. Ich weiß, das ist nicht viel, aber wenigstens etwas. Das Blut an der Wand stammt wie schon angenommen vom Opfer selbst. Als wir Wolter festgenommen hatten, war sie bereits seit etwa acht Stunden tot.«

Bernd ging das Szenario im Geiste durch und wäre um ein Haar an einer roten Ampel auf den Wagen vor ihm aufgefahren. Mit einer Vollbremsung kam er nur wenige Zentimeter hinter dem Golf zum Stehen. »Verfluchte Scheiße!«

»Herr Kommissar?«

»Ach nichts, Phillips.« Er zündete sich eine Zigarette an und öffnete das Fenster einen Spalt breit. »Trotzdem scheint dieser Schnösel Wolter noch im Rennen um die wahre Identität des Henkers zu bleiben. Das mit seinem Sohn kann man wohl kaum als Zufall ansehen.«

»Da stimme ich Ihnen zu. Herr Kommissar, ich melde mich, wenn ich weitere Erkenntnisse habe.«

»Phillips, eine Sache noch. Sie werden es vermutlich bald mitbekommen. Besser, Sie hören es von mir. Heute Nacht, beim Verhör von Wolter, ist einiges, sagen wir mal, schiefgelaufen. Ich habe mich provozieren lassen und … Na, wie dem auch sei, man hat mich bis auf Weiteres vom Dienst suspendiert.«

»Auweia, dann dürfte ich eigentlich gar nicht mit Ihnen …«

»Hören Sie mir zu, Phillips. Wir sind doch praktisch Freunde. Ich werde mich davon nicht abhalten lassen, den Henker dingfest zu machen. Und dabei bin ich auf Ihre Hilfe angewiesen.«

»Herr Kommissar, Sie wissen, dass mich das meinen Job kosten könnte?« Phillips war deutlich verunsichert.

»Kommen Sie schon, Sherlock, Sie kennen mich. Können wir wirklich zulassen, dass dieses Ungeheuer noch weitere Leichen hinterlässt, oder wollen wir dem ein Ende setzen? Holmes und Watson, keiner muss davon erfahren. Ohne Ihre Hilfe schaffe ich das nicht. Und niemand sonst wird das hinbekommen. Die meisten Kollegen sind nicht so wie wir beide. Die brennen nicht für ihren Job, reißen einfach ihre Stunden ab und warten auf ihre Pension.«

Für einige Sekunden blieb es still, dann hörte Zenker den Kriminaltechniker schwer ausatmen. »Okay, ich bin dabei. Aber niemand, und ich meine wirklich *niemand*, darf davon jemals erfahren.«

»Versprochen, Phillips. Ich werde Sie nicht um Ihren Job bringen.«

»In Ordnung. Dann weiter wie gehabt – nur besonders still und unauffällig.«

»Danke, Herr Kollege. Ich weiß das zu schätzen.« Eine zentnerschwere Last fiel ihm von den Schultern. Er hatte nicht gelogen, denn ohne diesen Kontakt wäre es ihm nahezu unmöglich, weiter an dem Fall zu arbeiten.

Allerdings brauchte er noch jemanden in seinem Team. Doch zunächst einmal schien eine Dusche dringlicher und auch verlockender als alles andere zu sein.

Bernd hatte vollkommen richtig angenommen, dass Rita nicht zu Hause sein würde. Falsch lag er jedoch mit seiner Vermutung, dass sie in der Redaktion wäre. Er konnte nicht wissen, dass sie in ihrem Wagen vor Wolters Wohnung wartete. Was er genau wusste, war, dass ein klärendes Gespräch kommen würde. Das musste es. Nur eben nicht jetzt.

Erschöpft setzte er sich auf einen Küchenstuhl. In seinem Kopf hämmerten unbarmherzig die Nachwehen der gestrigen Nacht. Am liebsten hätte er sich ins Bett gelegt und mindestens vierundzwanzig Stunden am Stück geschlafen. Es klang verlockend, vor den Gedanken zu flüchten, die ohne Pause in seinem Hirn kreisten und sich stets neue Pfade suchten, um ihn zu quälen. Zenker rieb sich über die Stirn und schloss kurz die Augen. Und schon wieder schlugen sie, auf der Suche nach Antworten, unerbittlich zu.

Was, wenn Wolter ein cleveres Spiel gespielt hatte? Was, wenn er doch der Täter war und alles nur so eingefädelt hatte, um nicht mehr verdächtigt zu werden? Diese Überlegung führte zu einer weiteren, für die sich Bernd schon fast schämte. Aber was, wenn Rita mit Daniel Wolter unter einer Decke steckte? Konnte man ihr so etwas zutrauen? Sie könnte es gewesen sein, die ihm bei dem Szenario am Waggon geholfen hatte, damit Wolter aus dem Schneider war.

»O mein Gott, was bin ich nur für ein Mensch?«, nuschelte Bernd vor sich hin. Er konnte es kaum glauben, dass er auch nur im Ansatz auf die Idee kam, seine Frau zu verdächtigen. Doch die Tatsachen ließen sich nicht vom Tisch wischen. Fakt eins: Sie war zu der Zeit, als der erste Mord geschah, angeblich in Berlin. Was sich als Lüge herausgestellt hatte. Fakt zwei: Sie betrog ihn mit dem Hauptverdächtigen. Fakt drei: Rita war religiös und hatte ein Problem mit seinem Job. Vielleicht wollte sie ihm damit sogar helfen. Denn seit die Zeitungen permanent vom Henker berichteten, nahmen alle anderen Straftaten ab. Selbst die Bösen fürchteten sich vor dem, was da draußen auf sie lauerte.

Die Überlegungen brachten Bernd fast zur Verzweiflung. Reichte es nicht schon aus, dass seine Frau ihn betrog? Musste sie jetzt auch noch zur Verdächtigen in diesem kranken Fall werden? Aber je mehr er darüber nachdachte, umso mehr Sinn ergab die Theorie – es war erschreckend.

Was hatte Phillips am ersten Tatort gesagt? »Wir könnten es aber auch mit zwei oder mehr Tätern zu tun haben.« Rita und Daniel Wolter umgab ein

Lügengebilde. Nun galt es herauszufinden, wie weit dieses Konstrukt reichte.

Nachdem Bernd Zenker sich frisch gemacht und seine Sachen gewechselt hatte, ging er ins Schlafzimmer. Er nahm seine Ersatzwaffe aus dem Kleiderschrank und steckte sie ein. Als er die Tür wieder schloss, sah er in den Spiegel. Er erblickte das Gesicht eines alten Mannes, der zu allem entschlossen war und nichts mehr zu verlieren hatte. Und der vor allem niemandem mehr trauen konnte. Nicht einmal seiner eigenen Frau.

Bernd nahm sein Handy, um mit Armin zu telefonieren, doch als wäre es Gedankenübertragung, kam dieser ihm zuvor.

»Hey, Bernd. Du hattest versucht, mich anzurufen? Ich wollte dich sowieso sprechen. Wir müssen dringend über Rita reden.«

Bam! Es traf ihn wie ein elektrischer Schlag. Hatte Armin etwa ähnliche Verdachtsmomente? »Armin, ich war gerade schon auf dem Sprung und wollte bei dir vorbeikommen. Es ist viel passiert und ich brauche deine Hilfe.«

»Ich bin zu Hause, komm rum.«

»Alles klar, bis gleich.«

Kurz darauf stieg Bernd ins Auto und trat aufs Gaspedal.

Er musste sich setzen, als Armin ihm sagte: »Ich war bei Rita. Sie hat mir alles erzählt.«

Erneut wurde ihm bewusst, dass er seine Frau vielleicht doch nicht so gut kannte, wie er immer geglaubt hatte. Es schockierte ihn, dass sie dem gemeinsamen Freund offenbar mehr vertraute als ihm, ihrem Ehemann.

»Ich weiß, was für ein Schock das sein muss, Kumpel. Aber du solltest mit ihr reden und wenigstens versuchen, die Gründe zu verstehen.«

»Was gibt es da zu verstehen? Sie brauchte eben was Jüngeres. Einen mit mehr Standfestigkeit.«

Armin stellte Bernd eine Tasse mit dampfendem, frisch aufgebrühten Kaffee auf den Tisch. »Nein, so einfach ist das nicht. Du wirst das nicht gerne hören, aber es liegt an dir.« Er legte Bernd freundschaftlich die Hand auf die Schulter. »Du hast sie vernachlässigt. Der Job steht bei dir immer an erster Stelle. Sie sagte mir, dass die Einsamkeit sie regelrecht aufgefressen habe.«

Bernd nippte an dem Kaffee und lehnte sich auf der Couch zurück. »Und damit hat sie leider Gottes absolut recht. Ja, wenn ich ehrlich bin, muss ich mir wohl eingestehen, dass ich kein guter Ehemann bin. Und wofür all das? Dafür, dass sie mich jetzt einfach absägen.«

Armin setzte sich zu ihm. »Sie tun was?«

»Ich habe Wolter beim Verhör fast den Kiefer gebrochen. Dieser Dreckskerl hat mich dermaßen provoziert, dass mir die Sicherungen durchgeknallt sind. Am liebsten hätte ich ihn einfach abgeknallt.«

»Moment mal ... Verhör? Wolter? Habe ich was verpasst?«

»Anscheinend bist du der Einzige, der noch nicht im Bilde ist. Wo warst du heute Nacht? Ich hatte dich angerufen, weil ich jemanden zum Reden brauchte. Du hättest mich vor einem mächtigen Kater retten können.«

»Was soll ich sagen? Nicht nur du hast Probleme mit dem weiblichen Geschlecht. Ich war gestern noch bei Jennifer. Wir hatten uns am Wochenende mal wieder mächtig gestritten. Als ich von ihr wegfuhr, schien alles in Ordnung. Und dann fing sie erneut an rumzuspinnen. Also bin ich noch mal hin und habe bei ihr übernachtet, um die Wogen zu glätten. Dasselbe Thema übrigens. Sie fühlt sich von mir vernachlässigt. Ist das irgendein Gendefekt bei den Frauen? Können die nicht einfach mal begreifen, dass die Welt sich nicht nur um sie dreht? Aber komm, jetzt erzähl du erst mal, was eigentlich passiert ist.«

Bernd begann mit dem, was sie am Waggon in Gelsenkirchen gefunden hatten, und er endete mit dem aufkeimenden Verdacht gegen Wolter und Rita.

Armin schluckte schwer: »Wow. Heftige Nacht, würde ich annehmen.«

»Das kannst du laut sagen.«

Ein Grinsen zeichnete sich auf Armins Gesicht ab. »Du hast dem Wichser echt eine reingehauen?«

Bernd sah seinen Kumpel an und musste plötzlich lachen. »Aber so was von. Sieh dir meine Hand an. Hat einen harten Schädel, der Idiot.«

»Also, wenn ich dich richtig verstehe, willst du auf eigene Faust weitermachen, um den Henker zur Strecke zu bringen?«

Bernd leerte mit einem großen Schluck seinen Kaffee, bevor er mit einem grimmigen, entschlossenen Blick antwortete: »Ja! Meinst du denn, die anderen Pfeifen auf dem Revier würden das hinbekommen? Und da kommst du ins Spiel. Das war es doch, was du wolltest. Wir beide, zusammen auf der Jagd. Ich garantiere dir, danach hast du den Stoff für deinen Bestseller.«

»Oh, der schreibt sich schon jetzt geradezu von alleine. Aber mit dem, was du mir alles erzählt hast, kann ich da noch mal ordentlich einen drauflegen. Die besten Geschichten schreibt doch wirklich das Leben selbst.«

»Das heißt, ich kann auf dich zählen?«

»Ist der Papst katholisch? Na klar. Wann geht es los und wie kann ich dir helfen?«

Bernd stand auf und zog seine Jacke wieder an. »Jetzt sofort. Ich will, dass du dich an Wolter dranhängst, und ich knöpfe mir noch mal seinen Redakteur vor. Wir müssen wissen, wie er zu der Nachricht des Henkers gekommen ist.«

Armin stand ebenfalls auf und reckte die Hand in die Höhe. Bernd schlug ein und kurz darauf zogen die beiden Freunde in einen Krieg, dessen Ausgang für keinen von ihnen absehbar war.

28.

Dass Ulf Jakobs sich auf dem Radar der Kripo befand, hatte er von der ersten Stunde an bemerkt. Die Beamten, die ihn observierten, gehörten augenscheinlich nicht gerade zur Elite der deutschen Polizei. Aber vielleicht lag es auch einfach daran, dass Ulf ein wahres Adlerauge für Details hatte. Ihm entging so schnell nichts. Im Grunde wäre er vermutlich der bessere Polizist gewesen, aber das Schicksal hatte ihn auf andere Wege geführt.

Auch als er das Redaktionsgebäude verlassen hatte, waren sie ihm gefolgt. Es bedurfte nur weniger Finten, um diese Versager abzuhängen. Jakobs euphorische Stimmung begleitete ihn durch die entlegenen Gassen und Schleichwege, wo er sich zu Fuß leicht für die Beobachter unsichtbar machen konnte.

Seine Gedanken waren ganz auf den neuen Job fokussiert. Er hatte es geschafft, diesen Elsing förmlich um den kleinen Finger zu wickeln.

Sicher, das groß angekündigte Foto des Henkers gab keinerlei Aufschluss über dessen Identität, aber es zeigte immerhin den schwarz vermummten Täter dabei, wie er den Tatort so präparierte, dass der

Verdacht zwangsläufig auf Wolter fallen musste. Obendrein hatte er dem Chefredakteur ein Bild des dritten Opfers gegeben. Er konnte sich nur zu gut ausmalen, wie sein neuer Chef nun dasaß und mit sich rang, welches der Fotos er zum morgigen Aufmacher küren sollte. Aber das war zum Glück nicht Ulfs Problem.

Er würde seinen Erfolg heute gebührend feiern. Schließlich hatte er nicht nur die Verhandlungen bei Elsing für sich entscheiden können. Auch der Umschlag mit den zweitausend Euro, die Wolter aus irgendeinem Grund am Tatort versteckt hatte, versüßten ihm den Tag. Wenn das kein Anlass war, mal wieder etwas in eine gute Hure zu investieren, was dann? Es sollte aber keine dieser abgewrackten, kaputten Fünfzigeuro-Nutten vom Straßenstrich sein, sondern die gehobene Klasse. Eine der Frauen, die im Normalfall weit über seiner Liga spielten. Eine, die dazu fähig war, einen Golfball durch zehn Meter Gartenschlauch zu saugen und dabei wie eine Lady zu wirken. Eine mit Stil und Klasse.

Zur Feier des Tages wollte er sogar der Dusche einen seiner seltenen Besuche abstatten, doch dazu musste er erst mal nach Hause. Vielleicht würde er sich währenddessen schon ein wenig in Stimmung bringen. Das Rohr durchpusten, um dann später länger durchzuhalten und mehr für sein Geld zu bekommen. Seit seinem letzten Mal war es immerhin eine Weile her.

Wie nicht anders zu erwarten, traf er vor seinem Haus die Beamten wieder, die ihn zuvor verloren hatten. Mit einem Lächeln im Gesicht trat er an das Fahrzeug, sah hinein und winkte. Damit dürfte er klargemacht haben, wer hier die Regeln bestimmte. Dann ging er ins Haus und stieg in den Fahrstuhl, um in die fünfte Etage zu seiner Wohnung zu gelangen. Er drückte auf die Fünf und spielte mit seinem Hausschlüssel in der Hand. Selbstzufrieden suhlte er sich im Taumel des ausgesprochen erfolgreichen Tages.

Er war so in seinen Gedanken und der Vorfreude versunken, dass er die dunkle Gestalt nicht bemerkte, als die Fahrstuhltüren sich öffneten. Der lebendige Schatten packte Ulf Jakobs und hielt ihm etwas vor das Gesicht. Nur wenige Atemzüge später verlor er das Bewusstsein.

***

Als Bernds Telefon die nervende Melodie spielte, war er gerade vor dem Verlagsgebäude, um Elsing erneut zu befragen. Er verharrte vor den Türen und steckte sich eine Zigarette an. »Kornau. Was gibt es?« Sein *Spion* rief aus dem Präsidium an, denn im Hintergrund hörte er die übliche Geräuschkulisse.

»Herr Kommissar, ich dachte, Sie sollten wissen, dass eine weitere Leiche gefunden wurde. In Bredeney. Ich schicke Ihnen die Adresse. Angeblich soll das Opfer erneut die Handschrift des Henkers tragen. Ich muss jetzt auflegen, wir rücken aus.«

Der vierte Mord. Bernd wurde sich immer klarer darüber, dass dieses Schwein nicht aufhören würde. Er musste ihn fassen, koste es, was es wolle. Das Warum leuchtete ihm selbst nicht ein, doch irgendwie war dieser Fall zu einem persönlichen Kreuzzug geworden. Aus irgendeinem unerfindlichen Grund gingen ihm diese Morde näher als alles, was er bis dato erlebt hatte. Dass die schwindende Distanz dazu nicht unbedingt hilfreich war, wusste er allerdings auch.

Am liebsten wäre er gleich zum Tatort gefahren, obwohl es nicht gerade clever sein würde, sich nach der letzten Nacht und ohne Befugnis dort sehen zu lassen. Doch konnte es noch schlimmer kommen? Seinen Job war er mit an Sicherheit grenzender Wahrscheinlichkeit sowieso los. Was er getan hatte, war nicht entschuldbar, egal, ob gerechtfertigt oder nicht. Von jemandem mit seiner Ausbildung und seinem Dienstgrad wurden Verantwortung und Selbstdisziplin vorausgesetzt. »Auch Gefangene haben

Rechte in diesem Land«, hatte der Polizeirat ihm in der Nacht abschließend hinterhergebrüllt. Die Sache konnte also gar nicht gut ausgehen. Vermutlich durfte er sich glücklich schätzen, wenn Wolter keine Anzeige gegen ihn erstattete. Grund genug hätte er beileibe. Bernd fielen auf Anhieb ein halbes Dutzend Beschuldigungen ein, mit denen Wolter vor Gericht locker durchkäme.

Das Kind war in den Brunnen gefallen. So oder so. Also konnte er sich den neuen Tatort auch kurz ansehen. Doch zuvor musste er hoch zu dem Chefredakteur und diesmal würde er nicht so schnell aufgeben. Heute würde Elsing reden.

»Haben Sie einen Termin?«, fragte die Sekretärin überfreundlich.

»Kripo Essen, ich brauche keinen verdammten Termin.« Resolut stieß er die beiden Glastüren zu Elsings Büro auf und ging mit unerbittlicher Miene auf ihn zu.

»Herr Kommissar. Ich wusste gar nicht, dass wir einen …«

»… Termin haben?«, beendete Bernd den Satz. »Überlassen Sie Ihre Floskeln der Tippse da draußen. Ich bin hier, weil ich Antworten brauche. Dieses Büro werde ich nicht eher verlassen, bis ich sie habe.«

Elsing wirkte gelassen. Das war nicht seine erste Konfrontation mit dem Arm des Gesetzes und ganz sicher würde es auch nicht die letzte sein. »Wie kann ich Ihnen denn dieses Mal helfen, Herr Hauptkommissar?«

»Dieses Mal? Ich wüsste nicht, wann sie mir bisher geholfen hätten. Aber hier ist Ihre Chance. Erzählen Sie mir alles, was Sie über Daniel Wolter wissen.«

»Herr Wolter arbeitet nicht mehr für uns. Wir sahen uns leider gezwungen, uns nach diesen unschönen Anschuldigungen von ihm zu trennen. So etwas ist schlecht fürs Geschäft. Sie verstehen?« Elsing zündete sich eine Zigarette an und reichte Zenker die Schachtel herüber. »Nehmen Sie ruhig. Eine Kippe geht noch nicht als Bestechung durch.«

Bernd Zenker lehnte ab. Dieser überhebliche Kerl widerte ihn dermaßen an, dass er sich am liebsten übergeben hätte, dennoch versuchte er, sich seine Abneigung nicht anmerken zu lassen. »Okay, Sie haben ihn also gefeuert.«

»Ja, es ist noch gar nicht lange her, dass er mit seinem blauen Kiefer wie ein begossener Pudel hier rausgeschlichen ist. Waren Sie das, Herr Kommissar?«

Zenker antwortete nicht, da er ohnehin annahm, dass diese verdammte Zeitungshyäne das bereits wusste. Er hoffte, sein Gesichtsausdruck würde nicht zu viel verraten.

»Wir sind doch erwachsene Menschen, daher mache ich Ihnen einen Vorschlag. Ich tue Ihnen einen Gefallen, dafür habe ich einen gut, wenn es so weit ist.« Er wartete gar keine Reaktion ab, sondern griff sich einen Ausdruck vom Schreibtisch und reichte ihn Zenker. »Das wird die morgige Schlagzeile. Vielleicht hilft Ihnen das weiter.«

Bernd sah das Bild und traute seinen Augen kaum. Über dem Foto des Henkers, auf dem man sehen konnte, wie er den Vorschlaghammer neben dem bewusstlosen Wolter drapierte, war zu lesen:

RUHRALLGEMEINE

Der NRW-Henker schlägt erneut zu. Unschuldiger Reporter verhaftet.

Von Klaus Elsing

»Wo zur verdammten Hölle haben Sie dieses Foto her? Und warum diffamieren Sie Ihren Ex-Mitarbeiter, wenn Sie doch schon wissen, dass er freigelassen wurde?«

»Herr Kommissar, das ist Business. Im Gegensatz zu Ihren Motivationen ist mir die Wahrheit ziemlich egal, es sei denn, sie steigert den Umsatz.

Es geht mir einzig und allein um Absatzzahlen. Und die brummen, seit dieser Spinner da draußen eine Schlampe nach der anderen abmurkst.«

Bernd schüttelte nur den Kopf. »Ehrlich, Elsing, Menschen wie Sie kotzen mich an. Noch mal: Wie sind Sie an das Bild gekommen?«

»Mein neuer Mitarbeiter hat es geschossen. Ein wahrer Künstler. In vielen Belangen.« Er spielte damit auf den Geruch an, den Jakobs verströmte, doch das konnte Bernd Zenker natürlich nicht verstehen.

»Und der Name?«

»Das ist kein Geheimnis. Den werden Sie künftig noch oft unter unseren Artikeln lesen. Jakobs. Ulf Jakobs.«

29.

B ernd? Ich bin es. Irgendetwas läuft hier.« Armin
klang gehetzt und außer Atem, als er seinen
Freund anrief.

»Erzähl schon.«

»Ich war an der Wohnung von Wolter. Rita war
da und hat auf ihn gewartet. Sie saß die ganze Zeit
über in ihrem Wagen. Als er dann von einem Taxi
gebracht wurde, sprang sie raus. Sie redeten kurz
miteinander, leider konnte ich nichts verstehen, aber
es schien schon ziemlich hitzig zuzugehen. Anschließend fuhren sie gemeinsam in Ritas Wagen weg. Ich
bin ihnen bis zu einem Mehrfamilienhaus gefolgt, in
das sie beide hineingingen. Ich habe mir die Klingeln
angeschaut. Und nur ein Name sagt mir etwas.«

»Nun, lass dir nicht alles aus der Nase ziehen.
Raus damit.« Bernd wurde ungeduldig. Er war ge-
rade aus dem Verlagsgebäude getreten und auf dem
Weg zu seinem Audi.

»Ulf Jakobs. Ich bin mir fast sicher, dass sie bei
diesem Schundreporter waren. Du solltest vielleicht
hinfahren. Ich hatte kurz überlegt, hochzugehen,
aber ich bin den beiden lieber hinterher, als sie das

Haus verließen. Die Adresse habe ich dir gesimst.«

»Verflucht. Ich wollte eigentlich zu einem neuen Tatort. Wie man mir mitteilte, wurde eine vierte Leiche gefunden. Aber mein Bauch sagt mir, dass das hier wichtiger ist. Jakobs, das passt ja wieder perfekt zusammen. Jakobs hat Daniel Wolter gerade den Job strittig gemacht. Rita war auch dabei? Mein Gott. Die schlimmsten Befürchtungen scheinen sich zu bewahrheiten. Ich bin schon unterwegs.«

»Ach, noch was, Bernd. Die Wohnung wird von deinen Kollegen observiert. Das war erschreckend offensichtlich. Sie haben dem Pärchen beim Betreten des Hauses natürlich keine Beachtung geschenkt.«

»Klar, sie sind abgestellt, um Jakobs im Auge zu behalten. Den Vergewaltiger unseres ersten Opfers.« Eine erdrückende Gedankenflut überschüttete Bernd Zenker mit möglichen Szenarien, die er einfach nicht wahrhaben wollte. Er beendete das Gespräch, schwang sich hinter das Steuer und gab die Adresse ins Navi ein.

Knapp fünfzehn Minuten hatte er gebraucht, um ans Ziel zu gelangen. Er stellte seinen Wagen ab und klopfte bei den lausigen Beobachtern an die Scheibe.

»Kommissar Zenker? Hat man Sie nicht suspendiert? Was machen Sie …«

Bernd verdrehte die Augen. Er konnte das S-Wort einfach nicht mehr hören. Wer auch immer die Ermittlungen nun leitete, anscheinend hatte dieses Genie die von ihm zur Überwachung eingeteilten Leute durch eigene ersetzt. Der Blick auf die beiden sorgte bei Bernd für Unmut. »Das tut jetzt nichts zur Sache. Ihr solltet euren Kaffee wegschütten und sofort mitkommen.«

Einer der beiden Beamten, der offensichtlich keiner von der Sorte war, die das Wort Arbeit erfunden hatte, wollte anfangen, zu diskutieren.

»Vergesst es einfach, ich kümmere mich selbst darum.« Er ging zügig zum Eingang und betätigte gar nicht erst die Klingel von Jakobs, sondern gleich alle, um ins Haus zu gelangen. Seine innere Stimme sagte ihm, dass Ulf Jakobs längst nicht mehr unter den Lebenden weilte.

»Kommissar, so warten Sie doch. Sie haben keine Befugnis ...«

Sein Plan ging auf. Die Beamten sprangen aus dem Wagen und folgten ihm.

»Was ist denn eigentlich los?«, fragte der Beamte, der bisher noch kein Wort gesagt hatte.

In diesem Moment keifte eine alt klingende Frauenstimme durch die Sprechanlage und wollte wissen, wer da sei. Glücklicherweise drückte jemand anderes auf den Türöffner, ohne nachzufragen.

»Ich habe den dringenden Verdacht, dass Herr Jakobs in Schwierigkeiten steckt.«

Die beiden gaben es auf, gegen den nicht zu bremsenden Kommissar anzureden, der quasi im Gefechtsmodus war. Außerdem war es nicht ihr Problem, wenn der unbelehrbare Kerl sich unbedingt noch mehr Ärger einhandeln wollte.

Kurze Zeit später erreichten sie den fünften Stock. Bernd fand schnell das richtige Namensschild an den sechs Klingeln. Er hämmerte energisch gegen die Tür. »Jakobs, machen Sie auf, Kripo Essen.«

Nicht seine, aber zwei der anderen Türen öffneten sich einen Spalt und neugierige Blicke trafen Bernd und die Beamten.

»Bleiben Sie in Ihren Wohnungen und halten Sie die Türen geschlossen. Hier gibt es nichts zu sehen.« Und tatsächlich verzogen sich die lästigen Gaffer wieder. »Machen Sie sofort auf, Jakobs.« Keine Reaktion. »Geht zur Seite, Jungs.«

Er trat mit aller Gewalt gegen die Tür. Doch anders als in Filmen, benötigte er mehrere Versuche, bis er endlich Erfolg hatte. Das Schloss brach splitternd aus dem Holz und machte den Weg frei. Bernd stürmte mit der Waffe im Anschlag durch den kleinen Flur.

»Jakobs?«

Er spähte vorsichtig um die Ecke zum Wohnzimmer und sah seine schlimme Ahnung bestätigt. Ulf Jakobs' kopfloser Körper hing über der Lehne seines alten Ohrensessels. Das Blut lief noch immer in dicken Bächen aus dem Stumpf und hatte bereits einen Großteil des Möbelstückes rot gefärbt.

Der Kopf selbst blickte Bernd und die beiden schockierten Beamten von der Sitzfläche aus mit weit aufgerissenen Augen an. Augen, die den Schrecken, der dem Mann widerfahren war, auf ewig eingefangen hatten. An der vergilbten Wand über dem Fernseher hatte der Henker erneut seine Visitenkarte hinterlassen: *Schuldig*.

Bernd sah sich um. Da er keine Spuren eines Kampfes feststellte, musste er davon ausgehen, dass Jakobs heimtückisch überfallen worden war.

Sein Blick blieb beim Kopf des Ermordeten hängen. Dieses Gesicht, er hatte es schon einmal gesehen. Und dann waren sie urplötzlich wieder da – die Erinnerungen an die letzte Nacht.

»Ist mir doch scheißegal, ich wollte den Job sowieso an den Nagel hängen«, hatte er ziemlich spät in der Nacht gelallt, nachdem er nicht nur ein Bier zu viel gehabt hatte.

Dem Wirt der zwielichtigen Kneipe war es nur recht gewesen. So lange sich seine Gäste nicht direkt an der Theke übergaben oder den Laden zerlegten, goss er fleißig nach und zählte zufrieden die Striche auf dem Bierdeckel.

Bernds Alkoholpegel hatte dafür gesorgt, dass er den üblen Geruch des Mannes nicht mehr wahrgenommen hatte, der unermüdlich seinen Geschichten lauschte und der ihn immer wieder ermunterte, weiterzuerzählen, weil er ein guter Zuhörer wäre. Aber auch ohne besondere Aufforderung hätte er geredet, da Alkohol stets seine Zunge lockerte.

Er hatte dem Fremden einfach alles erzählt. Angefangen von den Problemen mit seiner Frau, über den Fall des NRW-Henkers, bis hin zu seinem Kontrollverlust im Verhörraum. Erst jetzt, da ihn der Kopf des toten Mannes anstarrte, wurde ihm dessen ungemein großes Interesse bewusst. Im nüchternen Zustand hätte er sich sofort darüber gewundert und wäre misstrauisch geworden, doch er war voll wie eine Strandhaubitze gewesen.

Er atmete tief durch und wandte sich an seine beiden Kollegen. »Kam es euch nicht irgendwie komisch vor, als Wolter unten zur Tür herauskam? Was seid ihr eigentlich für Bullen?«

»Wolter? Kiefer–Wolter?«

»Ja, wirklich witzig, ihr Clowns. Genau der.«

»Wann soll das gewesen sein? Wir waren die ganze Zeit hier. Der blaue Kiefer wäre uns sicher aufgefallen.«

Bernd stutzte für einen Moment. Ohne auf die weitere Anspielung auf seine Entgleisung einzugehen, sagte er: »Ich würde mal annehmen, innerhalb der letzten halben Stunde. Vermutlich war er mit einer Frau zusammen gewesen.«

»Nein, Herr Kommissar. Definitiv nicht. Es sind ein paar Leute ein- und ausgegangen, aber es waren immer Einzelpersonen. Das können wir Ihnen garantieren.«

Bernd fühlte sich plötzlich überfordert. Mit einem Mal passte keines der Puzzlestücke mehr zusammen. Konnte Armin einer Täuschung auferlegen sein? Oder schlimmer noch: Hatte er gelogen?

30.

Ihr regelt alles Weitere hier, ja? Und ihr habt mich hier nie gesehen!«

Die beiden wirkten fassungslos und schienen nicht zu wissen, wie sie auf das Ganze reagieren sollten. »Ja, Herr Kommissar.«

»Seht es positiv: Ihr streicht die Lorbeeren ein. Eure Aufmerksamkeit hätte diesen Mord um ein Haar verhindert.«

Bernd verließ eilig den Tatort. Erst als er unten aus dem Fahrstuhl stieg, griff er zum Handy. Er ließ es lange klingeln, doch Armin nahm nicht ab. Vielleicht saß er gerade hinterm Steuer. Bernd wusste, dass sein Freund während der Fahrt nie ans Telefon ging. Dass es so etwas wie eine Freisprecheinrichtung gab, war zu dem Technikmuffel nie durchgedrungen.

Kaum gab er seinen Versuch auf, ertönte die Melodie des Tatorts. Bernd beschloss, den Klingelton umgehend nach dem Gespräch zu wechseln. Er konnte ihn einfach nicht mehr hören.

Phillips meldete sich am anderen Ende. Er wirkte emotionaler als gewohnt. »Kommen Sie nicht hierher.

Es wird viel geredet. Die wollen wirklich ein Exempel an Ihnen statuieren. Halten Sie sich aus allem raus. Die warten hier nur darauf, dass Sie noch einen Fehler machen. Anscheinend sind Sie nicht so beliebt, wie wir dachten.«

»Beliebt? Nein, das bin ich ganz sicher nicht. Vermutlich kommt nicht jeder mit meiner direkten Art klar, das ist mir bewusst, aber auch ziemlich gleichgültig. Doch deshalb rufen Sie nicht an, oder? Gibt es etwas Neues?« Bernd blieb an seinem Wagen stehen. Anstatt einzusteigen, fischte er sich eine Zigarette aus der verbeulten Schachtel.

»Richtig, es gibt noch etwas. Der Henker scheint nachlässig zu werden. Wir haben Fußspuren gefunden. Sie stammen von anderen Schuhen, haben aber die gleiche Größe. Außerdem sind die Sachen des Opfers diesmal nicht verschwunden. Ein Rucksack lag ganz in der Nähe. Wir konnten ihre Identität bereits feststellen. Es handelt sich um die fünfundzwanzigjährige Tatjana Blücher. Sie war offenbar ein Junkie und hat auf der Straße gelebt. Ein Wunder, dass sie noch einen Ausweis besaß.«

Hastig zog Bernd an der Zigarette. »Wie wurde sie getötet?«

»Wollen Sie das wirklich wissen? Wie gut ist Ihr Magen heute? Nicht dass Sie wieder vomieren müssen.«

Ausgerechnet Phillips musste ihn auf sein Erbrechen am letzten Tatort ansprechen. »Nein, ich muss nicht kotzen. Lassen Sie schon hören.«

»Chef, das kann man nicht beschreiben. Ich schicke Ihnen etwas aufs Handy.«

Das Foto, das er kurz darauf bekam, war tatsächlich nur schwer zu verdauen. Bernd Zenker hatte so ein Pyramidengebilde bei der Recherche zu den Foltermethoden gesehen. Er erinnerte sich sogar noch an die Bezeichnung dieses Akts der Grausamkeit – Judaswiege. Im Mittelalter wurde das furchtbare Instrument dazu benutzt, um Geständnisse zu erpressen. Der Gefangene wurde immer wieder an den Seilen hochgezogen und dann mit dem After auf die Spitze fallen gelassen.

Waren die Opfer nicht an den Folgen verblutet, rafften die Infektionen sie dahin, da das Gerät nie gereinigt wurde. Das war hier jedoch nicht der Fall. Der Grad der Verletzungen ließ eindeutig darauf schließen, dass die junge Frau häufig auf die Pyramidenspitze fallen gelassen wurde. Irgendwann schien der Mörder keine Lust mehr auf sein krankes Spiel gehabt zu haben und hat ihr eiserne Gewichte an die Fußgelenke gebunden. Die sorgten schließlich dafür, dass sich die Spitze noch weiter in das arme Mädchen hineinbohrte. Es war tatsächlich ein Anblick, bei dem man sich hätte übergeben können.

In Bernds Kopf tobte ein Orkan. Seine Gedanken wirbelten herum, überschlugen sich und führten zu keinem klaren Bild mehr. Er starrte auf das Display mit dem Foto, aber dennoch ins Leere. Bis ihm auffiel, dass Phillips ja noch in der Leitung hing, weil er wiederholt versuchte, sich bemerkbar zu machen.

»Wir haben etwas sehr Interessantes im Rucksack des Opfers gefunden. Speziell dieses Fundstück brachte mich zu der Aussage, dass der Henker nachlässig wird. Wir fanden bisher an keinem Tatort Gegenstände der Opfer. Weder Ausweise noch Kleidung. Absolut nichts. Und hier übersieht er plötzlich ihre ganze Habe und lässt alles wie auf dem Präsentierteller zurück?«

Zenker gab sich alle Mühe, ruhig zu bleiben. »Was haben Sie denn nun gefunden?«

»Warten Sie, ich schicke Ihnen noch ein Bild. Sie sollten der Sache auf jeden Fall nachgehen. Ich melde mich wieder. Hier sind überall neugierige Ohren.«

Der Kriminaltechniker legte auf und nur wenige Sekunden später öffnete Bernd Zenker ein Foto, das alle seine Indizien neu sortierte. Es zeigte einen Zeitungsartikel. Auf dem dazugehörigen Bild war Tatjana Blücher trotz des schwarzen Balkens über den Augen gut zu erkennen. In dem Artikel ging es um das Leben auf der Straße. Das Leben unter dem

Einfluss der todbringenden Droge Heroin. Doch das wirklich Interessante verbarg sich klein gedruckt unter diesem Bericht. Der Name des Autors. Und es handelte sich um keinen Geringeren als Klaus Elsing.

31.

Kornau? Es ist so weit. Ich brauche Ihre Hilfe. Ich schicke Ihnen gleich ein Foto, das Sie als Ihren eigenen Ermittlungserfolg präsentieren werden. Berufen Sie sich einfach auf einen Informanten, den Sie schützen müssen und deshalb seine Identität nicht preisgeben können. Dieser Unsinn funktioniert immer.«

Bernd Zenker wusste, dass er durch seinen Tonfall bei dem jungen Beamten Druck erzeugte, doch das war ihm egal. Hier ging es um schnelle Entscheidungen und nicht um Befindlichkeiten eines Einzelnen. »Das ist aber noch nicht alles. Sie müssen einen Durchsuchungsbeschluss für die Redaktion und Elsings Privatwohnung durchboxen. Und wenn Sie schon dabei sind, auch gleich einen für die Wohnung von Daniel Wolter und Armin Kanschek.«

Er glaubte selbst nicht, was er da sagte, aber sollte Armin ihn angelogen haben, war er ebenso verdächtig, in die Sache verwickelt zu sein. Möglicherweise hatte dieser Fall eine größere Tragweite, als bisher angenommen. »Bekommen Sie das hin?«, fragte Bernd, weil Kornau nicht antwortete.

»Habe ich denn eine Wahl?«

»Sofern Sie genauso erpicht wie ich darauf sind, den Henker aus dem Verkehr zu ziehen, dann nein. Nicht zu vergessen, dass man es Ihnen aufs Konto schreiben wird, wenn wir diesen Bastard fassen. Da dürfte ein kräftiger Karriereschub für Sie drin sein, Kornau. Also noch mal, bekommen Sie das hin?«

»Jawohl, Herr Hauptkommissar.«

Das und nichts anderes wollte Bernd Zenker hören. »Gut, sagen Sie mir dann Bescheid. Und sehen Sie zu, dass Sie selbst dabei sind, um mich auf dem Laufenden zu halten.«

»Wonach suchen wir denn eigentlich?«

»Einfach nach allem, was verdächtig ist. Gegenstände der Opfer, Tatwerkzeuge oder Kleidung. Nehmen Sie jedes Staubkorn genau unter die Lupe. Damit Sie wissen, wovon Sie reden, bringe ich Sie jetzt mal auf meinen Stand der Dinge. Elsing kannte das vierte Opfer, wie Sie gleich sehen werden, wenn Sie das Foto haben. Es gibt aber auch eine Verbindung zwischen Heike Jost und Daniel Wolter. Jost war in einen Missbrauchsskandal verwickelt. Eines der betroffenen Kinder war Wolters Sohn. Des Weiteren wurde unser erstes Opfer, Clara Warren, von Ulf Jakobs vergewaltigt. Er schwängerte sie dabei und sie ließ das Kind abtreiben. Und mein Freund Armin Kanschek hat es zwar abgestritten, aber er kannte

Lena Olberg. Sie war eine seiner Studentinnen. Außerdem hat er mich in einer weiteren, wichtigen Sache vermutlich belogen. Ich will einfach keine Möglichkeit außer Acht lassen.« Bernd kam sich zwar schäbig vor, die Kollegen auf seinen besten Freund anzusetzen, aber sollte Armin gelogen haben, was war diese Freundschaft dann noch wert?

»Ich muss Sie unterbrechen. Sie erinnern sich doch, dass wir uns ein weiteres Mal auf dem Kirmesplatz genauer umhören sollten? Mann, wie konnte ich nur vergessen, Ihnen das zu erzählen?«

»Ja, sicher. Ich erinnere mich. Und offensichtlich haben Sie etwas herausgefunden.«

»Das kann man so sagen. Daniel Wolter kannte Lena Olberg ebenfalls. Als wir sein Foto herumzeigten, stellte sich heraus, dass er einer ihrer Stammkunden war. Kam alle ein bis zwei Wochen, um sich an ihr auszutoben. Er soll beim letzten Mal so brutal geworden sein, dass dieser Chris Gewalt anwenden musste, um ihn vom Platz zu bekommen.«

»Wie konnten Sie mir das verschweigen? Wir haben hier zwei Übereinstimmungen. Ich weiß nicht, wie er es geschafft hat, uns so an der Nase herumzuführen, aber es dürfte ja wohl ziemlich sicher sein, dass dieses Arschloch zumindest mit drin hängt. Besorgen Sie die Beschlüsse und …« Er dachte kurz nach. »Vergessen Sie Kanschek erst mal. Darum kümmere ich mich selbst. Melden Sie sich, wenn es losgeht.« Bernd legte auf.

Von Weitem hörte er die Sirenen und ihm wurde bewusst, dass er noch immer vor Jakobs' Haus stand. Es wäre unklug, wenn die Kollegen ihn hier sehen würden. Also stieg er endlich in seinen A8 und fuhr zügig davon. Er hatte längst beschlossen, dem Rat von Phillips nachzukommen und dem Tatort fernzubleiben. Stattdessen machte er sich auf den Weg zur Wohnung seines Freundes. Er musste herausfinden, ob Armin bewusst gelogen hatte.

Unterwegs versuchte er wiederholt, ihn ans Telefon zu bekommen, doch vergeblich. Schließlich sprach er ihm eine Voicemail auf, dass er auf dem Weg zu ihm sei.

Als der Kommissar bei seinem Freund ankam, fuhr ihm der Schreck durch alle Glieder. Die Wohnungstür stand offen. Bernd zog seine Waffe, lud sie durch und schlich hinein. Er war auf das Schlimmste gefasst und sah seinen Freund schon grausam verstümmelt in der Ecke liegen, doch was er wirklich vorfand, verwirrte ihn letzten Endes noch mehr.

Armin lebte. Er saß apathisch auf dem Fußboden und registrierte Zenker gar nicht. Seine Augen waren vom Weinen gerötet und in der zitternden Hand hielt er einen Brief.

»Armin? Hey, Mann. Was ist mit dir?«

Langsam hob sich Armins Kopf. Es wirkte, als schaue er mitten durch ihn hindurch. »Er ... Er hat Jennifer«, stammelte Kanschek und reichte Bernd das Blatt Papier mit aufgeklebten Buchstaben aus einer Zeitung.

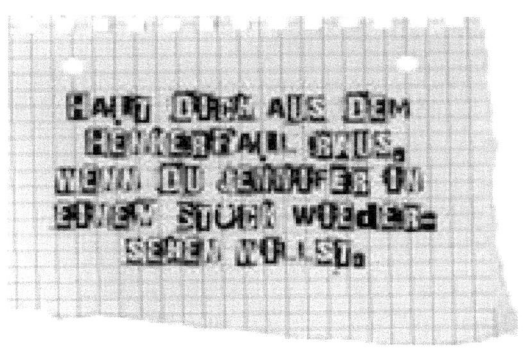

Bernd las die Worte laut, als müsse er sich vergewissern, dass ihm sein Gehirn keinen Streich spielte. »Halt dich aus dem Henker-Fall raus, wenn du deine Freundin in einem Stück wiedersehen willst.«

Unter der Nachricht klebte ein Polaroidfoto, das Jennifer Jäger zeigte. Sie war nackt an ein großes, hölzernes Kreuz gefesselt. Daneben stand ein kleiner silberner Rollwagen, auf dem ein schwerer Hammer und vier riesige, rostige Nägel lagen.

Armin brach erneut in Tränen aus. Wie ein verlorenes Kind zog er an Bernds Jacke und stammelte kaum verständlich: »Bernd, hilf mir. Dieses Schwein wird sie kreuzigen.«

32.

Bernd Zenker fühlte sich furchtbar. Wie konnte er auch nur für eine Sekunde annehmen, dass sein bester Freund etwas mit den Morden zu tun hatte?

Natürlich war er nicht ans Telefon gegangen. Die Nachricht von der Entführung seiner Freundin hatte ihn komplett aus der Bahn geworfen.

»Armin, ich weiß, wie schwer das jetzt alles für dich ist, aber du musst mir helfen, damit wir Jennifer finden, bevor ihr etwas passiert. Die Beamten vor Jakobs Haus streiten vehement ab, Wolter dort gesehen zu haben.«

Armin holte tief Luft. Er rieb mit beiden Händen über sein Gesicht und schloss kurz die Augen. Ihm war deutlich anzusehen, wie er versuchte, sich zu beruhigen. Bernd hielt ihm seine helfende Hand hin, die Armin dankbar annahm. Mit wackligen Beinen erhob er sich und lehnte sich Halt suchend an die Wand.

Bernd fasste ihn an der Schulter und sah ihn besorgt an. »Geht es wieder? Soll ich dir ein Glas Wasser holen?«

Armin schüttelte den Kopf. »Nein, nein. Alles gut. Lass uns überlegen, was wir tun können, damit wir Jennifer schnell finden. Wenn ihr etwas passiert ...«

Mitten im Satz brach er ab und ging schließlich schleppenden Schrittes zum Sofa, um sich darauf niederzulassen. Bernd folgte ihm.

Nach einigen Minuten sprach Armin weiter: »Okay, du sagst, die hätten Wolter nicht gesehen. Das wundert mich nicht, weil die beiden Vollpfosten nämlich während ihrer Observierung gepennt haben.«

Bernd hatte sie kennengelernt und diese Aussage passte absolut ins Bild. Es waren Pfeifen, daran bestand kein Zweifel. Und es war auch die plausibelste Erklärung. Er schaute sich das Foto von Jennifer noch einmal genauer an. »Wonach sieht das da im Hintergrund für dich aus?«, fragte er Armin, der sich endlich wieder etwas gefasst hatte.

»Ich weiß es nicht. Metall vermutlich. Bernd, wir müssen ihr helfen. Lass dir bitte was einfallen.«

»Ich arbeite daran. Aber ich bin verwirrt. Dieser Erpresserbrief will so gar nicht ins Muster des Henkers passen.«

»Bernd, du hast den Brief gelesen. Ich kann dir nicht länger helfen. Wenn Jenny deshalb etwas zustößt, würde ich mir das nie verzeihen.« Armin schlich wie ein Häufchen Elend in die Küche. Er hielt fragend eine Kaffeetasse in Bernds Richtung.

»Ja, klar. Schwarz und stark bitte.«

Als Armin mit dem Kaffee zurück ins Wohnzimmer getrottet kam, sah Bernd ihm an, dass er es ohne Frage ernst meinte. Die Sorge um seine Freundin war verständlich, dennoch konnte Bernd sich keinen Reim darauf machen. »Warum hat der Henker sie nicht direkt getötet? Weshalb plötzlich diese Show mit dem Brief?« Er hatte seine Gedanken vor sich hin gemurmelt, um Armin daran teilhaben zu lassen.

»Vielleicht … Nun, vielleicht sträubt er sich dagegen, Unschuldige zu töten. Wenn Jenny keine Leichen im Keller hat, und davon gehe ich aus, dann passt sie nicht in das Profil seiner Opfer.«

Bernd dachte über diese These nach. Es war gut möglich, dass Armin damit genau ins Schwarze traf. Zumindest klang es einleuchtend. Er sah sich immer wieder das Foto an und kam zu einem weiteren Schluss. »Ich glaube, sie ist in so einem Frachtcontainer. Sieh dir die Struktur des Metalls an.«

Armin nahm das Foto in die Hand und musterte es ebenfalls noch einmal eingehend. »Könnte sein. Bernd, wir müssen etwas tun. DU musst etwas tun.«

Kurzentschlossen griff Bernd zu seinem Handy und wählte die Nummer von Kornau. »Wie sieht es aus?«

»Hauptkommissar, ich hätte mich auch gleich gemeldet. Ich habe die Beschlüsse. Es war zwar einiges an Überzeugungsarbeit nötig, aber ich habe es hinbekommen.«

»Das sind gute Nachrichten, Kornau. Wann geht es los?«

»In einer Stunde ungefähr. Zwei Teams.«

»Dann gehen Sie mit dem Team, das sich die Wohnung von Wolter vorknöpft. Wir sehen uns dort.«

»Nein, Herr Kommissar. Das können Sie nicht machen. Die werden Sie …«

Bernd schnitt ihm das Wort ab: »Ist mir vollkommen egal. Wir sind dicht dran, das spüre ich. Hören Sie, Kornau, Sie müssen mir noch einen Gefallen tun. Geben Sie eine Suchmeldung raus.« Er unterbrach das Gespräch kurz und legte die Hand auf das Mikro. »Armin, ich brauche ein aktuelles Bild von Jenny. Hast du vielleicht eines auf deinem Handy?«

»Ja, natürlich. Ich schicke es dir sofort.«

»Okay, Kornau. Gesucht wird die zweiundvierzigjährige Jennifer Jäger. Wir können leider nicht sagen, wo oder von wem sie zuletzt gesehen wurde.« Er berichtete seinem Kollegen von dem Erpresserbrief und seinen bisherigen Erkenntnissen. »Ich vermute, sie wird in einem Container gefangen gehalten. Ich weiß, das ist nicht viel. Aber mehr habe ich nicht. Ich schicke Ihnen jetzt ein Foto der Vermissten und das Bild von dem Ort, wo sie festgehalten wird.«

Armin unterbrach Bernds Gespräch: »Was, wenn der Henker mitbekommt, dass wir sie suchen? Was, wenn wir sie dadurch umbringen? Verdammt, ich dreh noch durch.«

Zenker klopfte seinem Freund beruhigend auf die Schulter. »Mach dich nicht verrückt. Wir finden das Arschloch und wir werden Jenny retten.«

»Aber was, wenn es bereits zu spät ist?« Armin sank auf den Boden und kauerte sich wie ein verletztes Tier zusammen.

Bernd tat es in der Seele weh, dass sein Freund so litt, dennoch wandte er sich wieder seinem Telefonat zu. »Sorry, Kornau. Ich muss jetzt auflegen. Wir sehen uns gleich vor Wolters Wohnung.«

»Aber, Chef, Sie …« Der neuerliche Versuch, dem Kommissar seinen Plan auszureden, scheiterte ebenso wie alle bisherigen. Zenker hatte bereits aufgelegt.

»Ich muss los. Einen Gefallen musst du mir noch tun.«

Armin schaute mit einer Trauermiene zu ihm auf und nickte zaghaft.

»Du musst Rita erreichen. Ich habe es schon ein paarmal probiert, aber sie geht nicht an ihr Handy.

Versuch es einfach immer wieder.« Bernd trank den letzten Schluck von seinem Kaffee und stellte die Tasse auf den Tisch.

»Und was sage ich ihr, wenn ich sie erreiche?«

»Dass sie sich unter allen Umständen von Wolter fernhalten soll.«

»Dann verdächtigst du sie nicht mehr?«

»Ich glaube, wir jagen nicht nur einen Täter. Mein Verdacht geht dahin, dass tatsächlich Wolter der Henker ist … Und dass Elsing der Henker ist.«

33.

Er kämpfte sich durch den zähen Großstadtverkehr. *Es ist niemand hier.* Die SMS von Kornau erreichte Bernd, noch bevor er dort ankam. Allerdings hatte er das auch nicht erwartet. Immerhin hielt er Wolter für so clever, dass er wusste, dass sich die Schlinge langsam zuzog. Bernd Zenker behielt seine Gedanken für sich und schrieb zurück: *Bin gleich da.*

Drei Streifenwagen und ein ziviles Fahrzeug parkten vor dem Haus, in dem Daniel Wolter seine Eigentumswohnung besaß. Bernd stellte seinen Wagen ab und betrat wenige Minuten später die offen stehende Wohnung, als wäre er nach wie vor verantwortlich für die Untersuchung.

Zwei Beamte am Eingang wollten ihn aufhalten, aber Kornau kam dazu und machte ihnen klar, dass es in Ordnung wäre.

Zum Glück hatten die meisten vor Ort keine Ahnung von den Geschehnissen um Zenker und Wolter. Kornau hatte das Team zusammengestellt und ausnahmslos auf Beamte zurückgegriffen, die Bernd kaum kannten.

Nur ein Kollege der Kripo kam entrüstet auf sie zu. »Zenker, Sie haben hier nichts verloren. Sie sind raus aus dem Fall.«

»Jetzt komm mal wieder runter, Dennis. Der Hauptkommissar will nur helfen. Keiner kennt den Fall besser als er. Kannst du die verdammten Vorschriften nicht mal ausblenden? Und sei es nur, um den Henker endlich aus dem Verkehr zu ziehen?«

Dennis Schiller ließ sich nicht beeindrucken. Er stand kurz vor einer möglichen Beförderung und befürchtete, diese zu gefährden. »Nein, Carsten. Ich riskiere meinen Job doch nicht für einen abgehalfterten Schläger.«

»Jetzt pass mal gut auf, du kleiner Sesselfurzer«, erklärte Bernd ihm mürrisch. »Ich werde mich hier umsehen. So oder so. Wenn dir daran etwas nicht passt, kannst du gerne so lange nach draußen gehen. Du kannst natürlich auch den Polizeirat anrufen und dich beschweren, aber gib mir wenigstens ein paar Minuten Vorsprung. Oder wisst ihr so genau, wonach wir überhaupt suchen? Ich kann mich nicht erinnern, dich an einem der Tatorte gesehen zu haben. Also sag schon: Wonach sucht ihr?« Er fixierte den jungen Kripobeamten mit der furchtbaren Achtzigerjahre-Gedenkfrisur, die ihn ein bisschen an David Hasselhoff zu seinen Zeiten als Michael Knight erinnerte.

Die Erkenntnis, dass der Kommissar recht hatte, zeichnete sich nur langsam auf dem Gesicht des Mannes ab und man merkte ihm deutlich an, dass ihm die folgende Entscheidung enorm schwerfiel. »Zehn Minuten, und ich habe Sie nie gesehen.« Schiller machte auf dem Absatz kehrt und erweckte den Anschein, als wäre Bernd gar nicht anwesend.

Kornau gab sich Mühe, ein Grinsen zu unterdrücken. »Okay, also los.«

Sie teilten sich auf. Bernd durchkämmte das Schlafzimmer, Kornau das Wohnzimmer. Die anderen Beamten wuselten hier und da herum und machten mitunter einen motivationsgestörten Eindruck.

Wolters Schlafzimmer sprach eine deutliche Sprache. Es schrie aus jedem Winkel heraus, was für ein selbstverliebter Gockel hier lebte. Und das nicht nur wegen des übergroßen Spiegels an der Decke.

Hatte er hier auch mit Rita …? Nein, Bernd weigerte sich, diesen Gedanken zu Ende zu denken. Ekel überkam ihn, als er sich vorstellte, wie sich die beiden nackt im Spiegelbild des französischen Bettes mit den pornoroten Bezügen betrachteten.

Zenker erinnerte sich an das Verhör und musste sich eingestehen, dass er trotz der Konsequenzen nichts bereute. Wenn er noch mal zurückkönnte, würde er es abermals tun. Bestenfalls kräftiger zuschlagen, um Daniel Wolters Kiefer nicht nur zu brechen, sondern ihn so zu zertrümmern, dass er nie wieder feste Nahrung zu sich nehmen könnte.

Er verdrängte die aggressiven Gedanken und durchstöberte einen der Kleiderschränke. In Wolters Schlafzimmer befanden sich tatsächlich gleich drei davon. Schwarz mit roten Applikationen und diesen Lamellentüren, wie man es oft in amerikanischen Horrorfilmen sieht.

Der Erste bot keine großen Überraschungen, abgesehen von den fünf bis sechs Gramm Kokain, welches in einer Schublade zwischen den Designerunterhosen lag. Was sollte wohl das Statement dahinter sein? *Ich kann am längsten?* Er war sich sicher, dass Wolter es genau zu diesem Zweck dort aufbewahrte. *Ob Rita auch …?*

Bernd schob die unzähligen Hemden und Anzüge beiseite, konnte jedoch nichts Auffälliges entdecken und schloss den Schrank wieder. Das Kokain ließ er dort, wo es war. Wolter wegen der paar Gramm dranzukriegen, lag nicht in seinem Interesse.

Der zweite Schrank war schon etwas aufschlussreicher. Schuhe. Sehr viele Schuhe. »Na sieh mal einer an. Alle in der Größe fünfundvierzig, welche Überraschung.« Doch auch das reichte noch nicht. Nichts als Indizien. Vermutlich trug jeder dritte oder vierte Mann diese Größe. Es gab auch keine weiteren Spuren daran. Alle waren penibel sauber geputzt.

So wie alles in dieser Wohnung geradezu erschreckend sauber und ordentlich für einen Mann war.

Bernd wollte sich gerade dem dritten Schrank zuwenden, als ihn Kornau aufgeregt zu sich rief: »Herr Kommissar, kommen Sie her, schnell. Ich hab was gefunden.«

Er rannte ins Wohnzimmer und sah seinen Kollegen am Schreibtisch von Daniel Wolter stehen. Ein gläsernes Monster von über zwei Metern Länge. Kornau breitete gerade etwas auf der Glasplatte aus und sah ihn triumphierend an.

»Ja, Mann. Wir haben dieses kranke Schwein endlich.« Bernd fühlte eine Art Euphorie in sich aufsteigen, als sein Blick erfasste, was sich dort nach und nach wie ein Puzzle zusammenfügte.

»Ja, sieht ganz so aus«, bestätigte Carsten Kornau. »Er hat die Ausweise durch den Aktenvernichter gejagt, aber sehen Sie, die Schnipsel sind noch groß genug.«

Auf den schmalen Streifen waren noch deutlich die Namen zu lesen. Clara Warren, Lena Olberg, Heike Jost und … Bernd schreckte zurück, als er auf einem davon Jennifer Jäger las. »Tüten Sie die Scheiße ein und geben Sie eine Großfahndung nach Daniel Wolter raus. Möglicherweise hat er meine Frau in seiner Gewalt«, befahl er. »Wo ist dieser Schiller eigentlich hin?«

»Vermutlich wirklich rausgegangen, so wie Sie es ihm vorgeschlagen hatten.«

Bernd wurde durch das Klingeln eines Handys abgelenkt. Anfangs war er sich nicht einmal bewusst, dass der Ton von seinem Gerät kam. Dann fiel ihm wieder ein, dass er ja den Klingelton geändert hatte. Anstatt der Tatort-Melodie ertönte nun das Klingeln eines alten, analogen Telefons, wie er es noch aus seiner Jugend kannte. Ein Blick aufs Display verriet ihm, dass es Armin war, also nahm er ab. »Hey, Kumpel. Wir haben Beweise gefunden. Offenbar hatte ich recht. Alles deutet darauf hin, dass Daniel Wolter der Henker ist. Wir müssen nur noch herausfinden, ob Elsing auch mit drin hängt.«

»Bernd? Ich weiß. Er … Er ist hier.«

Es folgte ein kurzes Rascheln, als würde das Telefon weitergereicht, und dann erklang die Stimme des Henkers. Warum er jetzt noch durch einen Stimmenverzerrer sprach, verwunderte Bernd. Er musste doch wissen, dass seine Identität kein Geheimnis mehr darstellte.

»Hauptkommissar. Oder sollte ich besser sagen, Hauptkommissar außer Dienst?«

»Was soll die Maskerade, Wolter? Wir haben dich bei den Eiern und ich nehme mal an, du weißt das. Also, was willst du? Ein Fluchtauto? Einen Hubschrauber? Freies Geleit?«

»Herr Kommissar, das hier ist keiner Ihrer dümmlichen Filme im Fernsehen. Die Frage muss doch eher lauten: Was wollen Sie? Wollen Sie Ihren Freund und Ihre untreue Gemahlin lebendig wiedersehen? Oder ist es Ihnen lieber, wenn ich die Urteile vollstrecke? Ehebruch, falsches Zeugnis reden, Betrug … Suchen Sie sich etwas aus. Im Angesicht Gottes haben sich beide genug Schuld aufgeladen.«

Bernd wurde rasend vor Wut und brüllte in sein Handy: »Was willst du Wichser?«

»Ha, ha, ha. Ich wette, Sie würden jetzt gerne mal wieder um sich schlagen, was? Schlagen Sie Ihre Frau eigentlich auch? Vielleicht kennen Sie Rita ja gar nicht so gut, wie Sie denken. Möglicherweise steht sie ja sogar darauf. Was wissen Sie schon über Ihre Frau?«

Bernd Zenkers Gesicht lief hochrot an und die Fingernägel gruben sich tief ins Fleisch, als er seine Hand zur Faust ballte. »Jetzt mach schon dein unverschämtes Maul auf, du Hurensohn.«

»Hey, kannten Sie meine Mutter etwa? War sie so gut, wie man behauptet? Aber lassen wir doch die Vergangenheit ruhen und widmen uns der Gegenwart. Die ist um so vieles spannender. Eine Stunde. In exakt einer Stunde erwarte ich Sie in Ihrem Haus. Falls Sie nicht alleine kommen, töte ich die beiden. Verspäten Sie sich, töte ich die beiden. Weihen Sie jemanden ein … Sie ahnen es sicher, dann töte dich die beiden. Die Uhr läuft. Tick, tack, tick, tack.« Der Henker lachte, was durch den Verzerrer selbst für Bernd unheimlich klang. »Ach ja, der Verkehr soll heute mörderisch sein.«

Bernd wollte etwas erwidern, doch der Henker hatte schon aufgelegt. »Ich muss weg. Kornau, halten Sie die Stellung. Ich melde mich. Vermutlich werde ich dann Verstärkung brauchen.« Er klopfte ihm zum Abschied kumpelhaft auf die Schulter und eilte in Richtung Ausgang.

Schiller stand mit zwei weiteren Kripobeamten vor der Tür und versperrte ihm den Weg. »Hauptkommissar Bernd Zenker? Ich verhafte Sie wegen des dringenden Mordverdachtes an Ulf Jakobs.«

34.

Hast du deinen Verstand verloren, Schiller?« Bernd dachte zunächst an einen schlechten Scherz, doch das entschlossene Gesicht seines Gegenübers ließ keinen Zweifel aufkommen, dass er es ernst meinte.

»Witzig, diese Frage lag mir auch auf der Zunge, als ich gerade den Haftbefehl bekommen habe.«

Er zog das zusammengefaltete Schriftstück aus der Jackentasche und hielt es Zenker vor die Nase.

»Sehen Sie. Unterzeichnet von Ihrem Freund, dem Polizeirat. Ich wette, das ist ihm richtig schwergefallen. Aber bei der Beweislast ... Was blieb ihm da übrig?«

»Was soll dieser ausgemachte Blödsinn? Was für Beweise?« Eine riesige virtuelle Uhr lief vor Bernd Zenkers innerem Auge ab. Armin und Rita waren an die Zeiger gefesselt und schrien: »Beeil dich, Bernd. Bitte hilf uns!« Tick, tack, tick, tack.

Schiller steckte den Haftbefehl wieder ein. »Sie werden es früh genug erfahren. Schlimm, dass Sie nicht selber wissen, bei was Sie geschlampt haben. Und nun muss ich Sie bitten, uns zu begleiten.«

Bernd ging langsam auf Schiller zu, doch kurz bevor er ihn erreichte, griff er blitzschnell unter seine Jacke und zog die Walther hervor. Er sprintete nach vorn und zwischen ihm und einem der anderen Beamten hindurch. Mit einer schnellen Bewegung war er plötzlich hinter Schiller und drückte ihm den Lauf der Waffe an die Schläfe. »Alles gut. Wir bleiben jetzt alle ganz ruhig und dann wird heute auch keine Frau zur Witwe werden.«

Der Angriff kam viel zu überraschend für Schiller, um darauf zu reagieren. Also tat er das, was er seiner Meinung nach am besten konnte – er redete. »Herr Kommissar, ich bitte Sie. Wollen Sie sich wirklich noch tiefer in die Scheiße reiten, als es ohnehin schon der Fall ist?«

Zenker musste herzhaft lachen. »Ach, glaubst du denn, das geht noch? Ja, Moment … das geht. Ich könnte dir eine Kugel in deinen verbohrten Schädel jagen. Aber vielleicht würde das auch gar nichts ausmachen. So etwas wie ein Hirn scheint zwischen deinen Ohren ja nicht zu existieren.« Er gab sich cool, doch seine Hand zitterte und offenbarte damit seine Aufregung.

Die anderen Beamten hatten inzwischen ebenfalls ihre Waffen gezogen und zielten auf ihn.

»Du sagst den Kollegen jetzt, dass sie ihre Waffen runternehmen sollen, oder das hier wird ein ganz trauriger Tag für jeden von uns.« Um seinen Worten Nachdruck zu verleihen, presste er die Walther etwas fester an Schillers Schläfe.

Schiller dachte angestrengt nach. Auf die Forderung einzugehen schien die einzige passable Möglichkeit. »Ihr habt gehört, was er sagt.«

»Das gilt natürlich auch für dich, Sesselfurzer.«

Ein Beamter nach dem anderen legte seine Waffe auf den Boden. Schillers Pistole nahm Bernd an sich und verstaute sie in seiner Jackentasche.

»Machen Sie keinen Unsinn, Herr Zenker.«

»Ist es nicht schön, wie besorgt immer alle um mich sind?« Er ging mit seiner Geisel rückwärts zur Wohnungstür. »Wir beide machen jetzt einen kleinen Spaziergang. Eine falsche Bewegung, und sei es nur ein Schulterzucken … Verstehen wir uns?«

Schiller nickte, aber er sagte kein Wort mehr. Möglicherweise hatte er ja endlich begriffen, dass er sich aus dieser Sache nicht herausreden konnte.

Bernd zerrte ihn die Treppen hinunter und behielt dabei wachsam die Tür im Auge. Doch nichts regte sich. Vermutlich überlegten die Kollegen gerade, wie sie ihn am schnellsten überwältigen konnten, ohne dass etwas Schlimmeres passierte.

Es war zu erwarten, dass sie bald hinter ihm her stürmen würden, deshalb beschleunigte Bernd am Ende der Treppe seine Schritte und schleppte den verschreckten Kripobeamten bis zu seinem Audi mit. Zenker stieg ein und richtete die Waffe weiterhin auf Schiller, der einfach nur dastand.

Er startete den Wagen und ließ das Fenster hinunter. »Noch mal zum Mitschreiben. Großfahndung nach Daniel Wolter. Er ist unser Mann. Er ist der Henker. Es ist äußerste Vorsicht geboten. Vermutlich ist er bewaffnet und hat möglicherweise auch Geiseln.« Dann trat Bernd Zenker aufs Gas. Tick, tack, tick, tack.

***

Das Chaos, welches die Polizisten bei Klaus Elsing und im Verlag angerichtet hatten, würde er sich keinesfalls bieten lassen. Wie die Vandalen waren die Beamten durch seine Unterlagen, seinen Privatbesitz und praktisch alles gefegt, was ihnen in die Quere kam.

»Was glauben die Herren denn hier zu finden?«, hatte er bemüht entspannt gefragt.

»Beweise.«

»Wow, was für eine rhetorisch herausragende Antwort.« Der neue leitende Ermittler konnte seiner Meinung nach Bernd Zenker nicht einmal den kleinen Finger reichen. *Mit diesem Halbaffen hier kann man sich nicht mal geistig duellieren, im Gegensatz zu Zenker.*

»Wo haben Sie denn Ihren glatzköpfigen Kollegen gelassen?«

»Zwar geht es Sie nichts an, aber ich habe die Ermittlungen übernommen.«

Ja, das sehe ich, du Vogel. »Aha«, sagte Klaus Elsing nur. Danach hatte er aufgegeben und den Sturm des Gesetzes einfach vorüberziehen lassen.

Er konnte nicht sagen, wie lange es gedauert hatte, aber es endete mit einer fadenscheinigen, offensichtlich nicht ernst gemeinten Entschuldigung, denn die Durchsuchung hatte nicht das Geringste zutage gebracht.

»Tut uns leid, Sie belästigt zu haben.«

Ja, tut mir auch leid, was man morgen in der Zeitung über euch lesen wird, ihr Penner. Elsing machte einige Fotos von den Auswirkungen dieses Tornados, setzte sich an den Schreibtisch und verfasste einen langen Artikel, der die Polizei nicht gut aussehen ließ.

Er konnte ja nicht ahnen, dass die nächste Schlagzeile schon greifbar nahe war. Eine über Mörder, Opfer und Helden. Ein Bericht über Wahrheit und Lügen.

35.

Alles schien ruhig. Es war bereits spät am Abend und in den meisten Häusern der Straße waren die Rollläden heruntergelassen. So auch bei den Zenkers. Bernd konnte von außen nichts Verdächtiges feststellen, als er sich seinem Heim näherte.

Sicher würde Wolter verlangen, dass er seine Waffe wegwarf oder ihm aushändigte. Darum hatte er das Magazin herausgenommen und in die Hosentasche gesteckt. Der Henker rechnete vermutlich nicht mit der zweiten Waffe, die sich in Bernds Jacke verbarg.

Er hatte sich an die Anweisungen gehalten. Hatte niemanden eingeweiht und war allein gekommen. Zenker schaute sich noch einmal um. Ein Blick nach rechts, einer nach links, einer über die Schulter. Nichts Ungewöhnliches, keine Verfolger. Zumindest noch nicht. Früher oder später würden die Kollegen hier auftauchen, doch das Naheliegende war nicht für jeden gleich die logische Schlussfolgerung.

Bernd ging die Stufen hinauf und öffnete mit einem mulmigen Gefühl im Magen die Tür. Das Innere des Hauses lag im Dunklen. »Rita? Armin?«

Er schaltete das Licht ein. Eine Reaktion auf seine Rufe blieb aus, also schloss er die Haustür hinter sich und ging ins Wohnzimmer.

Es schien niemand da zu sein. Hatte der Henker ihn reingelegt? Aber warum? Weshalb lockte er ihn hierher? Er rief noch einmal nach seiner Frau und Armin. Doch erneut erhielt er keine Antwort. »Verdammte Scheiße. Was ist das wieder für ein krankes Spiel?«

Bernd drehte sich um und wollte das Haus verlassen, als ihn etwas Hartes am Hinterkopf traf. Er hörte noch durch den Stimmenverzerrer: »Welcome home, Herr Kommissar.«

***

Wenige Minuten später trafen die Kollegen der Kripo ein. Nachdem niemand die Tür öffnete, blieb ihnen nichts anderes übrig, als sich gewaltsam Zutritt zu verschaffen.

Schiller und seine Leute durchkämmten jeden Winkel des Hauses auf der Suche nach Bernd Zenker. Aber erst im Keller wurden sie fündig. Allerdings fanden sie nicht das, was sie erwartet oder vielmehr erhofft hatten.

Die Unterkellerung bestand aus einem großen Raum, von dem noch zwei kleinere abgingen. Einer der beiden wurde früher als Kohlenkeller genutzt, mittlerweile war er jedoch zu einem Abstellraum für unnützes Zeug geworden, von dem man sich einfach nicht trennen wollte. Außerdem befanden sich die Waschmaschine und einige Leinen zum Trocknen der Wäsche hier.

Im Hauptkeller erwartete sie jedoch etwas unglaublich Grausames. Sie blickten auf ein christliches Holzkreuz, an dem eine Frau mittleren Alters angeschlagen war. Gewaltige rostige Nägel waren durch ihre Handgelenke und Füße in das Holz dahinter getrieben worden. Das Gesicht der Frau war kaum zu erkennen, denn es lag unter einer roten Schicht getrockneten Blutes verborgen. Blut, das aus unzähligen Wunden am Kopf ausgetreten war. Verursacht von einer Dornenkrone aus Stacheldraht. In ihren Todesqualen hatte die Ärmste nicht einmal ihren Schmerz hinausschreien können, denn ihr Henker hatte der Frau den Mund zugenäht.

Kornau traf gerade ein. Er betrat das Schreckensszenario und erkannte das Opfer sofort. Es war Jennifer Jäger. Hinter ihr standen ein paar breite Metallwände, die denen von Containern glichen. Eine Finte. Auf dem Erpresserfoto war bewusst eine falsche Fährte gelegt worden.

Der Henker hatte wieder zugeschlagen und auch dieses Mal seine Visitenkarte hinterlassen. Nur stand das Wort schuldig diesmal auf den Boden geschrieben. Aber warum hier? Warum in Bernd Zenkers Keller? War der Kommissar etwa selbst der Verbrecher, den er die ganze Zeit jagte? Vielleicht war es ein Anflug von Schizophrenie? Immerhin schien er auch diesen Jakobs umgebracht zu haben, wie Kornau gerade erfahren hatte.

Er wusste nicht weiter, trat förmlich auf der Stelle. Der Fall wurde immer mysteriöser und die Logik hinter alldem war für Kornau zu einem noch größeren Rätsel geworden.

36.

Wie lange ihn der Schlag auf den Kopf ausgeknockt hatte, wusste er nicht, doch als Bernd die Augen öffnete, spielte diese Frage wahrlich die kleinste Rolle. Auch der dumpfe Schmerz, welcher von der Beule ausging und sich über seinen gesamten Schädel zog, wurde zu einem unbedeutenden Detail in dem ganzen Wahnsinn, der sich ihm nun offenbarte.

Er saß auf kaltem Steinboden und als er sich bewegte, spürte er die dicke Kette, die von der Wand aus mit dem schweren, eisernen Halsband verbunden war, das er trug. Zwischen der Wand und seinem Hals bestand kaum genug Spiel, um gerade zu sitzen, geschweige denn, sich großartig zu rühren. Sein Blick klärte sich nur langsam und er nahm alles um sich herum verschwommen wahr. Offensichtlich befand er sich in einem Keller, und er war nicht allein.

Rechts neben ihm saß eine von Kopf bis Fuß in Schwarz gekleidete Gestalt an einem Schreibtisch. Eine andere Person, die identisch aussah, lag etwa einen Meter von Zenker entfernt mitten im Raum und rührte sich nicht.

282

Das alles hier war mehr als merkwürdig. An der Wand hinter dem Schreibtisch waren Karten, Fotos und Zeitungsberichte befestigt. Verschiedenfarbige Striche verbanden die unterschiedlichen Ausdrucke. Es wirkte wie eine der Tafeln im Präsidium, an der Bernd seine Hinweise und Indizien sammelte. Auch er hatte die Verbindungen markiert.

Der Mann, wenn es denn ein Mann war, saß mit dem Rücken zu Bernd und hatte noch nicht bemerkt, dass dieser aufgewacht war. Es war zu erkennen und zu hören, dass er vor einem Computer saß und auf die Tastatur einhämmerte.

Der Staub in der Luft kitzelte in Bernd Zenkers Nase und brachte ihn schließlich zum Niesen. Zwar drehte sich der Mann nun zu ihm um, aber Bernd erkannte ihn noch immer nicht. Er sah lediglich einen schwarzen Fleck anstelle des Gesichtes und eine Kapuze, die den Kopf bedeckte.

Als der Henker durch seinen üblichen Verzerrer zu sprechen begann, zuckte Bernd zusammen.

»Na, da sind wir ja wieder. Schön. Dann sind wir endlich für den Schlussakt bereit.«

»Was soll die Maskerade denn noch, Wolter?« Er tastete unauffällig in seiner Jackentasche nach der Waffe.

»Tz, tz, tz …« Der Henker stand auf und hielt Bernd die Walther vor die Nase. »Suchen Sie die hier? Meinen Sie wirklich, ich wäre so blöd?« Ein leises Lachen war zu hören, das sich mehr wie ein Krächzen anhörte.

»Was geht nur in Ihrem kranken Schädel vor sich, Wolter? Warum« immer noch dieses Versteckspiel?«

»Nun ja …« Er ging hinüber zu der anderen schwarzen Gestalt und hob deren reglosen Kopf an. »Vielleicht deshalb?«

Jetzt erkannte Bernd, dass beide eine schwarze Gummimaske unter der Kapuze trugen. Es waren welche dieser perversen Sadomaso-Dinger, die man heutzutage in jedem drittklassigen Sexshop kaufen konnte. Bis auf winzige Nasenlöcher und kleine runde Augenöffnungen verhüllten sie das Gesicht.

Als der Henker die Kapuze und die Maske bei dem anderen entfernte, traf Bernd sprichwörtlich der Schlag. Ein ganzer Kosmos schien zu zerbersten, um den Urknall in seinem hämmernden Schädel wieder und wieder nachzustellen. Alle Puzzleteile, die er so mühsam zusammengesetzt hatte, fingen Feuer und verrauchten schließlich in kompletter Ratlosigkeit. Das konnte unmöglich wahr sein. Und doch starrte er in die toten Augen von Daniel Wolter.

»Oh, das ist gut. Das ist sehr gut. Diese Fassungslosigkeit, diese Angst vor einer Wahrheit, vor der du schon lange zu flüchten versuchst. Ich kann sehen, wie sie dich einholt, an deinem Verstand nagt und droht, dich in den Wahnsinn zu treiben. Ich kann förmlich deine Gedanken lesen. Du fragst dich gerade, wie du dich nur so täuschen lassen konntest.«

Da war es wieder, dieses quälende Grummeln in der Magengrube, welches ihn in letzter Zeit schon zweimal heimgesucht hatte. Seine Nackenhaare stellten sich auf und er bekam eine Gänsehaut. »Nein! Das glaube ich nicht.«

Der Schatten lachte, lief hinüber zum Schreibtisch und tippte die Worte ein, die Bernd gerade gesprochen hatte. »Das glaube ich nicht«, wiederholte er sie noch einmal laut.

»Armin? Sag mir bitte, dass nicht du unter dieser Maske bist.« Tränen sammelten sich in Bernds Augen. Alles in seinem Körper verkrampfte sich aus Angst vor der Antwort, die er nicht hören und erst recht nicht glauben wollte.

Der Henker wandte sich ihm wieder zu. Er schaltete den Stimmenverzerrer aus und schob die Kapuze nach hinten.

Bernd schüttelte den Kopf, wollte die Augen vor dem Offensichtlichen verschließen, aber es gelang ihm nicht. Irgendetwas zwang ihn dazu, sich nun endlich der erschütternden Wahrheit zu stellen.

Die Maske wurde entfernt und sein Freund Armin Kanschek lachte ihm ins Gesicht.

Bernd begann zu stottern: »W-w-warum?«

Armin kam näher an ihn heran und ging in die Hocke. »Alles nur Recherche, Kumpel. Alles nur Recherche. Und, sieh da rüber. Das Buch ist fast fertig. Wir sind im großen Showdown. Bei der Enthüllung des Killers. Jetzt kommt die überraschende Wendung im Finale. Das heißt allerdings auch, dass wir nur noch ein Kapitel von deinem tragischen Tod entfernt sind. Denn weißt du, der Tod eines Hauptprotagonisten verleiht dem Ganzen erst die richtige Würze. Das ruft Emotionen hervor. Damit rechnet der Leser nicht, denn er glaubt, dass die Geschichten immer eines dieser langweiligen Happy Ends haben müssen. Ist das nicht furchtbar vorhersehbar? Aber wir werden diese Regel einfach mal brechen und es ganz anders machen.«

Bernd blickte dem Mann, den er schon fast sein ganzes Leben kannte, tief in die Augen. Doch mit einem Mal sah er eine völlig fremde Person. »Du bist ja wahnsinnig! Wo ist Rita? Und was ist mit Jennifer?«

»Oh, eines nach dem anderen, mein lieber Freund. Rita geht es gut, sie ruht sich nur aus. Jenny? Nun ja, sagen wir einfach, sie hat zu Gott gefunden. Ironischerweise im Keller deines Hauses, Kumpel. Ich wette, deine Kollegen rufen gerade zur Großwildjagd auf dich aus. Sie hätten aber auch wirklich eher drauf kommen können, was?« Erneut gab er ein leises Lachen von sich. »Henker, Zenker. Die Wahrheit liegt ja schon im Namen.«

Bei Bernd schienen nur die ersten Worte angekommen zu sein. »Du hast deine eigene Freundin umgebracht?«

»Du einfältiger, alter Mann. Jenny war schon tot, als ich dir den Erpresserbrief zeigte. Du wurdest immer misstrauischer, da musste ich etwas tun, das deinen Verdacht in andere Richtungen lenkt.«

Bernd zerrte an der Kette, die keinen Millimeter nachgab. »Ich verstehe das nicht. Wozu das alles? Nur, um irgendein beschissenes Buch zu schreiben?«

»Oh, nein. Nicht einfach irgendein Buch. Einen Bestseller. *Den* Bestseller. Du weißt doch, dass das Leben selbst die besten Geschichten schreibt. Man muss nur eben manchmal ein bisschen nachhelfen.«

»Ich habe dir vertraut, wir waren Freunde. Fast unser ganzes Leben lang.«

Armin lachte ihn aus. »Du glaubst immer noch, du kennst mich. Das hast du in deiner überheblichen Art stets getan. Du warst wie der große Bruder, der in allem besser sein musste. Die besseren Noten in der Schule, die besseren Mädchen an der Uni, den besseren Job, die bessere Wohnung … Und nicht zu vergessen, Rita.«

Jetzt verstand Bernd gar nichts mehr. Was hatte Rita mit alldem zu tun?

»Dein Gesicht sagt mehr als tausend Worte. Du hast keinen blassen Schimmer. Wie auch? Ich habe dieses Geheimnis tief in mir vergraben, damit du es ja nie entdeckst. Nicht wegen dir, obwohl ich insgeheim immer gehofft hatte, dir irgendwann vergeben zu können und dich ebenfalls als wahren Freund anzusehen. Doch leider kann ich das nicht. Für mich bist du nur das miese Schwein, das mir die Liebe meines Lebens weggenommen hat. Und wozu? Nur um sie Jahre später wie ein ausrangiertes Spielzeug zu behandeln?«

Was Bernd hier hörte, war neu für ihn. Er hatte ja keine Ahnung gehabt, was da über so viele Jahre in seinem Freund vorgegangen sein musste. »Armin, Kumpel. Lass uns darüber reden, ich wusste nicht, dass du …«

»Wir reden doch gerade. Und das ist auch wichtig, weißt du? Denn nichts sollte unausgesprochen bleiben, wenn man seinem Schöpfer gegenübertritt.«

»Dieser religiöse Irrsinn war wirklich dein Ernst?«, wechselte Bernd das Thema, weil ihm unendlich viele Fragen durch den Kopf schossen, die er jedoch nicht zu sortieren vermochte.

»Mein Ernst? Pffft. Ich bitte dich! Hältst du mich für verrückt?«

»Um ehrlich zu sein … Ja, das tue ich. Zudem garantiere ich dir, dass jeder Psychologe das genauso unterschreiben würde. Wozu also das Ganze?«

»Dramaturgie. Ein religiös-fanatischer Serien-mörder, der seine Opfer im Namen des Herrn hin-richtet. Das klingt doch viel besser auf dem Klap-pentext, als: Ein Mörder auf Recherche- und Inspi-rationsjagd. Wer soll diese Scheiße denn bitteschön kaufen? Die Leser wollen Drama, Blut, Leid und Elend. Und wenn sie dann noch erfahren, dass der Roman auf wahren Ereignissen beruht, ist der Best-seller so gut wie sicher. Ehrlich, Alter, ich kann es dir zeigen. Ich habe die Geschichte sogar dir gewid-met. Keine Sorge, nach deinem Tod wird sich alles aufklären und deine Weste wird wieder reingewa-schen. Rita wird eine nette Witwenrente vom Staat bekommen und dein Andenken wird in Ehren ge-halten.«

Bernd war fassungslos. »Du musst mich nicht umbringen. Bedeutet dir unsere Freundschaft denn gar nichts mehr?«

»Es spielt keine Rolle, wie ich zu dir stehe. Ich muss das einfach tun. Weißt du, wenn du den Rät-seln einer Geschichte auf den Grund gehen willst, musst du nur die richtige Frage stellen. Diese Frage ist in unserem Fall relativ simpel. Sie lautet: Wessen Geschichte ist das? Und, alter Freund, das hier ist nicht die deine. Es ist meine. Und in meiner Ge-schichte kann es nur einen Helden geben. Mich.

Darum führt kein Weg daran vorbei, dass du das letzte Opfer des Henkers sein musst.«

Armin ging zufrieden lächelnd auf und ab. Fast gewann man den Eindruck, er stünde auf einer großen Bühne und verzauberte mit seinen Worten das Publikum. Dann blieb er vor Bernd stehen und zuckte mit den Schultern. »Ich wollte dich und Rita retten, aber ich kam leider zu spät. In einer letzten dramatischen Auseinandersetzung, einem allerletzten Kampf, bekam ich deine Waffe zu fassen und erschoss den Henker. Siehst du? Hier. Er liegt direkt vor dir. Seine Fingerabdrücke sind hier überall zu finden, auch an dir. Deine bescheuerten Kollegen werden nicht eine Sekunde an meinen Worten zweifeln. Und Elsing wird mich in seiner Zeitung als den Helden feiern, der den Henker getötet und damit das schreckliche Morden beendet hat. Ich werde ins Fernsehen kommen.«

Er hatte seinen Spaziergang wieder aufgenommen. Diesmal wirkte er betrübt, als er weitersprach. »Natürlich haben mir die furchtbaren Ereignisse sehr zugesetzt und ich brauche erst mal eine Auszeit. Eine Therapie wird mir über das alles helfen. In der Zeit schreibe ich das Buch zu diesem entsetzlichen Fall, um all meine Traumata darin zu verarbeiten.«

Sein Gesichtsausdruck wandelte sich in Sekundenbruchteilen und ein fröhliches Lächeln breitete sich aus. »Tja, und dann werde ich schon wieder gefeiert, da mein neuer Roman die Bestsellerlisten im Sturm erobert. Verstehst du die Komplexität jedes einzelnen Ereignisses? Alles baut auf deinem Tod auf. Es tut mir leid. Ach, bei der Gelegenheit: Entschuldige mich kurz. Ich muss unser Gespräch bis hierhin mal eben aufschreiben, bevor mir die besten Stellen entfallen. Bin gleich wieder für dich da. Du kannst übrigens ruhig schreien, hier ist alles schallisoliert. Tue dir also keinen Zwang an.«

Während Armin zurück zum Schreibtisch ging und seine Tastatur malträtierte, versuchte Bernd all das auf einen Nenner zu bringen und zu verstehen, oder wenigstens nachvollziehen zu können, was in Armin vor sich ging. Konnte man ihn überhaupt verstehen? Armin Kanschek hatte definitiv seinen Verstand verloren.

37.

Etwa eine halbe Stunde überließ der Henker Bernd seinen wirren Gedanken, die ihn mehr quälten, als es jedes Folterwerkzeug hätte vollbringen können. Währenddessen hämmerte Armin wie ein Besessener auf die Tastatur ein. Wort für Wort stellte er das Gespräch mit seinem Gefangenen nach.

Dann endlich drehte er sich mit einem strahlenden Lächeln um. Seine Begeisterung schwang in der Stimme mit, als er sagte: »Alter Kumpel, ich habe tolle Neuigkeiten. So wie es aussieht, kann ich dich wohl erst in Kapitel 38 oder 39 umbringen. Ich finde einfach, du hast es verdient, die ganze Wahrheit zu erfahren. Du sollst nicht ahnungslos abtreten. Bestimmt fragst du dich, wie ich das Ganze hinbekommen habe. Um ehrlich zu sein, bin ich ziemlich stolz darauf, wie sich alles zu dieser genialen Geschichte entwickelt hat. Ich will sie mit dir teilen, schließlich bist du mein bester Freund. Und letztlich wollen die Leser ebenfalls nicht mit ungeklärten Fragen zurückgelassen werden. Also erzähle ich es dir. Sollten dir Dinge unklar sein, unterbrich mich ruhig.«

Bernd sah ihn feindselig an. »Wo ist Rita? Wenn du ihr etwas angetan hast, dann werde ich …«

»Mann, Bernd, was ist los mit dir? Hast du mir vorhin nicht zugehört? Ich würde deiner Frau niemals etwas antun. Ich liebe sie. Das habe ich schon immer getan.«

»Ich erwähnte es bereits: Du bist vollkommen wahnsinnig.«

Armin amüsierte sich über diese Aussage und lachte lauthals los. »Tja, wie sagt man immer so schön? Genie und Wahnsinn liegen dicht beieinander? Also willst du die Geschichte nun hören oder nicht?«

»Ja. Fang doch damit an, wie du es geschafft hast, nie Spuren zu hinterlassen. Phillips konnte an keinem Tatort irgendwelche DNA-Spuren sichern. Wie hast du das vollbracht?«

Und wieder lachte Armin. »Das? Ach, wenn es weiter nichts ist …« Er zog den Jogginganzug aus, den er über einem Ganzkörperanzug aus Gummi trug. »Siehst du? Das ist das simple Geheimnis. Ihr findet DNA-Spuren durch Haare oder Hautpartikel, die wir permanent verlieren. Wenn du allerdings deinen ganzen Körper abschirmst, kannst du nichts verlieren. Das war ein teurer Spaß, das kann ich dir sagen. Für jedes Opfer brauchte ich einen neuen Anzug. Genau wie die Kleidung, die ich darüber trug.

Sie war immer verschweißt, bevor ich sie anzog. Hinterher wurde sie zusammen mit den Sachen der Toten verbrannt. Wenn man keine Spuren hinterlassen will, muss man einfach nur gründlich sein. Das ist kein Hexenwerk. Aber lass uns doch am Anfang beginnen …« Armin stand auf, nahm sich den Stuhl und setzte sich Bernd gegenüber.

Die dunkle Aura, die von seinem früheren Freund ausging, schien sich bis tief in Bernds Eingeweide zu bohren und ihn von innen heraus langsam aufzufressen. Das dringende Bedürfnis, sich zu übergeben, nahm stetig zu.

»Du meinst, mich zu kennen. Glaubst, alles über mich zu wissen. Aber du weißt einen feuchten Dreck, weil du dich immer nur für deinen eigenen Mist und diesen bescheuerten Job interessiert hast. Für dich gibt es doch nur drei Klassen von Menschen: Opfer, Zeugen und Täter. Du weißt beispielsweise gar nicht, dass ich schon seit einem Jahr nicht mehr an der Uni doziere. Stichwort Kostensenkung. Na egal. Aber du hattest natürlich recht damit, dass ich Lena Olberg kannte. Allerdings nicht nur von der Uni her. Ich war ein paar Mal bei ihr am Kirmesplatz. Hab sie so richtig durchgeknallt, als sie gerade erst mit dem Anschaffen angefangen hatte. Schon komisch, wenn man dann erfahren muss, dass Wolter einer ihrer Stammkunden wurde. Aber irgendwie ist doch sowieso jeder mit jedem verwoben, nicht wahr? Das ist dir aufgefallen, ich weiß.«

Armin lehnte sich entspannt zurück und schlug die Beine übereinander. »Im Gegensatz zu dir weiß ich alles über dich. Sogar wann du aufs Klo gehst und dass du dabei sinnfreie Handyspiele spielst, um den Kopf freizubekommen. Wir haben eine Sache gemeinsam: Durch unsere Arbeit kennen wir eine Menge zwielichtige Gestalten. Kannst du dich noch an meinen Verschwörungsthriller erinnern? Ich wette nicht. Du warst ja nie Freund genug, meine Bücher zu lesen. Auf jeden Fall lernte ich bei der Recherchearbeit einen unglaublich talentierten Hacker kennen. Wir leben ja in einer so faszinierenden Zeit. Waren anfangs nur Computer das Ziel dieser Freaks, können die sich heute ohne großen Aufwand in Handys hacken und ganze Existenzen zerstören. Ich will dich jetzt nicht mit Details langweilen, aber durch ein nettes, kleines Programm hatte ich vollen Zugriff auf dein Mobiltelefon. Ich kann die Kamera nach Belieben aktivieren, auch das Mikro oder den GPS-Sender. Nichts bleibt mir verborgen.«

Zenker wurde kreidebleich im Gesicht. »Du hast was?«

»Hey, auf welchem Planeten lebst du? Jede beschissene App, die du installierst, öffnet die Türen zu deiner Privatsphäre. Die Geheimdienste der Amis

könnten Handybesitzer rund um die Uhr und auf jedem x-beliebigen Kontinent abhören. Handys sind
die machtvollste Spionagewaffe, die je entwickelt
wurde. Und wir zahlen sogar noch dafür, uns zum
gläsernen Menschen zu machen. Aber das soll jetzt
nicht unser Thema sein. Kommen wir lieber zurück
zu den Anfängen. Ich war am Ende, ausgebrannt
und pleite. Sei mal kreativ, wenn deine Sorgen dich
auffressen. Mein Verleger hat sogar schon gedroht,
mich fallen zu lassen, wenn ich nicht bald mit einem
richtigen Knüller vor der Tür stehe.«

Ein breites Grinsen zog sich über Armins Gesicht. »Und dann finde ich durch einen dummen Zufall heraus, dass es außer dir noch einen weiteren Ne-
benbuhler gibt. Ich habe Rita mit diesem schmieri-
gen Affen gesehen und es hat mir das Herz zerrissen.
Am liebsten hätte ich ihn gleich auf der Straße um-
gelegt. Doch dann entstand plötzlich diese Idee. Ich
setzte mich hin und schrieb praktisch einen Plot zu
alldem, was wir in den letzten Tagen erlebt haben.
Klar, ich finde es auch ziemlich blöd, dass im Endeffekt alles so schnell ging. Geplant hatte ich für die
ganzen Aktionen zwei bis drei Monate. Dass es dann
in nicht einmal einer Woche abläuft, war so nicht gedacht und hat mich selbst überrascht. Aber das gibt
der Sache auch einen ordentlichen Drive und lässt
dich kaum Luft holen. Trotzdem werde ich das im

Buch wohl ändern, sonst werfen mir die Leser noch vor, dass es unglaubwürdig ist.«

Er hob bedauernd die Arme und fuhr mit seinem Monolog fort: »Aber es ist, wie es ist. Unvorhersehbare Dinge haben es mir ein paar Mal ganz schön schwer gemacht. Zum Beispiel hätte ich dir niemals zugetraut, dass du so auf deinen Job pfeifst und auf eigene Faust weitermachst. Auch das war nicht geplant. Du wirst es vermutlich noch nicht wissen, aber die Nachricht an Wolter kam nicht von Rita. Ich habe sie geschrieben, als sie für einen Moment nicht im Raum war. Ich hätte jedoch nicht damit gerechnet, dass es der Auslöser deiner Suspendierung ist. Kausalität, wohin man sieht. Ursache und Wirkung.«

Bernd Zenker war gar nicht fähig, die Geschichte des Henkers zu unterbrechen und Fragen zu stellen. Er war einfach nur in seinen Grundfesten erschüttert und kam kaum noch mit seiner Logik hinterher. Zu unglaublich war das, was er hier erfuhr.

»Wenn man einen Plot schreibt, entwirft man auch die Charaktere der Geschichte. In diesem Fall legte ich sie fest. Um größtmögliche Verwirrung zu stiften, sollte jedes Opfer mit einem anderen der Protagonisten eine Verbindung aufweisen. Welche das waren, hast du Superbulle ja tatsächlich herausgefunden. Diesen Cast zusammenzustellen war nicht schwierig, es bedurfte nur wie üblich ein wenig Recherche. Das galt im Übrigen auch für die Örtlichkeiten. Google Earth lässt grüßen. Nun gut, zurück zu den Opfern. Alle mussten eine Leiche im Keller haben. Eine Sünde, die den Henker auf den Plan rufen würde. Die Idee stammt zwar nicht von mir, aber ich fand den Namen recht passend. Darum werde ich ihn im Buch so übernehmen. Allerdings brauchte ich nicht nur Opfer, sondern auch Verdächtige. Dass Daniel Wolter am Ende als Henker über die Klinge springen musste, war von Anfang an klar, aber man will ja Spannung erzeugen, falsche Fährten legen.«

Armin machte eine bedeutungsvolle Pause. Er lächelte selbstzufrieden und es sah fast danach aus, als würde er sich gleich selbst begeistert auf die Schulter klopfen. »Dieser ekelerregende Ulf Jakobs kam gerade zum richtigen Zeitpunkt. Ich kann dir jetzt nicht alles haarklein auseinanderklamüsern, du siehst es ja hinten auf meinem Storyboard. Die meisten Überschneidungen und Verbindungen sind dir mittlerweile bekannt. Sie waren nur eben kein Zufall, sondern genauestens zusammengestellt.«

Bernd kniff die Augen zusammen, um die Linien zwischen den einzelnen Punkten besser zu erkennen. Wäre er in einer anderen Situation, hätte ihn die Logik hinter dem Ganzen sicher begeistert, doch nun hielt ihn die Ausweglosigkeit fest im Griff. Wiederholt fragte er sich, warum er Armins Wahnsinn nicht vorher erkannt hatte.

»Okay, weiter. Clara Warren. Das erste Opfer. Ich muss gestehen, anfangs kostete es mich etwas Überwindung. Um diesen religiösen Fanatiker glaubhaft darzustellen, schlüpfte ich quasi in eine andere Identität. Und genau dadurch kam ich in eine Art Rauschzustand. Die Macht, die ich über sie hatte – also ich schäme mich ja fast dafür -, törnte mich ziemlich an. Als ich damit begann, Clara zu zersägen, war sie noch eine ganze Weile am Leben. Völlig fasziniert habe ich ihren Todeskampf beobachtet. Du wirst es kaum glauben, aber mir ging dabei tatsächlich einer ab. Gut, dass ich den Latexanzug trug. Das wären mal DNA-Proben gewesen, das sag ich dir.«

Bernd Zenker wandte seinen Blick ab und schüttelte angewidert den Kopf.

»Ich wollte jedenfalls mehr, und ich wollte nicht, wie es der Plan vorsah, eine Woche damit warten. Lena Olberg. Ich hätte sie einfach ficken können, aber das reichte mir nicht. Ich hatte im wahrsten Sinne des Wortes Blut geleckt. Als ich ihr die Gewichte an die Füße hing und ihre Todesschreie hörte, während das Blut aus ihr wie ein Wasserfall herauslief, Alter, das war der Hammer.« Armins Augen leuchteten regelrecht.

So eine Begeisterung hatte Bernd lange nicht mehr bei ihm gesehen. Eigentlich, wenn er es sich recht überlegte, noch nie. Doch neben der Überschwänglichkeit lag auch ein gehöriger Anteil Irrsinn in seinen Augen, der Bernd wirklich Angst machte.

»Wo wir gerade bei Hammer sind: Du wirst dir sicher denken, dass ich Wolter an dem Waggon in eine Falle gelockt habe, um den Verdacht langsam in seine Richtung zu lenken. Aber dieser Idiot von Jakobs hat mich doch tatsächlich beim Präparieren des Tatortes fotografiert. Und wieder geschah etwas, was ich mir eigentlich anders vorgestellt hatte. Wolter sollte der Mord an Jakobs angehangen werden, aber du musstest dich ja wie ein Berserker aufführen und hast auch noch überall deine Fingerabdrücke hinterlassen. Zudem hast du diesen beiden Flachpfeifen vertraut. Doch deine tollen Kollegen haben dich in die Pfanne gehauen. Und genau wegen der Schwachköpfe lief das Projekt Jakobs aus dem Ruder.«

Armin hob entschuldigend die Hände. »Na ja … ich muss zugeben, die Junkiebraut war ebenfalls nicht geplant. Ich musste mich einfach abreagieren, auf andere Gedanken kommen. Tatjana Blücher war praktisch ein Mord aus Leidenschaft, den ich kurzfristig als eine Art Nebenplot aufgenommen habe. Praktischerweise konnte ich damit, so als kleines

Bonbon, den Verdacht noch auf Elsing lenken. Tja, Recherche ist eben alles. Na, was sagst du? Genial, oder?«

»Du bist komplett geistesgestört. Damit kommst du niemals durch.« Bernd schrie Armin an und spuckte dabei Speichelfäden durch die Gegend.

Kanschek beugte sich zu ihm herunter. »Hast du noch Fragen?«

»Fick dich, du kranker Bastard. Du gehörst nicht in einen Gummianzug, sondern in eine Gummizelle.«

»Gut, dann wollen wir mal zu Kapitel 38 schreiten. Deinem letzten Kapitel.«

38.

E r hatte ihn erneut warten lassen, um das Buch weiterzuschreiben. Anscheinend gab es für Armin Kanschek alias Arthur Cold kaum mehr einen Unterschied zwischen Fiktion und Realität. Einer Realität, in der er im Begriff war, sein Werk als Henker mit dem Mord an seinem besten Freund zu vollenden.

»Da fällt mir noch etwas ein. Die Fußspuren am Waggon … Du weißt schon, da wo ich die pädophile Schlampe erledigt habe. Die habe ich natürlich mit den Schuhen von Wolter gemacht. Vermutlich hast du es nicht mitbekommen, aber ich habe für meine Körpergröße wahnsinnig kleine Füße. Na ja, das sind im Endeffekt Details, die in diesem Moment eher unwichtig sind. Es wird langsam Zeit, zum Ende zu kommen.«

Armin streckte sich und ließ seine Fingerknöchel knacken. »In den letzten Tagen habe ich nicht sonderlich viel geschlafen.« Er sah zu Bernd und nickte. »Ja, ich weiß, du ebenfalls nicht, aber das ist was anderes. Falls du dich schon gefragt hast, wo wir hier eigentlich sind … Also das ist wirklich ganz witzig.

Meine werte Ex-Freundin, Gott sei ihrer Seele gnädig, hatte eine Kellerphobie. Sie hat sich ums Verrecken nicht in ihren Keller getraut. Und so wurde es der perfekte Ort für mich, um alles zu planen, die Folterwerkzeuge nachzubauen und das Ende der Geschichte einzuläuten. Was ich sehr passend finde, denn im Grunde hat sie ja auch hier angefangen. Okay, mein Freund. Kommen wir nun zur Urteilsverkündung.«

»Armin, nein. Komm schon, Kumpel. Wir finden eine andere Lösung. Zusammen.« Bernds letzter Versuch sollte auf das Herz des Mannes abzielen, der im Grunde die ganze Zeit bewies, dass er gar keines hatte.

»Nein, nein. Das ist vollkommen in Ordnung. Das letzte Urteil muss vollstreckt werden, denn auch du wurdest für schuldig befunden. Schuldig der grenzenlosen Naivität. Schuldig, deine Frau vernachlässigt zu haben. Schuldig des Jähzorns und der Rachsucht.«

Es war aus und vorbei. Die Kavallerie würde nicht zur Tür hereingeritten kommen und Bernd retten. Es würde kein Wunder geschehen wie in so vielen Filmen, die er gesehen hatte.

Widerstandslos ließ er sich von Armin mit seinen eigenen Handschellen die Hände auf den Rücken ketten.

Der Henker ging noch einmal zum Schreibtisch und präsentierte Bernd stolz die für ihn gewählte Todesart. »Erinnerst du dich an die Ketzergabel?« Er hielt ein Halsband hoch, an dessen Vorderseite die tödliche Gabel mit den spitzen Enden befestigt war. Dann kam er mit dem Folterinstrument auf Bernd zu. Er drückte dessen Kopf in den Nacken und legte ihm die Ketzergabel an.

Allein der Anblick des zweiten Halsbandes sorgte bei ihm für Panik, da er ohnehin kaum noch Luft bekam. Aber in dem Moment, als sich der todbringende Kragen um seinen Hals schloss, wusste Bernd, dass das tatsächlich sein letztes Kapitel sein würde. Die spitzen Enden bohrten sich in seine Brust und in den Hals. Er war nicht einmal mehr in der Lage zu sprechen, da jede Bewegung die Eisenspitzen tiefer ins Fleisch trieb. Dennoch waren es für ihn nicht die eisernen Zinken, die ihn umbrachten, sondern sein naives Vertrauen. Viele Jahre lang hatte er sich tagtäglich mit den Lügen der Menschen befasst und dennoch hatte er jene, die sich direkt in seinem Umfeld abspielten, nicht wahrgenommen. Er sah Armin an. War da tatsächlich so etwas wie Mitleid in seinem Blick?

»Weißt du noch? Als wir uns im Internet die ganzen Foltermethoden angeschaut hatten? An diesem Tag habe ich mich für deine Todesart entschieden.

Du warst so schockiert von dem Ding, da fiel die Wahl nicht schwer. Außerdem ... also ... na ja ... Ich habe dir doch erzählt, dass mich Todesqualen unglaublich erregen. Diesen Punkt konnte ich hier natürlich außen vor lassen. Tut mir leid, dir das sagen zu müssen, Bernd, aber ich stehe einfach nicht auf dich. Deshalb hatte ich mich für Frauen als Opfer entschieden.« Er unterbrach seinen Vortrag erneut durch ein irre klingendes Lachen. »Ist es nicht irgendwie beruhigend, zu wissen, dass man nur pervers und nicht auch noch schwul ist?«

Bernd liefen die Tränen an den Wangen hinab, während er an Rita dachte. Warum hatte er ihr nicht mehr seine Liebe bewiesen? Sie war doch vorhanden. Sein Fanatismus, den Job betreffend, hatte sie entzweit. Er hatte das nie beabsichtigt und dennoch war es geschehen.

Als noch schlimmer empfand er, dass er den schleichenden Verfall seiner Ehe nicht einmal bemerkt hatte, obwohl sie oft darüber gesprochen hatten. Für ihn waren es nur Worte gewesen, vermeintliche Launen seiner Frau, denen er nie genug Bedeutung beigemessen hatte. Auch die falsche Freundschaft zu seinem Henker ging ihm immer wieder durch den Kopf und die Selbstvorwürfe waren erdrückend. Vielleicht hatte er den Tod ja verdient. Möglicherweise war es für alle Beteiligten das Beste.

Armin hatte etwas aus einer der Schreibtisch-schubladen genommen. Da Bernd den Blick nicht ausreichend senken konnte, erkannte er es erst, als Armin direkt vor ihm damit herum wedelte. »Mein Freund, wie wir wissen, sollte die Ketzergabel dem Opfer zunächst den Schlaf entziehen. Ein sofortiges Aufspießen war nicht vorgesehen. Allerdings muss ich an dieser Stelle ein wenig improvisieren. Mal se-hen, wie ich das im Buch mache, aber hier und jetzt bleibt mir nichts anderes übrig, als den Vorgang zu beschleunigen. Wie du dir vorstellen kannst, habe ich noch viel zu tun. Ich muss aufräumen, Spuren und Beweise am richtigen Platz anbringen. Und all das hier«, er drehte sich einmal um die eigene Achse, »muss verschwinden. Abgesehen von dir und unse-rem Freund mit dem neun Millimeter großen Loch in der Brust. Aber das habe ich dir ja alles schon er-zählt.«

Bernd sah die Spritze in Armins Hand. Aus einem Fluchtreflex heraus wollte er sich wegdrehen, er-starrte aber sofort vor Schmerzen, da sich die Gabel direkt tiefer in sein Fleisch bohrte.

»Bernd, Bernd, Bernd. Du solltest dich nicht be-wegen, das tut doch nur unnötig weh. Siehst du das hier? Es wird dich ruhigstellen. Schließlich bin ich kein Unmensch und wir hatten auch eine Menge Spaß zusammen. Also vertrau mir ein letztes Mal.«

Er machte Bernds Arm frei und zog die Spritze auf. Nach drei vergeblichen Versuchen fiel Armin ein, dass man den Oberarm abbinden musste, damit die Venen hervortraten. Der vierte Anlauf würde aber nun endlich funktionieren. »Du wirst es kaum spüren, mein Freund. Du schläfst einfach ein, spießt dich auf und blutest aus. Ich brauche dein Blut schließlich noch für die Visitenkarte des Henkers.« Armin warf die Ampulle auf den Schreibtisch, hockte sich vor Bernd hin und griff nach seinem Arm. »Machs gut, Kumpel. Wir sehen uns irgendwann auf der anderen Seite. Aber vorher werde ich noch ein wundervolles neues Leben mit deiner Rita gen...«

Weiter kam Armin Kanschek nicht, denn etwas traf ihn hart am Hinterkopf und er sah helle Funken in der Luft tanzen. Dann verdrehte er die Augen und sackte bewusstlos neben Bernd zusammen.

Bernd war fassungslos und zugleich zutiefst erleichtert. Er konnte kaum glauben, was er sah. Ein rettender Engel in Form seiner Frau Rita kniete sich vor ihm hin. Ihre Augen waren von den vielen Tränen gerötet, aber ansonsten schien es ihr gut zu gehen.

»Bernd ... Schatz ...« Sie schluchzte auf, legte die Holzlatte zur Seite, mit der sie Armin niedergeschlagen hatte, und tastete mit zitternden Fingern nach dem Verschluss der Ketzergabel. »Es tut mir leid. Es tut mir alles so unendlich leid.« Behutsam entfernte sie das grausige Instrument von seinem Hals.

»Rita. Mein Gott, du lebst. Du kannst dir nicht vorstellen, wie froh ich bin, dich zu sehen.«

»Es gibt so einiges, über das wir reden sollten, was?«, sagte sie mit gesenktem Blick, der einem Schuldgeständnis gleichkam.

Bernd war durch die Wendung in seiner zuvor ausweglos geglaubten Situation dermaßen euphorisiert, dass er mehrfach tief ein- und ausatmete, um seinen beschleunigten Herzschlag zu beruhigen. Mit der Erleichterung setzte sein rationales Denkvermögen wieder ein. »Das hat Zeit, Liebes. Zuerst einmal bin ich dafür, dass du mich von den Handschellen befreist, bevor dieser Irre zu sich kommt.« Bernd deutete mit einem Kopfnicken zu Armin Kanschek.

»Ja, natürlich ... du hast völlig recht.« Rita wirkte kopflos und schien von dieser simplen Bitte ihres Mannes überfordert. Feine Schweißperlen bildeten sich auf ihrer Stirn.

»Weißt du, wo die Schlüssel sind?« Bernd senkte seinen Tonfall in der Hoffnung, sie mit einer sanfteren Stimme etwas zu beruhigen. Wenngleich auch er selbst mit seinen Emotionen kämpfte und seine Wut und seine grenzenlose Enttäuschung am liebsten laut herausgeschrien hätte. Schließlich hatte sich ausgerechnet der Mensch, den er als seinen besten Freund angesehen hatte, als unberechenbarer Psychopath herausgestellt. Man musste kein Psychologe oder Hellseher sein, um zu prognostizieren, dass Bernd künftig Probleme mit dem Thema Vertrauen haben würde.

Er beobachtete Rita, die sich unschlüssig im Raum umblickte und planlos wie ein aufgescheuchtes Huhn umherlief. »Schau mal in die Innentasche meiner Jacke. Sie liegt da auf dem Schreibtisch«, sagte er so ruhig wie möglich, obwohl die Gedanken in seinem Kopf wie ein Orkan wüteten.

Rita ging hinüber und sah immer wieder ängstlich zu Armin, doch dieser rührte sich nicht. »Ich hab sie.« Die Vibration in ihrer Stimme zeugte von ihrer großen Furcht und Unsicherheit.

Auf Bernds Gesicht zeichnete sich der Anflug eines Lächelns ab. »Gib sie mir.«

Rita schlich zu ihm zurück, krampfhaft bemüht keine lauten Geräusche zu machen, und legte die Schlüssel in seine Hand. »Wird es gehen, oder soll ich …?«

»Kein Problem, such du lieber nach den Schlüsseln für das zweite Halsband. Ich vermute, er trägt sie bei sich.«

Bernd war sich bewusst, dass er viel von seiner Frau verlangte, aber was blieb ihm übrig?

Ihr Gesicht wurde aschfahl. Sie bebte am ganzen Körper und schien kurz vor einem Nervenzusammenbruch zu sein. »Ich soll …? Was, wenn er aufwacht?«

»Warte, ich habs gleich.« Bernd entledigte sich der Handschellen und gab sie Rita. »Leg sie ihm an, schnell.«

Rita nickte ängstlich. Mittlerweile zitterten ihre Hände so stark, dass ihr die Schlüssel entglitten und klirrend auf dem Boden aufschlugen. »O mein Gott, o mein Gott, hoffentlich wacht er nicht auf«, betete sie in einer Endlosschleife, während sie sich nach den Schlüsseln bückte. Sie nahm die Handschellen und wandte sich zögerlich Armin zu. Ein paar Herzschläge lang haderte sie mit sich und hatte panische Angst, den Mann zu berühren.

»Bitte, beeile dich, Schatz.« Bernd lächelte sie aufmunternd an. »Du schaffst das.«

Sie atmete tief durch und griff schließlich nach dem linken Arm des Henkers. Im selben Augenblick schrak sie zurück, stieß einen kurzen Schrei aus und ließ die Handschellen fallen.

Armin fuhr herum und sah ganz und gar nicht benommen aus.

Keiner der beiden hatte mitbekommen, dass er längst wieder bei Sinnen gewesen war und nur auf den richtigen Moment gewartet hatte.

»Rita, nicht doch. Ich stehe nicht auf solche Spielchen, das weißt du doch.« Er holte aus und traf mit dem Handrücken ihr Gesicht.

Rita strauchelte, fiel nach hinten über und schlug mit dem Hinterkopf auf dem harten Boden auf. Ihre schlimmsten Befürchtungen waren eingetreten.

»Du Schwein!«, schrie Bernd. Ein grenzenloser Hass zeichnete sich in seinem Gesicht ab. Er zerrte an der Kette, doch nach wie vor war das vergebens.

»Ach, ihr beide seid zu putzig. Könnt ihr euer Schicksal nicht einfach akzeptieren? Die Geschichte ist doch bereits geschrieben. Warum wehrt ihr euch noch länger? Schließlich werdet ihr durch mich berühmt.« Armin hob die Handschellen auf und näherte sich damit Bernd. »Also gut, fangen wir von vorne an.« Davon ausgehend, dass Rita das Bewusstsein verloren hatte, widmete er seine ganze Aufmerksamkeit Bernd, was sich als fataler Fehler herausstellte.

Rita beobachtete den Mann, der ihr den Rücken zugewandt hatte. Langsam und darauf bedacht, kein Geräusch zu verursachen, erhob sie sich. Ihr entging nicht der Blick ihres Mannes, der eindeutig zu seiner Jack wies. Sie wusste genau, worauf er hinauswollte, er brauchte nichts zu sagen.

Als hätte der Schlag ins Gesicht sie aus ihrer Schockstarre befreit, reagierte sie einfach, ohne darüber nachzudenken. Der schwere Inhalt in der äußeren Jackentasche war ihr vorhin aufgefallen, als sie die Schlüssel herausgefischt hatte. Es war die Pistole, die Bernd zuvor seinem übereifrigen Kollegen abgenommen hatte.

Ehe Armin registrierte, was geschah, hatte Rita die Waffe in der Hand und richtete sie auf seinen Kopf. »Er reicht jetzt. Nimm die Hände hoch, Armin. Du hast genug angerichtet.« Es war ihr ein Rätsel, woher sie auf einmal den Mut nahm, aber es fühlte sich gut an, das Ruder herumzureißen. Zorn ersetzte ihre Furcht, und das mit einer Konsequenz, die Rita nicht eine Sekunde zweifeln ließ. Wenn es sein musste, würde sie abdrücken. Nie war sie sich einer Sache so sicher gewesen.

»Echt jetzt? Du willst auf mich schießen? Du, Rita?«, verhöhnte Armin sie.

»Ich will nicht, aber ich werde es tun! Wenn du auch nur eine falsche Bewegung machst …«

Jetzt lachte Armin lauthals. »Uuuuh, du machst mich richtig scharf, Süße. Aber du hattest ja schon immer dieses Feuer in dir, sonst hätte ich mich damals gar nicht in dich verliebt. Du warst anders als die anderen, auch wenn du krampfhaft versucht hast, deine Leidenschaft zu verbergen.« Er stand auf und streckte die Hand aus. »Komm schon, gib mir die Waffe, bevor du noch jemanden verletzt. Sei ein braves Mädchen. Du kannst ohnehin nicht auf mich schießen. Ich liebe dich, Rita. Daran hat sich seit damals nicht das Geringste geändert. Und ich weiß, dass du mich auch liebst.«

Die Wut hatte Ritas Angst nun vollständig verdrängt und ihr Selbstbewusstsein zurückgebracht. Sie richtete sich auf und drückte ihren Rücken durch. Sie strahlte eine Eiseskälte aus, als sie ruhig zu ihm sagte: »Du bist verrückt, Armin. Ich habe dich niemals geliebt. Wie kommst du nur auf so einen Unsinn?«

»Natürlich bin ich verrückt, und zwar nach dir, mein Engel. Ich habe so lange auf diesen Moment gewartet, aber jetzt können wir endlich zusammen sein. Ich weiß, dass du deine Gefühle für mich vor ihm«, er deutete mit dem Kinn auf Bernd, »verbergen willst. Aber das ist absolut nicht mehr nötig. Und nun mach schon, Liebes, gib mir die Waffe.«

»Erschieß den Bastard, er wird niemals aufhören und uns nie in Ruhe lassen«, schrie Bernd.

Armin trat ihm in die Rippen und Bernd stöhnte vor Schmerzen laut auf. »Hör nicht auf ihn, Liebling. Er hat dich all die Jahre sträflich vernachlässigt und ist deiner Liebe unwürdig. Ich habe es nie verstanden, weißt du? Was hast du nur an ihm gefunden? Was hatte er, was ich dir nicht bieten konnte? Warst du nicht glücklich in unserer gemeinsamen Nacht?«

Der Ausdruck in seinen Augen machte zwei Dinge klar: Sein Verstand hatte sich endgültig verabschiedet und er glaubte diesen ganzen Schwachsinn, den er von sich gab tatsächlich.

Rita zielte weiterhin auf seinen Kopf, aber ihre Hände begannen durch das beachtliche Gewicht der Pistole zu zittern. »Du geisteskranker Spinner!«, fauchte sie. Ihre Emotionen erfuhren eine weitere radikale Veränderung. »Das ist hundert Jahre her, du Irrer, und es war ein riesengroßer Fehler.«

»Rita, es verletzt mich sehr, was du da sagst. Unsere Nacht in der Uni war die schönste meines Lebens. Es verging kein Tag, an dem ich mich nicht nach dir gesehnt habe. Aber jetzt ist endlich die Zeit gekommen und alles kann wieder so wie damals sein. Erschieß Bernd und dann gehen wir beide weit weg von hier. Lassen den ganzen Mist hinter uns und fangen von vorne an.« Armin breitete seine Arme aus.

»Schatz, drück ab, dieser Verrückte wird uns beide töten.«

Armin ging einen Schritt auf Rita zu. »Er hat es immer noch nicht begriffen, dass ich dir niemals etwas zuleide tun könnte. Du bist die Liebe meines Lebens.« Er machte einen Satz nach vorne und griff nach der Pistole. »Und jetzt gibst du mir die verdammte Waffe.«

Rita drückte reflexartig den Abzug, doch nichts geschah. »Nein!«, rief sie verzweifelt.

»Whoa! Du hättest wirklich auf mich geschossen? Du undankbares Miststück. Was für ein Jammer.« Um seine Mundwinkel bildete sich ein boshaftes Grinsen. »Das Ding muss erst entsichert werden. Hast du, als Frau eines Bullen, in all den Jahren gar nichts gelernt?« Armin schlug zu. Dieses Mal nicht mit dem Handrücken, sondern mit der Faust.

Lichtblitze tanzten vor ihren Augen und sie sackte zusammen. Die Waffe rutschte ihr aus der Hand und schlitterte über den Boden.

Bernd reagierte blitzschnell, griff nach der Pistole und richtete sie auf seinen alten Freund. »Schluss jetzt! Es ist vorbei, Armin.« Bernds hasserfüllter Blick ließ keine Zweifel darüber aufkommen, dass er abdrücken würde.

Armin Kanschek lachte noch immer. Er sah sich suchend um und griff schließlich nach der Holzlatte, mit der Rita ihn niedergeschlagen hatte. »Es ist vorbei, wenn ICH es sage, Arschloch! ICH schreibe diese Geschichte, nicht du, du verdammtes Bullenschwein.« Er packte Rita an den Haaren und zog sie zu sich heran.

Das leise Klicken, als Bernd Zenker die Waffe entsicherte, hörte er nicht. Doch dann ging alles sehr schnell. Der ohrenbetäubende Knall des Schusses, ein heller Lichtblitz vor seinen Augen, ein Klingeln in den Ohren und ein stechender Schmerz oberhalb seines Herzens. Armin ließ Rita los. Er erhob sich mit letzter Kraft, aufgepeitscht durch einen Adrenalinschub, und stürmte mit der Holzlatte auf Bernd los. Ein zweiter Schuss fiel. Und ein Dritter. Armin ließ die Latte fallen und ging in die Knie.

In seinem Blick lagen Fassungslosigkeit und Verzweiflung. »Was hast du getan, mein Freund?«, stammelte er kaum verständlich. Blut quoll beim Sprechen aus seinem Mund und aus den drei Löchern in seiner Brust. Er wandte den Blick noch einmal zu Rita. »Ich … liebe …«

Er kam nicht mehr dazu, den Satz zu vollenden. Der NRW-Henker kippte zur Seite. Das Leben verließ seinen Körper, noch bevor sein Kopf auf dem Boden aufschlug. Armin Kanschek war tot. Sein irrer, aber auch trauriger Blick, schien sich auf ewig in seine Augen eingebrannt zu haben, die anklagend auf Bernd gerichtet waren. Gleich so, als wolle er noch aus dem Jenseits heraus seinen Freund verurteilen und ihm die Schuld für sein eigenes, verkorkstes Leben zuweisen.

Bernd ließ die Waffe fallen und konnte seinen Blick nicht abwenden. Er starrte in die seelenlosen Augen des Mannes, den er gerade getötet hatte. Des Freundes, dem er das Leben genommen hatte. Die

Tränen bahnten sich ihren Weg und von dem erwarteten Hochgefühl, den Henker zu stellen, war nicht das Geringste zu spüren. Ganz im Gegenteil. Das, was Bernd spürte, waren Leere, Schmerz und ein erdrückendes Schuldgefühl. Er hatte seinen besten Freund erschossen.

In dem Moment, als Armin Kanschek starb, nahm er auch einen Teil von Bernd Zenker mit sich.

39.

Phillips war zum letzten Tatort des NRW-Henkers gerufen worden. Er und sein Team hatten es dieses Mal nicht schwer. Nach all den falschen Spuren und Verdächtigungen lag des Rätsels Lösung nun endlich klar auf der Hand. Armins Computer wurde sichergestellt und das Manuskript seines Buches bestätigte die Aussagen von Rita und Bernd. Der Fall NRW-Henker war abgeschlossen. Das Schicksal hatte keine Gerichtsverhandlung für Armin vorgesehen.

Kornau war ebenfalls vor Ort und kümmerte sich um die Zenkers. Zwar beteuerten beide, dass es nicht nötig wäre, aber Bernds Kollege bestand darauf, dass man sie zur Sicherheit ins Krankenhaus brachte. Dort wurden außer ein paar Prellungen und den Spuren der Ketzergabel keine weiteren Verletzungen festgestellt. Die wirklichen Wunden waren nicht sichtbar. Sie saßen tief im Inneren und würden ganz sicher nicht so schnell verheilen.

***

Als sie wieder zu Hause waren, setzten sich Rita und Bernd erschöpft auf die Couch und tranken ein Glas Wein. Er legte seinen Arm um Rita, während sie sich an seine Schulter lehnte. Noch immer schwirrten die Gedanken in ihren Köpfen herum und das furchtbare Erlebnis war allgegenwärtig.

Nach einer ganzen Weile des Stillschweigens, sagte Rita: »Es tut mir leid, Schatz. Ich glaube, ich bin dir eine Erklärung schuldig.«

Bernd hob sanft ihr Kinn an, sodass sie ihn anblicken musste. »Nein, Rita, du brauchst mir nichts zu erklären. Ich weiß, dass es meine Art war, die dich in Wolters Arme getrieben hat. Niemals würde ich dir deshalb Vorwürfe machen. Im Gegenteil, ich verstehe dich sehr gut. Du warst immer ein Mensch mit einem großen Bedürfnis nach Nähe und Aufmerksamkeit. Und ich Idiot habe das vergessen. Ich habe dich einfach nicht mehr beachtet und hatte nur noch die Arbeit im Sinn.«

Rita kamen die Tränen. Sie nahm Bernds Gesicht in ihre Hände und sprach mit sanfter Stimme: »Geh nicht so hart mit dir ins Gericht, Schatz. Ich war es, die dich betrogen hat.«

Er schluckte den Kloß in seinem Hals herunter und wischte zärtlich die Tränen von ihren Wangen. »Kann man es dir verübeln? Ich war ein Narr. Glaub mir, ich will dich nicht verlieren. Du bist alles, was ich noch habe. Ich liebe dich mehr als mein Leben und verspreche dir, dass ich mich ändere.«

Rita lächelte gequält. »Ich denke, es liegt nie nur an einem, sondern immer an beiden Partnern, wenn etwas schiefläuft. Aber ich bin fest davon überzeugt, dass wir das wieder hinbekommen. Natürlich nur, wenn du mich nach alldem noch willst und mir verzeihen kannst.«

»Machst du Witze?« Bernd drückte sie an sie und flüsterte in ihr Ohr: »Mir selbst zu verzeihen, fällt mir deutlich schwerer. Nicht nur dass ich dich so vernachlässigt habe, nein, ich hätte dich fast verloren, weil ich zu blind und zu verbohrt war, das Offensichtliche zu sehen.« Bernd wusste, hätte er reagiert, als er Armin zum ersten Mal verdächtigt hatte, in den Henker-Fall involviert zu sein, wäre das Ganze nicht passiert.

»Mach dir keine Vorwürfe. Armin war krank. Ich hätte es genauso erkennen müssen.«

»Aber du hast ihn nicht getötet. Ich war es. Ich habe meinen besten Freund umgebracht.«

»Du hast ihn nicht umgebracht, du hast uns gerettet, und er war nicht dein Freund. Ebenso wenig wie der meine. Er hat mit uns beiden gespielt. Mensch, Bernd, Armin war ein eiskalter Mörder.«

Bernd löste sich von seiner Frau, nahm einen Schluck Wein und seufzte schwer. »Dennoch muss ich damit leben, ihn getötet zu haben. Aber das schaffe ich nicht ohne dich. Wir bekommen das wieder auf die Reihe, das schwöre ich dir. Ich werde den Dienst quittieren und nur noch für dich da sein.«

Rita schüttelte lächelnd den Kopf. »Nein, Bernd. Das wirst du nicht tun. Ich möchte in keiner Welt leben, in der das Böse triumphiert. Du wirst wieder da rausgehen und all die Kantscheks dieser Welt aus dem Verkehr ziehen. Das ist es, was du bist, was dich ausmacht und worin du gut bist. Und du willst mir doch nicht erzählen, dass dir die kleinlaute Entschuldigung des Polizeirates gleichgültig war?«

Nun stahl sich auch auf Bernds Gesicht der Anflug eines Lächelns. »Nein, wenn ich ehrlich bin, nicht. Dieses schlechte Gewissen in seinem Blick war schon großartig. Allerdings steht die Sache mit Wolter weiterhin im Raum und ich verstehe, dass er die Suspendierung noch nicht aufheben kann.«

»Aber das wird er, sobald Ruhe eingekehrt ist. Das hat er bereits im Krankenhaus gesagt. Daniel kann dich nicht mehr für deine Entgleisung belangen.«

Bernd sah sie skeptisch an. »Das klingt sehr hart aus deinem Mund. Ich meine, immerhin hattest du eine Affäre mit ihm.«

»Ach, Schatz, du weißt doch, wir Frauen sind stärker im Nehmen als ihr. Was geschehen ist, kann ich nicht ändern. Klar tut es weh und selbstverständlich beschäftigt mich sein gewaltsamer Tod, doch ich habe Daniel nie geliebt. Er war ein Freund und Kollege, um den ich jetzt trauere. Dennoch weiß ich, dass einer von uns stark sein muss, oder meinst du nicht?«

Bernd nickte. Er bewunderte ihre Art, mit dem Ganzen umzugehen, aber nachvollziehen konnte er es nicht. »Du musst dir dennoch auch die Zeit zur Trauer nehmen«, sagte er vorsichtig.

»Das werde ich, Schatz. Ich denke, wir werden beide lange daran zu knabbern haben, aber gemeinsam schaffen wir das. Ich liebe dich. Das habe ich immer getan.«

***

Bernds Suspendierung wurde bald aufgehoben, doch auf Anraten seines Vorgesetzten nahm er sich einen längeren Urlaub. Um die Ereignisse zu verarbeiten und aufzuarbeiten, legte man ihm ebenfalls einige Sitzungen beim Polizeipsychologen nahe, die Bernd regelmäßig in Anspruch nahm, bevor seinen Dienst wieder antrat.

Die Presse, allen voran Klaus Elsing, hatte sich wie ein Geier auf den einzigen verwesenden Kadaver in der Wüste auf die Story des Jahres gestürzt.

Wie es Elsing gelungen war, an das Manuskript von Armin Kanschek zu gelangen, blieb sein Geheimnis. Ein Geheimnis, das ihn zum Bestsellerautor machte.

Bernd Zenker entging das Buch mit dem Titel »Schuldig« natürlich nicht, aber er wollte mit dem Thema Henker abschließen und sein Leben wieder in den Griff bekommen. Er ignorierte Elsings Kaltschnäuzigkeit und konzentrierte sich darauf, den Job und seine Ehe im Gleichgewicht zu halten, was ihm dank Ritas Hilfe gut gelang.

Die Geister der Vergangenheit gänzlich zum Schweigen zu bringen, war ihm nicht möglich. Noch Jahre nach den Ereignissen um den Fall NRW-Henker, schreckte er schweißgebadet aus dem Schlaf und starrte auf die qualmende Mündung der Waffe, mit der er seinen besten Freund getötet hatte. Manche Wunden heilen einfach nie so ganz.

ENDE

Nachwort

Das hier vorliegende Werk ist eine rein fiktive Geschichte. Jede Ähnlichkeit mit lebenden oder verstorbenen Personen wäre zufällig und ist nicht beabsichtigt. Die einzige Absicht in der Geschichte besteht darin, Sie als Leser zu unterhalten. Sofern mir das gelungen ist, brauchen Sie sich nicht schuldig fühlen und den Henker nicht zu fürchten.

Spaß beiseite. Ich hoffe selbstverständlich, dass Ihnen das Buch gefallen hat. Denn jeder, der behauptet er schreibe nur für sich, ist in meinen Augen schuldig, sich selbst zu belügen. Natürlich möchte ein Autor viele Menschen mit seinen Romanen erreichen und im besten Falle begeistern. Sonst würde es ja gar keinen Sinn ergeben, diese zu veröffentlichen.

Damit sich die Geschichten verbreiten und möglichst viele von deren Existenz erfahren, ist es für jeden Schriftsteller von großer Bedeutung, dass Rezensionen verfasst, Bewertungen abgegeben und Empfehlungen ausgesprochen werden. Eine Rezension ist für einen Autor wie der Applaus oder die

Buhrufe auf der Bühne. Kritik ist wichtig, um Fehler nicht zu wiederholen. Lob ist wichtig, um die Motivation aufrechtzuerhalten.

Nun aber bekommen Sie ein Lob vom Autor und ein von Herzen ehrlich gemeintes Dankeschön obendrauf, weil Sie die Geschichte gelesen haben. Dafür, dass Sie das Buch gekauft haben, gleich noch ein Danke.

Natürlich könnte es auch sein, dass Sie es von einem illegalen Downloadportal heruntergeladen haben. In diesem Falle sind Sie:

SCHULDIG!

Hinter dem Wispern einer vorgehalte-nen Hand, unter einem Stein, der nie be-wegt wurde.

Hinter den verschwiegenen Worten ei-nes Freundes oder der verschlossenen Tür eines Feindes.

Gute Geschichten lauern überall. Du musst nur aufmerksam genug sein.

(Michael Barth)

1970, Gelsenkirchen, Ruhrgebiet, NRW. Ein Sonntag im April.

Wer im Krankenhaus hätte damals schon gedacht, dass aus dem schwersten Kind der Station mal ein Schriftsteller wird? Michael selbst wohl am aller wenigsten.

Vierundvierzig Jahre alt musste er werden und unzählige berufliche Umwege gehen, um sein erstes Buch zu veröffentlichen. Ein Wahnwitz, war er doch in der Schule alles andere als ein großer Freund des Deutschunterrichts. Kreativität hingegen hatte schon immer sein Leben bestimmt.

Mit nunmehr Ü-50 hat sich daran nichts geändert. Die Ideen sprudeln wie ein Wasserfall aus ihm heraus und er genießt es, seine Leser zu unterhalten. Was er mit seinen über zwanzig Romanen, zwei Kinderbüchern, drei Hörbüchern und einigen Kurzgeschichten auch immer wieder unter Beweis stellt. Etwas anderes zu tun, als zu schreiben, käme für ihn nicht mehr infrage.

Erhältlich als E-Book und Taschenbuch.
ISBN: 978-3752644647

Ein mysteriöser Anruf bei der Polizei. Ein Kind, das lebendig begraben wurde. Eine Mutter, die es nur retten kann, wenn sie selber stirbt.

Der "Bestatter" gibt der Bochumer Polizei Rätsel auf. Um diese Rätsel zu lösen, erhält Iris Graf unerwünschte Hilfe von Moritz Schreiber. Dass sie ihn nicht ausstehen kann, macht die Sache nicht gerade einfacher.

Als sie schließlich selbst ins Visier des Täters gerät, liegt ihr Schicksal ausgerechnet in den Händen eben jenes Kollegen.

Erhältlich als E-Book und Taschenbuch.

ISBN: 978-1687859518

Wann wird aus Bewunderung Besessenheit und aus einem Fan ein Fanatiker?

Wann wird aus Liebe blanker Hass?

Und was, wenn ein kleiner Fehler dein ganzes Leben zu zerstören droht?

Fragen, denen sich der frischgebackene Bestsellerautor Mario Drechsler nach einer verhängnisvollen Nacht mit seinem größten Fan stellen muss, während sein Leben zu einem nicht enden wollenden Albtraum mutiert.

Ein fiktiver Psychothriller, der aber durchaus so oder ähnlich geschehen sein könnte.

Erhältlich als E-Book und Taschenbuch.
ISBN: 978-3752873733

Manchmal ist die Wahrheit furchtbarer als die Legenden, die daraus entstehen. Eine dieser Legenden berichtet von Hans Ortmann, dessen Geist den beschaulichen Urlaubsort Schausende an der Ostsee nie verlassen haben soll. Im Laufe der Jahre verschwanden immer wieder Frauen auf unerklärliche Weise, nachdem sie sich seinem alten Haus am Waldrand genähert hatten.

Der Regisseur Gregor Rott verbringt mit seiner Frau Melanie und Hündin Luna seinen Winterurlaub in dem kleinen Ferienort. Er ist stets auf der Jagd nach besonders mysteriösen Drehorten und begibt sich, von Abenteuerlust und Neugierde gepackt und entgegen aller Warnungen, auf Ortmanns Spuren. Was so harmlos beginnt, wird zum Albtraum, als seine Frau plötzlich verschwindet. Da ihm nicht einmal die Polizei glaubt, versucht er selbst, die dunkle Vergangenheit des unheimlichen Hauses zu ergründen. Schließlich offenbart sich ihm eine grausige Wahrheit, die nie ans Licht kommen sollte.

Ein emotionaler Psychothriller, der auf wahren Ereignissen beruhen könnte ...

Erhältlich als E-Book und Taschenbuch.
ISBN: 978-3743190689

Ausgezeichnet mit dem Skoutz-Award-Leserpreis
2018 für das beste Buch in der Kategorie Horror!

Christian trägt die Mitschuld an einem Verkehrsun-fall, bei dem sein bester Freund Daniel auf tragische Art und Weise ums Leben kommt.

Kurz nach dessen Beerdigung geschehen unheimli-che Dinge in der Wohnung des Zwanzigjährigen. Bald muss er sich der Frage stellen, ob er es mit dem rachsüchtigen GEIST seines Freundes zu tun hat oder ob er zunehmend dem Wahnsinn zum Opfer fällt.

Ein Psychothriller, der mit Ihren Ängsten und Ihrem Verstand spielt.

Michael Barth im World Wide Web:
www.michael-barth-autor.de
Facebook: Michael Barth – Autorenprofil